Pubblicato in accordo con Viva Agenzia Letteraria

www.einaudi.it

ISBN 978-88-06-26975-3

Michela Murgia

Anna della pioggia

e altri racconti ritrovati

A cura di Alessandro Giammei

Einaudi

Anna della pioggia
e altri racconti ritrovati

So e ricordo

Da bambina amavo molto il fuoco, ogni candela mi rendeva falena. Mia madre cercava di tenermi lontano dalle fiamme nude, ma mia nonna ripeteva: lassa, ca iscramentat.

Iscramentu *è un sostantivo sardo che indica quel livello di consapevolezza raggiunto con gli errori propri o altrui che permette di non rifarli. Dietro quella singola parola si legge in filigrana la dinamica di una storia intera: c'è l'esperienza dell'evento spiacevole, c'è la sua elaborazione e infine c'è il suo affidamento perpetuo alla memoria, affinché quel ricordo protegga e salvi. È una parola da sopravvissuti, e anche se l'etimologia accademica la radica nel castigliano, io preferisco tornare a una sera in cui con altri amici scrittori ci piacque vederci dentro la radice dei verbi sardi* isco *(so) e* amento *(ricordo), la cui combinazione in un solo suono ci confermò come un monito la necessità di far divenire la conoscenza tutt'uno con il suo tramandarsi, pena la nostra scomparsa.*

Anna della pioggia

1. *Estranei ombrelli.*

Anna correva mentre fuori cadeva la pioggia, e a Milano la pioggia era sempre un sollievo. L'aria pesante di gas, le polveri sottili e tutto il respiro chimico di una umanità suv-normale si liquefacevano addosso alle case e alle persone, suggerendo l'illusione che alla fine di tutta quell'acqua forse la grigia madama accomodata sulla città si sarebbe sollevata la gonna abbastanza da regalare una sbirciata alle sue mutande blu. A Milano la pioggia era sempre un sollievo, sí, e c'era qualcosa di pacificante nel sapere che quella città accettava la pioggia come un dato di fatto. In tutte le altre città pioveva e non se lo aspettavano, andavano in panico collettivo, saltavano compulsivi in auto e, presi dalla frenesia del riparo, schizzavano a casa a far fumare gli abiti sul termosifone tiepido, maledicendo le stagioni che c'erano ancora. Le altre città sognavano in asciutto; invece lí, smog o non smog, quando pioveva lasciavano che piovesse.

Anna quando pioveva si metteva a correre, e fosse chiaro: correva solo se pioveva. Si metteva la tuta, le scarpe da ginnastica, e ad ogni passo affondava il piede con violenza al centro delle pozzanghere, a dividere piccoli mar rossi come se un esercito di egiziani la inseguisse. Non è che lo facesse tutte le volte che il cielo cominciava a buttare acqua, proprio per niente. Lei correva solo se pioveva all'ora giusta, quella in cui per le strade si poteva capire la differenza tra chi stava correndo e chi invece camminava.

Quindi, va detto, non correva con tutte le piogge. Non era quel tipo di ragazza, Anna. Lei usciva di casa solo se pioveva quando la massa di gente che andava o tornava dal lavoro si era già diluita, e i nastri a scorrimento veloce ai lati delle strade della periferia nord erano tornati ad essere dei normali marciapiedi vuoti. L'ora giusta erano le dieci del mattino, o le sette di sera. Per intenderci, se pioveva alle otto del mattino, Anna aspettava. A volte smetteva prima, voleva dire che non era il giorno giusto. Ma altre invece continuava, vallo a capire il cielo, e allora sgusciava fuori di casa con la musica nelle orecchie, e appena le si chiudeva il portone alle spalle, cominciava a correre.

Se le avessero chiesto perché aveva cominciato non avrebbe forse saputo dirlo, ma di certo avrebbe ricordato quando. Era novembre, e portava i jeans della taglia quarantadue. Non che questo c'entrasse con la corsa, anzi non c'entrava affatto, ma era giusto per dire che non era che avesse cominciato a correre per dimagrire, o come si preferisce dire, per «restare in forma». In forma di cosa poi. Anna non aveva mai nemmeno creduto alla mistica dello sforzo muscolare liberatorio e antistress, anzi. Faticare la stressava moltissimo, specie se gratis. Era il tipo di persona che aveva in odio l'affaticamento fisico non retribuito, una di quelle che se sudano, vogliono essere pagate. Oppure vogliono che il loro sudore abbia uno scopo. Tipo ridipingere il bagno di servizio. Aiutare un'amica in un trasloco. Somatizzare la simpatia per il ragazzo che consegna le pizze. Ma muoversi solo per stancarsi no, non era il suo stile.

Infatti quella volta che ha cominciato, se solo ci pensasse, ricorderebbe che era già stanchissima. Pioveva senza misura e lei non aveva preso con sé l'ombrello; in compenso aveva una busta della spesa con dentro funghi champignon già tagliati, due bottiglie di vetro piene di succhi con certe pretese di pera e di pesca, un pacco di riso fino Ribe e una serie di vasetti di sottoli che tintinnavano uno contro l'altro a ogni passo. Non pioveva quando era uscita.

Era proprio uno di quei pomeriggi che non pioverà, se l'era sentito dentro al punto da non prendere nemmeno la giacca, tanto Milano faceva finta anche per settimane prima di cominciare a far sul serio. E invece quella volta andò diversamente, e Anna si trovò in piedi contro il muro sotto l'acqua scrosciante, a chiedersi perché l'unica fermata dell'autobus nei paraggi stesse proprio davanti a un palazzo che non aveva nemmeno uno straccio di balcone a deviare la caduta libera delle gocce. Pioveva cosí forte che dopo tre minuti Anna tremava, e aveva superato ampiamente la fase in cui voleva un ombrello; nell'ordine da volere le erano rimasti un autobus, un paio di calze asciutte, un caffè e un termosifone. Subito però, perché lei quando pioveva non era una che lasciava che piovesse, mica era milanese, Anna.

Improvvisamente una persona con l'ombrello svoltò l'angolo e cominciò a camminare verso di lei. La figura era alta, e aveva il passo sicuro di chi sa esattamente dove dovrà fermarsi. Che il punto in cui era ferma lei fosse una fermata del bus, in quel momento non è che Anna se lo ricordasse. Le era piú presente il fatto che fossero le sette e mezza di sera, che fosse buio pesto e che nei paraggi non ci fosse nessuno tranne lei, bagnata fradicia con il sacco della spesa. E, naturalmente, quella figura. Non si capiva bene se fosse un uomo o una donna, ma rallentava man mano che le veniva vicino. Appena Anna se ne rese conto, cominciò a mettere in atto la principale tecnica di difesa personale che aveva appreso in quella città: se qualcuno nei tuoi paraggi può essere pericoloso o causare fastidio, bisogna fare in modo di non incrociare mai il suo sguardo. Lui non smette di esistere, certo, ma tu hai buone probabilità di scomparire. Anna l'aveva imparato in metropolitana: la tattica è che si fissa ossessivamente un punto qualunque, il bordo di un sedile, la maniglia di sostegno tutta piena di ditate, il grafico con la linea delle fermate, l'adesivo sul vetro del portellone; qualunque cosa va bene, purché non sia una persona. Se una lo fa con sufficiente convinzione, tutto di lei si trasferisce sul piano dell'impercettibilità, e allora diventa possibile che qualcuno ti guardi attraverso e passi al prossimo. Funzionava, Anna lo sapeva: la linea rossa era piena di gente che aveva intravisto un altro guardando attraverso di lei. Il suo catalizzatore preferito in metro era il freno di sicurezza, quello piombato accanto alla porta scorrevole, e Anna era capace di fissarlo anche per quattordici fermate senza smettere, facendosi scorrere accanto con la stessa indifferenza richieste di elemosina, storie strappalacrime e abbordaggi molesti, che poi se sei donna c'è il caso che arrivino tutti e tre nello stesso round. Ma alla fermata del bus quella sera non c'era proprio niente da fissare. Solo lei, e quella persona ormai vicinissima a lei, cioè alla fermata. Cioè a lei.

Decise di alzare gli occhi, perché se non c'erano diversivi il pericolo a quel punto era meglio guardarlo subito in faccia. La persona era un uomo, nero, di venti o forse trent'anni, vallo a capire al buio. Era vestito normale, jeans e felpa, scarpe decenti nemmeno troppo fradicie, e ovviamente l'ombrello, abbastanza ampio da potersene anche un po' fregare se per caso l'autobus ci avesse messo piú del solito ad arrivare. Anna avrebbe voluto poter dire lo stesso di sé, invece rimase zitta e rigida sotto la pioggia con la busta in mano che le tagliava le dita col peso, dando appena un cenno di essersi accorta dell'arrivo di qualcuno. Sta aspettando l'autobus come me, si era detta, sta solo aspettando l'autobus. Sarà, ma intanto l'uomo non era lí neanche da trenta secondi e aveva già fatto un passo verso di lei, chiedendole da quanto tempo stesse ferma lí ad aspettare. Ci siamo, pensò Anna. Se dico che sono arrivata da poco, penserà che il pullman è appena passato, e che ha un quarto d'ora di tempo per stare qui con me. Ma se dico che mi trovo qui da dieci minuti, l'uomo saprà che l'autobus sta per passare, e che occorre fare in fretta, fare, fare, qualunque cosa abbia in mente di fare. La prospettiva le bastò per decidere che forse era meglio non saper quantificare da quand'era che stava lí. Forse tanto, forse poco, non ricordo, mi scusi. Fine della conversazione, e infatti per qualche minuto si sentí solo la pioggia e il movimento dei piedi dell'uomo, impazienti, sul marciapiede allagato.

Anna cambiò di mano alla busta, unico segno di insofferenza che si era concessa da quando quell'uomo era arrivato, nell'attesa ancora inutile di intravedere il led arancione sulla testata dell'autobus all'orizzonte della via. L'uomo si avvicinò di due passi, cauto o cosí le sembrò. Le rivolse di nuovo la parola, e quando lo fece Anna non era nemmeno sicura di aver capito bene. Ripararsi sotto il suo ombrello, ha veramente detto cosí? Anna lo guardò con occhi increduli. Era un grande ombrello, certo, ma quanto vicina doveva andarci perché ci si potessero riparare entrambi? Scosse la testa e rifiutò con la determinazione di chi è uscito sotto la pioggia appositamente senza ombrello, per godersela. L'uomo la fissò scettico, poi alzò le spalle. Stettero fermi sotto l'acqua, lui al riparo del nylon e lei no, con la sua busta che cominciava ad essere bagnata ormai anche dentro, e l'autobus che non passava. Non sarebbe piú passato, era probabile. Gli autobus quando piove passano solo se non li stai aspettando. Anna avrebbe potuto camminare verso casa, in fondo erano solo sette fermate, le avrebbe già fatte a piedi se non si fosse fermata lí. Ma se si fosse mossa e poi fosse passato il mezzo mentre lei era a metà tra una fermata e l'altra? Si sarebbe sentita molto stupida. D'accordo, anche in quel momento si sentiva stupida, ma la prospettiva di essere stupida in due modi diversi nell'arco della stessa ora le sembrava insostenibile. Diede una occhiata di sbieco all'uomo nero, e si accorse che la guardava ancora. La stava proprio fissando, non con uno sguardo a caso, ma proprio con l'aria di uno che muore dalla voglia di dire qualcosa.

Mentre Anna cercava disperatamente un dettaglio da fissare anche lei per innescare la propria trasparenza, improvvisamente il nero fece tre passi e coprí la distanza che li separava, mettendosi esattamente accanto a lei, dove sollevò l'ombrello in modo da farla rientrare nel raggio di copertura. E il tutto senza dire nemmeno una parola. Anna e lui erano soli su quel marciapiede sotto lo stesso ombrello, e la città sembrava disabitata, invasa da un'acqua estranea e acida che la sferzava da ore, incurante di lei e del fatto che l'uomo al suo fianco le stesse facendo quell'insopportabile scortesia: imporle come riparo la condivisione dell'unico spazio di resistenza umana che avesse lí, alla fermata del bus. Fu allora che cominciò tutto.

Anna nemmeno se ne accorse che qualcosa stava cominciando, semplicemente si chinò con lentezza, posò piano la busta a terra, facendo dindinnare i barattoli sull'asfalto, e iniziò a correre, cosí. Non badò nemmeno ad andare nella direzione giusta, quella di casa. Ne scelse una a caso e non si voltò piú indietro, lasciando quell'uomo e il suo ombrello inopportuno ad aspettare il pullman con la busta della spesa abbandonata, ventisette euro di scontrino piú i punti fedeltà. Non era mai stata un fisico tonico Anna, lavorava ad una scrivania da anni, non sapeva manco cosa fosse lo scatto, né i dolori dell'acido lattico. Eppure quella sera corse come se avesse avuto anni di allenamento alle spalle, incurante del cappotto stretto che dava ai movimenti involontari della braccia qualcosa di scomposto, da marionetta rotta, mentre i vecchi stivali di pelle ammorbiditi dall'acqua atterravano sull'asfalto con il suono prepotente del tacco, segnando il ritmo della falcata; non rallentò mai, eppure sapeva con certezza che quella non era una fuga, che l'uomo della fermata non la stava inseguendo né aveva mai pensato di farlo. Se ci fosse stato per strada un passante a vederla, avrebbe avuto anzi ottimi motivi per credere che fosse lei ad inseguire qualcuno, perché è sottile il confine tra una fuga e un inseguimento, dipende tutto da quello che hai davanti o dietro; però se nessuno ti segue e nessuno ti scappa, può darsi che la differenza la faccia quello che hai dentro.

Anna in quel momento correva e basta, e fintanto che corse non rallentò mai. Quando smise si fermò di colpo come scarica, e pensò: non piove piú. Camminò lentamente verso casa, lasciando abbassare l'ansia dei polmoni con calma, tanto ormai che fretta c'era. Era ancora buio, ma non faceva freddo, quell'inverno non ne aveva fatto ancora, in barba alle vetrine dei negozi piene di manichini afflitti da un elegantissimo gelo virtuale. Nonostante non facesse tanto freddo, lei era uscita ugualmente con il cappotto, come fanno tutti a novembre in quella città, perché a Milano l'autunno è uno stato mentale, mica una stagione. All'inizio ad Anna era parso strano che già a fine ottobre tutti andassero in giro imbacuccati come a gennaio, imitando gli allestimenti dei negozi di abbigliamento dove imperversava, tra sciarpe, berretti e piumini, la retorica bucolica delle castagne e dei porcini; i milanesi si vestivano di tutto punto completamente indifferenti agli stranieri che ingombravano le strade del centro con le loro anacronistiche maniche corte e i loro sandali senza calze. Ai tedeschi e agli americani quella cosa di vestirsi molto piú di quanto servisse probabilmente sembrava eccentrica, ma la normalità è comunque sinonimo di maggioranza, e in quella città viveva gente a sufficienza per interpretare le stagioni un po' come le pareva. Non che l'essere parte del popolo dell'autunno simulato fosse adesso per Anna di qualche consolazione, dato che il suo cappotto, in barba alla temperatura blanda, fradicio com'era faceva addosso a lei il freddo di due inverni messi insieme. L'energia liberata dal suo corpo durante la corsa non era bastata a riscaldarlo, e lei si sentiva indebolita e stanca, desiderosa di arrivare a casa e soprattutto di riflettere sul perché fosse scappata via in quel modo. In fondo cosa aveva visto in quell'uomo che potesse suggerire l'idea di una minaccia? Che stesse diventando razzista pure lei senza rendersene conto? Eppure era certa che non fosse stato il colore della pelle.

Era stata quella prepotenza di lui, dell'uomo, nel volerla riparare a tutti i costi, volente o nolente. Dopotutto, se gli aveva detto di no era no, se una ha voglia di morire in preda ai broncospasmi è suo diritto. Perché uno deve volerti riparare dalla pioggia anche se non vuoi? Cioè, non è che lei non volesse stare all'asciutto, ma non sotto l'ombrello di lui. Era un estraneo, dopotutto. La gente non si ripara sotto gli ombrelli degli estranei, non è civilmente igienico. Se ho un ombrello mio, mi riparo; se non ce l'ho, prendo l'acqua e pazienza, cosí la prossima volta imparo. Se uno ti impone il suo ombrello, sta compiendo un attentato al principio di responsabilità personale. La gente se fai cosí non prenderà piú gli ombrelli quando esce, tutti faranno conto che tanto un altro li riparerà comunque alla prima fermata del tram. È cosí che va a fondo il paese, perché nessuno tiene piú in considerazione il sacrosanto principio dell'autosufficienza: chi è causa del suo mal, bagni sé stesso. Al massimo uno ti potrebbe riparare, a sua discrezione, se glielo chiedessi. Ma se nessuno ti chiede niente, perché mai devi nominarti soccorritore dello sprovveduto? Rimpianse i tempi migliori, quando a Milano un'occhiata indifferente non la si negava a nessuno, che lí mica era come a Procida.

Anna era stata a Procida due estati prima in vacanza con amici, e cercavano l'indirizzo del bed&breakfast che doveva ospitarli. Via Fani, come quella di Moro. Gira e rigira, quella via Fani non la si trovava nemmeno con la cartina in mano. Successe allora che una vecchia sulla porta li aveva sentiti parlare e si era messa di mezzo, indicando loro con precisione la posizione della via, tutta gesti e sorrisi. I suoi amici erano tutti contenti, hai visto Procida che umanità, se ti perdi qualcuno ti soccorre senza che manco glielo chiedi. Umanità un corno, aveva pensato Anna, è una invasione del campo delle responsabilità. C'è una cartina, c'è una destinazione, nessuno le ha chiesto niente signora, si facesse un po' i cazzi suoi. Invece no, devono venirti a soccorrere, devono. Milano no, menomale, è un'altra dimensione umana, è quel posto meraviglioso in cui se uno non sa dove andare è tranquillamente libero di perdersi e nessuna vecchia invadente glielo impedirà. Uno può scoperchiare mondi misteriosi mentre magari cercava banalmente la metro verde. Può incappare nei fenicotteri vivi nel giardino di Villa Invernizzi mentre magari voleva arrivare all'ufficio postale. Puoi immaginare come ti cambia la giornata uscire sapendo che vedrai un impiegato delle poste e trovarti poi davanti un fenicottero vivo dietro il cancello di una villa in centro. E tutto da solo, senza l'aiuto di nessuno! Chiunque a Milano ha libertà di disastro e di miracolo, perché Milano è liberale: ti lascia quel margine di autonomia che genera le batoste e le belle sorprese, il materiale di cui è fatta la consapevolezza, senza ombrelli importuni a negarti l'educazione dell'acqua. Arrivò a casa pensando questo Anna, e si fermò un attimo davanti al portone. C'era silenzio in quella strada dove adesso non pioveva nemmeno piú, un silenzio fastidiosissimo, tanto che mentre Anna infilava la chiave nella toppa della porta del palazzo le venne il bisogno impellente di accendere il lettore mp3 per non sentirlo piú. Le invase le orecchie la voce di Moby, con uno spiritual elettronico fatto apposta per schiavi cittadini.

2. *Fuori posto.*

La seconda volta che Anna si mise a correre per correre, aveva cominciato a piovere proprio all'ora giusta. Lei era dentro casa e passava l'aspirapolvere negli interstizi del divano, il solo mestiere domestico che davvero le piacesse fare. Mentre montava il beccuccio sottile alla fine del tubo proboscidato e azionava il motore le sembrava di partecipare all'ordine e alla pulizia del mondo, asportando i residui della sua stessa umanità. Perché l'ordine non è mica come crede la gente, non è mica rimettere ogni cosa al suo posto, come se le cose un loro posto ce lo avessero veramente. Come se avessero una casa, un indirizzo, un luogo preassegnato dall'eternità, quasi il mondo fosse pieno di angoli di credenze che aspettano per tutta la loro vita che venga a posarsi sopra il ricordino della prima comunione di tuo cugino, o di mensole di camini di marmo che si sentono risolte solo quando arriva il capodimonte della nonna morta ad occupare il posto d'onore sul centrino. Sua madre le diceva cosí continuamente: ogni cosa al suo posto e un posto per ogni cosa. Ma Anna lo aveva sempre saputo che quella convinzione non era vera. Le cose non hanno veramente un posto, e i posti non appartengono alle cose.

Quando compri un oggetto, o peggio, quando te lo regalano, lo prendi e lo fai entrare in casa come si fa con gli amici sfrattati dalla fidanzata che chiedono ospitalità solo per una notte – una notte e basta, eh! – e se ne devono andare l'indomani, e poi invece succede che non se ne vanno piú; e allora cominci ad appoggiarlo in un punto, che di solito non è nemmeno quello in cui sta meglio; e infatti continui a dirti: bisogna trovargli una sistemazione. Tutti i giorni ti ripeti che quell'oggetto deve traslocare, provi anche a spostarlo, ma la crisi di locazioni è una cosa seria anche per gli oggetti, non è mica facile trovare un posto giusto, specie se non esiste. Qualcuno dovrebbe dirlo che non sono le cose ad avere un posto, ma sono i posti che cambiano forma per accogliere le cose, e se dai loro tempo, abbastanza tempo, spostarle poi non si può piú, perché ormai il posto ha preso la forma, e lasci il vuoto. Come si fa a spostare dopo tanti anni quell'orribile vaso vinto alla lotteria della parrocchia, spostarlo ora, proprio ora che la mensola gli ha fatto posto, ha aggiustato quel suo angolo sporgente, ha preso la forma, si è adattata, è diventata una mensola-vaso, un vaso-mensola, e tu chi sei per dire che adesso il vaso deve andare via, chi sei per rompere quell'equilibrio millesimale che potrebbe far crollare la casa sotto una imprevedibile slavina di deformità? Le cose sono come le persone: una volta che gli hai fatto posto, se il posto cambia, cambia tutto, i traslochi peggiori sono quelli che non sembrava, quelli che sei convinto che devi solo dare una spolverata, che non succede niente, cosa vuoi che sia, e invece il capodimonte ti cade, va in mille pezzi, e tu mentre raccogli i pezzi sai con assoluta certezza che nemmeno se vivessi altri trent'anni troveresti mai niente altro che possa stare sopra la mensola con altrettanta perfetta incongruenza. Deve essere per questo che la gente va dallo psicologo dopo un trasloco. È un trauma, si è tutti sformati, case e persone, senza gli oggetti sbagliati appoggiati nei posti diventati giusti.

Quando la madre di Anna si separò dal padre di Anna non pianse se non una volta: quando dovette portare via le cose dalla casa dove viveva da anni. Per questo Anna non aveva in casa posti per le cose, anzi le spostava di continuo, come se fosse in corso un eterno trasloco, e l'abitazione fosse in preda a un quotidiano Poltergeist. L'ordine per Anna non era ogni cosa al suo posto, era piuttosto uno sterminio di segni, la rimozione sistematica delle tracce dell'esistenza. Una volta finite le pulizie Anna voleva che la casa sembrasse non essere mai stata abitata, come un mondo autosussistente che potesse fare a meno di lei, dove ogni segno riconoscibile di presenza umana era stato igienicamente fatto sparire. Quella volta lí, quando si mise a piovere all'improvviso, Anna era solo a metà del lavoro, con il beccuccio dell'aspirapolvere infilato sotto il mobile del lavello nell'angolo cottura. Se non avesse spento l'arnese per posizionarlo meglio non si sarebbe nemmeno accorta del ticchettio che martellava le finestre, ma quando se ne rese conto non fu piú capace di pensare ai gatti di lanuggine sotto il mobile. Si alzò, salí sul soppalco, prese la tuta e le scarpe da ginnastica dalla scarpiera e se le infilò. Adesso mi faccio una corsa, si dichiarò. Certo, chi non vorrebbe farsi una corsa mentre piove e c'è la casa in rivolta igienica contro di te, si prese in giro. No, adesso ci ho proprio voglia di farmi una corsa, ho voglia di correre sotto la pioggia, sono le undici e un quarto del mattino, non c'è nemmeno traffico per strada, è un buon momento. Si fissò perplessa, ma ebbe la meglio su di sé, e due minuti dopo era già fuori dalla sua porta.

Nel cortile interno incontrò Swami, la ragazza ecuadoriana delle pulizie, che sistemava i sacchetti della differenziata nei cestini. L'iPod spento infilato nelle orecchie a titolo deterrente non si rivelò efficace per evitarle i convenevoli quotidiani. Che giornataccia, signorAnna, ha visto che grigia Milano oggi. Eh già. Anna sorrise per circostanza e sgusciò via dal portone con un cenno di saluto frettoloso.

Grigia grigia, come si fa a dire che Milano è grigia, pensò Anna, questa è pigrizia cromatica. Milano quando piove, quando il raro cielo azzurro non si mette a confondere le idee, è luminescente come un'aurora boreale. Dalle strade, dai palazzi, dalle auto, persino dalle persone sembra sollevarsi una fioca fosforescenza chimica, tra il paglierino e il verde, che non si staglia contro il grigio, perché è troppo debole, ma lo sfuma di mille gradazioni insane. Correre per Milano quando piove per Anna era come camminare sul ventre ispido di una gigantesca lucciola tossica, mentre il ritmo del respiro le accumulava in bocca un sapore sottile, che sapeva di collutorio risciacquato male e ti faceva venire voglia di sputare anche se non l'avevi mai fatto prima in vita tua. Ogni tanto durante la corsa, quando era certa di non essere vista, Anna si fermava a sputare per terra, incapace di farne a meno, perché chi ci è nato forse non se ne accorge ma Milano è una droga sintetica, chimica in un modo elegante, certo non insopportabile come stare davanti ad un tubo di scarico, ma sempre chimica, nel modo in cui lo sono certi medicinali dai bei nomi che finiscono in consonanti, efficaci ma pieni di controindicazioni, che li prendi perché non ne puoi fare a meno, perché c'è un dolore o un bisogno piú forte, ma che lasciano in bocca il gusto viscido delle cose sbagliate. Guarisce Milano, e proprio mentre guarisce ammala di piú. Uno che ci corre dentro di queste cose se ne accorge. Eppure ad Anna non dispiaceva quel rischio calcolato, inspirare-espirare, quel dilatare spinto fino a fare dei bronchi degli occhi ciechi fatalmente aperti alla luminescenza, come falene alla luce della lampada.

Anna correva sul marciapiede cercando di ridurre al minimo i microtraumi alle caviglie dovuti ai continui dislivelli del terreno, ma non le riusciva piú di tanto, perché la maggior parte del tempo non guardava a terra, ma intorno a sé. Palazzi bassi in quella zona, una vecchia zona operaia con i nomi dei filosofi greci alle vie, un quartiere di pensionati e immigrati tranquilli, indiani e cinesi, gente che nemmeno ti accorgi che c'è, il vicino ideale per chi non voleva vicini. Anna tra le vie correva senza cercare di scansare la pioggia, seguendone il ritmo con determinazione, mentre il piumino leggero si intrideva lentamente. L'iPod spento nelle orecchie non attutiva il rumore circostante, le rare macchine di passaggio, il suono di una radio sotto una finestra lasciata aperta per scambiare la chimica interna con quella esterna, o le grida degli operai al lavoro sulle impalcature dei palazzi in costruzione. Rallentò nei pressi di un cantiere per osservare un camion che aveva sul cassone aperto del retro un'enorme scatola metallica azzurra, una sorta di megacassetta degli attrezzi, piena di strumenti, fili, cavi e tenaglie. Sotto il coperchio sollevato della cassettona erano ben visibili due poster attaccati con lo scotch, uno di papa Ratzinger con le braccia sollevate in una benedizione vagamente inquietante, e l'altro di una bionda a seno nudo, con i capezzoli prepotenti puntati verso l'obiettivo con aria di sfida. In mezzo alle due immagini campeggiava un cartello di pericolo, con fulmini incrociati dietro a un teschio stilizzato e il perentorio monito ATTENZIONE CAVI ELETTRICI. Anna sorrise appena, determinata a riprendere il ritmo dopo quella scena surreale, ma fu allora che vide una cosa che la fece nuovamente rallentare.

Appeso al balcone del palazzo successivo penzolava nel vuoto un piccolo babbonatale impiccato alla sua scaletta di corda. Minuto come un bambino di sei anni, il fantoccio vestito di rosso aveva il volume debole di un sacchetto riempito poco, appeso all'inferriata del balcone sembrava un frutto dimenticato dall'autunno sullo stecco nudo di un ramo. E dimenticato probabilmente lo era stato davvero, perché non era piú Natale da settimane e anche i piú ritardatari avevano tolto le luminarie, ché in tempi di crisi era già un miracolo che le avessero messe su. Anna camminò fino a sotto il pupazzo e lo guardò dal basso, immobile e zuppo, con i colori smorti di chi Milano se la prende tutta a ogni ora da giorni. Come si fa a scambiare per decorazione natalizia una cosa funebre come un fantoccio appeso ad un balcone? A quale bambino puoi dare a bere che tutti quei pupazzi grossolani alti appena come lui che stanno appesi per la via sono Babbo Natale? O che in quel sacchetto di panno rosso dove ci sta al massimo un melone c'è davvero la sua macchinina a pedali? Anna se lo chiese mentre sollevava le mani a sfiorare i piedi del pupazzo sopra di lei senza nemmeno capire bene perché lo faceva. Strinse tra le mani i due fagotti gocciolanti dei piedi del pupazzo, e una goccia le scivolò lungo il polso, fredda e lucida, trovando da scorrere sotto la maglia di ciniglia della tuta, troppo ampia. Ad Anna venne un brivido, e con il brivido un istinto insopprimibile, un pensiero assolutamente non premeditato, rapido e senza controllo. La via era vuota, si intravedeva solo un capannello in lontananza, due o tre vecchie a discutere del prezzo della pasta che non scende malgrado l'ottimismo. Ma Anna nemmeno le vide. Con un colpo secco invece tirò il pupazzo verso di sé, imponendogli quasi tutto il proprio peso con una forza che non sospettava neanche di avere; il pupazzo fece solo un po' di resistenza, uno strappo lieve, un tentativo di ritrosia, poi cedette e venne giú, lasciando la scaletta vuota appesa al balcone, nuda come una croce di venerdí santo.

Se ci fosse stato qualcuno nei pressi della finestra dentro la casa, probabilmente nemmeno avrebbe udito lo strappo delle cuciture delle mani tozze e appena accennate del simulacro; infatti nessuno si affacciò a vedere quella strana variante della *Pietà* di Michelangelo, una donna in tuta da ginnastica ferma sotto la pioggia con un cadavere di babbonatale floscio tra le braccia. Anna del resto non rimase ad attendere. Accese l'iPod con noncuranza e riprese a correre con accelerazione crescente, tenendo il babbonatale polveroso e umido contro il piumino. Diana Ross uggiolava consigli sull'amore, ma Anna mentre correva aveva nella testa una sola cosa: come sarebbe stato, una volta ripulito e sistemato, quel babbonatale sulla mensola, al posto del vaso di Capodimonte di sua nonna andato in pezzi mentre spolverava? Forse la mensola si sarebbe adattata a fargli da posto giusto, ma chi poteva dirlo. I mobili sono imprevedibili, non sai mai che scherzo ti tirano, pensò. E intanto non pioveva nemmeno piú.

3. *Fede e lavastoviglie.*

Eppure nemmeno quella seconda volta Anna aveva capito che correre quando pioveva fosse diventata una necessità. Ci volle una terza occasione perché aprisse gli occhi e si rendesse finalmente conto. Quella volta però dovette veramente lottare con sé stessa, perché era già notte, le undici passate, e lei non riusciva a dormire, buttata sul divano a stordirsi con le repliche del Dottoraus.

La pioggia cominciò senza presagio. Per tutto il giorno aveva persino brillato oltre la nebbia quello strano sole malato che anche se lo fissi ad occhio nudo non succede assolutamente niente. E invece adesso eccola, la pioggia all'ora giusta. Non se ne parla, si disse. È notte. Appunto, si ribatté, strade sgombre, inquinamento ai minimi termini, nessun passeggino da dribblare sul marciapiede, potrei persino correre sull'asfalto, come fossi un'auto anche io. Sei scema, si disse a voce alta fissando il Dottoraus dritto negli occhi. Era pura follia, solo i tossici e i ladri d'autoradio uscivano a quell'ora di mercoledí. Il Dottoraus fece un sorriso sghembo e Anna lo interpretò come un sí; mentre si alzava per cercare la tuta alla luce fioca del televisore, le immagini del telefilm si moltiplicavano specchiandosi su tutte le superfici lucide del soggiorno in penombra. Uscí furtiva come un topo d'appartamento, con i capelli legati in una coda di cavallo senza nemmeno un berretto sulla testa. Non lasciò biglietti attaccati al frigo, né avvisò qualcuno per dire che tornava tardi, perché non c'erano presenze a cui dar conto di quell'assenza. Nessun caro a cui dire: Scusa Caro, esco un attimo. Nessuno a cui far correre il rischio eventuale di un non ritorno. C'era stato però una volta, si chiamava Franco ed era suo marito. Non marito e basta, bisogna specificare, perché mica tutti i matrimoni sono uguali. C'è gente che si sposa solo un po', Anna invece con Franco era molto sposata, sposata con otto anni di fidanzamento, sposata finché morte non ci separi, hai presente quelle cose lí che poi non è vero che quando ti sposi il prete te le dice, è una cosa da film americani che scopri non essere vera solo quando tocca a te recitarla. Una ci resta anche male, passa la vita a sognare una persona a cui promettere finché morte non ci separi, e poi il prete va fuori tema e nemmeno lo dice. Invece dice: Non osi separare l'uomo ciò che Dio ha unito, che se uno ci pensa è pure peggio, perché è minaccioso, nessuno ti dice cosa succederebbe se provassi a osare, quale delle dieci piaghe d'Egitto potrebbe arrivarti addosso se solo ti permettessi. Non osi separare l'uomo ciò che Dio ha unito non vuol dire: finché morte non vi separi, perché la morte è la morte, non è che uno debba metterci tanta riflessione, si crepa e stop, non sei piú sposato, né marito né moglie, se è andata bene al massimo sei un garofano sul marmo la domenica mattina. Invece quella frase lí è subdola, ti fa capire che sí, sarà pure la morte che separa, ma non si muore mica una volta sola nella vita, e quale sia in mezzo alle tante la morte che separa la devi decidere tu, di volta in volta, a tuo rischio e pericolo. Ad Anna nessuno lo aveva spiegato che mentre risplendeva radiosa davanti all'altare nel suo vestito bianco e spumoso stava in realtà accettando di assumersi la responsabilità del medico eutanasista nel caso in cui il rapporto fosse caduto in stato vegetativo permanente. Vuoi tu? Sí, lo voglio, certo. Cioè, almeno credo di volerlo. A saperlo prima, uno vorrebbe anche tentennare davanti a richieste cosí, ma non sono posti dove essere incerti, gli altari delle chiese. Non può trovarsi bene una domanda in un posto gremito di risposte inquattate da secoli nelle bifore trecentesche e nelle volte romaniche, come cecchini senza sonno in una eterna Sarajevo. Qualunque domanda rischierebbe di farsi notare troppo se camminasse vestita di tutto punto sulla guida rossa stesa lungo la navata, e certo non tarderebbe a soccombere sotto i colpi di una risposta perentoria. Per questo alcune domande fanno veri e propri viaggi della speranza per evitare questa fine, attraversano gli anni aggrappate al barcone di una dimenticanza, si nascondono dietro un sorriso perso, coltivano un istinto di sopravvivenza cosí forte da meritarsi alla fine lo status di rifugiati politici, e tu le conservi senza chiedere mai loro il nome, sperando che la risposta giusta per loro arrivi prima che morte non ci separi, possibilmente non mentre sei distratta ad allacciarti le scarpe da ginnastica per uscire a correre. Anna chiuse la porta del palazzo senza farla sbattere, cercando di spegnere quel pensiero sopravvissuto con il suono della musica nelle orecchie. Di notte tanto non c'è nulla da ascoltare a Milano, il suo silenzio è una finta quiescenza, una digestione pesante piena di rumori sospetti, la stasi minacciosa di un formicaio che fa sogni collettivi di carcasse da divorare a rate. Meglio il pop di quel silenzio vorace, per Anna, magari il pop piú commerciale che c'era qualche anno fa, con quel suo ritmo psicotropo che è l'ideale per avvantaggiare una corsa senza pensieri sensati.

Per le strade non c'era veramente nessuno, il quartiere dormiva seriamente come solo i quartieri dormitorio sanno fare: non c'erano bar, non c'erano locali notturni, l'unico segno di vita era il panettiere indiano all'angolo con via Astico, lo vedevi dalle luci accese che aveva già cominciato a fare il pane per il quotidiano altrui. Anna passò davanti alle sue vetrine smerigliate mentre la pioggia diventava d'oro sotto il lampione dello svincolo, girando l'angolo solo per cambiare direzione. La consapevolezza di non aver potuto evitare di uscire di casa con quella pioggia la dominava senza opprimerla, come se in fondo lo scopo fosse meno importante del modo in cui andava perseguito: sentire i muscoli contrarsi, misurare il ritmo del passo sulle variazioni del respiro, non portare il cuore a battere troppo in fretta per non bruciare le forze, muoversi in sincronia senza calcolare un momento per smettere… Quella dinamica aveva qualcosa di lenitivo, e non importava se non si capiva con precisione per quale ferita. Anna teneva il passo di corsa godendosi l'ascolto di tutte le tensioni del suo corpo, mentre lentamente ad una ad una l'abbandonavano, nascoste nella nuvola di fiato che le labbra non facevano nulla per trattenere.

In quella notte, sotto la pioggia fredda di febbraio, per la prima volta si rese conto che non c'erano finestre di abitazioni ad altezza d'uomo nel suo quartiere. Fino a due metri d'altezza e piú, ogni palazzo aveva uno zoccolo cieco che sollevava la vita interna dal livello della strada, sottraendola allo sguardo dei passanti. Sicurezza, igiene, privacy ed estetica erano rispettate in un colpo solo, ma c'era qualcosa di inquietante nel realizzare l'impermeabilità dei due piani di esistenza, notte e giorno, dentro e fuori, alto e basso, tutto reso ancora piú evidente dal fatto di trovarsi nel punto debole dello squilibrio, quello da cui era possibile ipoteticamente essere visti da uno qualunque di quegli occhi ciechi e distanti, ma senza potere in nessun modo ricambiare l'indiscrezione. Fu per questo che Anna si stupí quando a un certo punto della corsa vide sul muro, dall'altro lato della strada, una finestra illuminata all'altezza del suo sguardo. Non era il vetro di un negozio, ma proprio una comune finestra di casa, prudentemente protetta da una gabbia di sbarre larghe e robuste, che contro il basso vetro illuminato suggerivano l'immagine di un apparecchio per i denti su un incisivo venuto su troppo sporgente. Anna rallentò senza riflettere, fermandosi sul marciapiede esattamente all'estremità della direttrice della finestra, con l'intento evidente di indirizzare uno sguardo curioso dall'altra parte della strada. Non era poi cosí tardi in effetti, e c'era qualcuno che si muoveva nell'interstizio tra le tende; la curiosità ebbe la meglio sul suo buon senso, tanto che attraversò rapida guardandosi attorno furtiva, e andò a fermarsi a un lato della finestra, sbirciando dentro immediatamente dopo. Non valutò il rischio che corre qualunque spione quando cede alla tentazione, quello di vedere qualcosa che non potrà dimenticare. Non la sfiorò l'ipotesi di diventare testimone di una violenza domestica, di un omicidio o, peggio, di una banalità che non valesse la candela di una sbirciata. Nel gesto di buttare lo sguardo dentro quel mondo interno non c'era premeditazione né morbosità, solo l'infantile desiderio di godersi una sorpresa provocata dal caso. Un altro curioso sarebbe rimasto deluso dalla scena che scorse, ma non lei. Oltre la finestra c'era un cucinotto di una decina di metri quadri, e nel cucinotto un uomo accovacciato caricava la lavastoviglie. Niente di che. Allora meglio un omicidio, piuttosto. Meglio una violenza privata, lo spunto indignante per un atto eroico da denunciare, per un contributo alla sicurezza urbana, sentirsi Catwoman per una notte senza nemmeno averlo progettato, come nei film. Invece, niente di piú noioso di un uomo che spiegava a una macchina come lavargli i piatti della cena, uno spettacolo che non valeva la pena di vedere fino ai titoli di coda. Ma non per Anna. Non era nemmeno l'uomo la parte interessante, anche se era evidente che un uomo che alle undici di notte passate carica una lavastoviglie, al novanta per cento delle probabilità, è anche single. No, era proprio la lavastoviglie, e il gesto preciso di caricarla, che la fece indugiare in quella situazione compromettente. Senza fare movimenti bruschi, trattenendo il fiato per non appannare il vetro della finestra, strinse le sbarre fredde e bagnate tra le mani sbirciando oltre la tenda con piú determinazione.

Il fatto è che Anna era convinta di poter capire se una persona fosse credente o non credente semplicemente osservando il modo in cui caricava la lavastoviglie. Per lei era un sistema scientifico e infallibile, che si rivelava vero praticamente tutte le volte che lo metteva in atto. Bastava semplicemente osservare. Il ragionamento partiva dal principio che chiunque possedesse una lavastoviglie ne avesse necessariamente intuito anche il funzionamento, perché non è come un microscopio elettronico, la lavastoviglie, o come un orologio atomico, che funziona benissimo, ma solo tre persone al mondo sono in grado di capire il perché. La lavastoviglie non è un sapere d'élite, ha un meccanismo assolutamente elementare, alla portata di chiunque, democratico e popolare. Metti dentro i carrelli i piatti, le pentole e i bicchieri, premi START ed ecco, arriva l'acqua con il detersivo e il brillantante che viene spruzzata con forza da piú punti precisi e fissi, o al massimo fatta cadere a pioggia sopra il cestello girevole, come una doccia. Dopo averla fatta andare anche una sola volta, persino un bambino capisce che il meccanismo è quello. Eppure non tutti sembrano ricordarsene al momento di usarla, ed è lí che uno si può accorgere se la fede c'è o non c'è.

Ci sono persone che caricano la lavastoviglie tenendo conto della direzione dell'acqua, del ciclo di movimento e della consistenza dello sporco da rimuovere, eventualmente provvedendo prima a una sgrossata manuale. È gente di poca fede, il loro approccio alla macchina è di tipo razionale, laico. Esiste però un'altra categoria di persone, e a questa apparteneva di sicuro anche suo marito Franco, persone che caricano la lavastoviglie con gesti del tutto incongruenti, infilando pentole piccole dentro pentole grandi, o riempiendo una ciotola sporca di olio e aceto con tazzine da caffè messe alla rinfusa, e poi avviano il ciclo di pulizia. Anna chiamava questo modo di caricare la lavastoviglie «avviare il lavaggio mistico», ovvero serrare il coperchio con spirito sacerdotale e premere il tasto come atto di fede, chiudendo gli occhi e confidando che l'acqua e il detersivo per qualche mistero insondabile entreranno comunque negli interstizi che sono stati otturati o che per un miracolo inspiegabile, tutto interno al macchinario, le stoviglie si metteranno a girare dentro in un moto aereo fluido e silenzioso, danzando senza peso sotto il getto sacralmente aspersorio dell'acqua saponata. Ovviamente dal lavaggio mistico il carico non veniva mai fuori del tutto pulito, e una parte delle stoviglie andava sempre ripassata a mano, ma questo non era mai stato importante per suo marito: Anna era anzi convinta che lo mettesse in conto anche prima di far andare la macchina, come il vero credente mette in conto l'insondabilità del disegno divino, al quale offre comunque quell'affidamento cieco che si fonda sulla certezza di una amorevole anarchia, vistosamente giusta quando soccorre e misteriosamente giusta quando delude, con il tasto «esaudimento preghiere» studiato difettoso in modo da non generare mai troppe aspettative di puntualità. Se esiste davvero un misterioso Signore delle lavastoviglie, i suoi pensieri sovrastano i nostri quanto il getto d'acqua sovrasta il carrello girevole, e nell'economia interna del macchinario quella non è una distanza da niente.

Spiando da dietro la tenda, Anna, in base alla sua teoria, fu in grado di capire che l'uomo al di là del vetro era probabilmente ateo, oppure seguiva una di quelle discipline orientali che istruivano a cercare il divino dentro sé stessi. La disposizione delle stoviglie nel carrello era infatti minuziosa ed equilibrata, ogni spazio sembrava essere stato sfruttato bene, e nessuna cavità che doveva essere raggiunta dall'acqua aveva l'aria di essere stata occlusa nemmeno in parte: il carrello di quella lavastoviglie aveva la composizione armoniosa di un giardino zen. L'uomo lo spinse nel suo alveo e chiuse lo sportello premendo il tasto di avvio, e solo quando si alzò in piedi lei lo vide bene in faccia. Era giovane, non piú di ventotto anni, e mentre lo osservava passarsi stancamente una mano tra i capelli Anna notò che erano scuri e tagliati corti, e che portava un paio di occhiali con la montatura sottile che non nascondevano gli occhi chiari. Era bello, pensò, e anche dio di sé stesso, uno che non fa ricadere su di te le conseguenze della sua fede nel mistero, perché i piatti li fa come si deve, una sola volta.

Per un istante la lavastoviglie perse importanza, Anna chiuse gli occhi e la sagoma del giovane uomo appoggiato al lavello evocò altri ricordi, altri piatti sporchi, un'altra cucina e un altro tempo, capelli corti e scuri, occhiali seriosi e baci al retrogusto di pastalforno tra gli avanzi indifferenziati di una cena con gli amici. Franco che rideva, Franco che preparava il lavaggio mistico, Franco suo marito per sempre, e non osi, non osi separare l'uomo, non osi la donna nemmeno provarci. Marito e moglie, nozze di brillantante, sposati per sempre, o quasi, finché Marta non vi separi.

Con la voce strascicata di Damon Albarn nelle orecchie, aggrappata alle sbarre che tutelavano la finestra, Anna si lasciava scorrere addosso la pioggia fredda senza reagire, e sotto quell'acqua era come se lei stessa fosse diventata un piatto nel cestello, una stoviglia che qualcuno si era scordato di togliere, che continuava a fare cicli di lavaggio ad oltranza, logoranti e inutili, incantati su sé stessi. Quell'uomo, quando Anna riaprí gli occhi umidi, era ancora lí appoggiato al lavello, fumava una sigaretta e scelse proprio quell'istante per guardare fuori, oltre il vetro, per strada. Non rimase ad aspettare di essere vista, Anna. Con uno scatto lasciò le sbarre e corse, corse forte tornando indietro, perché farlo certe volte si può, e correndo raggiunse il portone di casa come un battello disperso la riva. Mentre Anna entrava dentro pioveva ancora forte su Milano, e quella volta sembrava proprio non volesse smettere piú.

4. *Scatola nera.*

Un'altra avrebbe capito che era necessario cominciare a rifletterci, su quella cosa della pioggia e della corsa. Prima che piovesse di nuovo all'ora giusta, un'altra avrebbe capito che occorreva decifrare che cosa le era successo. Un'altra, forse. Ma non Anna. Anche senza rifletterci sapeva benissimo che la causa di tutto non era stata la prima volta, quella con il ragazzo nero. No, quella volta lí era tutto già successo, era successo dentro, e lei lo aveva imparato da molto che tutto succede sempre prima dentro, anche l'amore si fa prima dentro, persino la paura precede il pericolo come un profeta cieco, toccando i nervi sporgenti con la punta acuta del bastone bianco. Era successo e lei non se ne era accorta, semplicemente.

Non accorgersi certe volte è una transizione della vita, un attimo piú o meno lungo dell'esistenza in cui sei occupata a guardare il panorama mentre ti rubano la macchina lasciata aperta, e torni a casa a piedi sapendo che in fondo è colpa tua. Capita a tutti. Per altri però non è niente di occasionale il non accorgersi, è piuttosto una condizione esistenziale, la scelta ricercata di lasciar succedere alcune cose precise non solo senza intervenire, ma scegliendo piú o meno consapevolmente anche di guardare altrove, per non trovarsi a vestire il ruolo scomodissimo di testimoni di sé stessi. Fermarsi in certi angoli di vita genera colpe difficili da perdonare, e a volte la colpa maggiore non è l'aver fatto, ma aver visto sé stessi fare. Meglio allora non accorgersi di certe cose, dire che sí, era la mia vita, ma non c'ero, e se c'ero correvo, mi sono persa qualcosa, si perdono tante cose mentre si corre, saltano fuori dalle tasche, dai pori della pelle, dai labirinti dentro la testa, come palline impazzite di un flipper saltano fuori, le senti rimbalzare tra le orecchie e poi scorrere via senza fare punti. Ne potrebbero raccontare di belle i netturbini, su quello che trovano lungo le strade dove la gente abitualmente corre. Sospinto dal movimento, se vai veloce tracci una striscia fitta di cose perdute, occasioni, ricordi, persone sfuggite come briciole dalle mani di Pollicino, frecce puntate all'indietro a denunciare per sempre che è il punto di partenza il fulcro di ogni cosa, mentre relegano quello dell'arrivo al ruolo ignavo di eterno comprimario.

Tra il soppalco e il divano Anna faceva le scale di continuo passando e ripassando l'aspirapolvere, lo straccio, il panno umido e il piumino in ogni interstizio, su ogni piano e sopra ogni anta, cancellando le prove quotidiane della sua esistenza in quella casa con maggiore ferocia del solito. Di quando in quando, passando vicino alla mensola del camino, lanciava un'occhiata astiosa al cadavere di babbonatale seduto nell'angolo, appoggiato e fissato alla copertina rigida di un libro da due mollette che lo facevano sembrare un condannato in attesa del suo coro di spari. Il pupazzo non aveva colpe e Anna lo sapeva benissimo; anche lui in fondo si era solo distratto un attimo, non si era accorto che il Natale era passato, non aveva capito l'impellenza di percorrere la scala piú velocemente, perché Natale quando arriva arriva, e la gente non capisce che Babbo Natale invece arriva quando può, e magari in certi posti non arriva affatto. Solo che a Natale siamo tutti piú pignoli: niente secondi classificati, se non arrivi nel giorno in cui sei atteso non ci sono piani B, non puoi dire scusa, sui tetti c'era un traffico. Aspettati invece da qualche parte una mezzanotte bastarda che con il cronometro in mano attende dietro le nubi che il tuo sogno si muti in incubo, la tua carrozza in zucca e la tua scala in forca. Se ti distrai un attimo, se non ti accorgi, persino tu che fino a un istante prima eri un anziano pasciuto che scalava ancora i tetti con successo infischiandosene delle norme di sicurezza, ti ritrovi fulminato in pupazzo, sospeso a mezz'aria e condannato ad assistere a uno spettacolo per cui non eri stato messo in lista, la fiera dei buoni spropositi per il nuovo anno, e tutto perché avevi l'orologio indietro sul mondo. Fuori tempo massimo, babbo. Scaduto sul lavoro, morte bianca invece che bianco Natal, e rientro nel mercato del lavoro al posto precario di un vaso in porcellana di Capodimonte andato in aspettativa per frantumi suoi. Anna non sapeva spiegarsi perché si fosse portata quel perdente a casa, ma aveva abbastanza discronie col proprio di mondo da considerare fuori luogo l'idea di dar lezioni al cadavere di un babbonatale sui rischi collaterali della scelta di vivere senza accorgersi.

Era domenica, giorno di pulizie pesanti, e aveva molte cose piú urgenti da fare di una seduta di autoanalisi sulle proprie incongruenze. In piedi su una sedia, mentre rassettava il lato estivo dell'armadio quattro stagioni, le si incastrò un'unghia nella fessura rigida di un contenitore di latta. Imprecando ritirò la mano, ma il danno era rimediabile con una buona limata. La causa era una scatola rettangolare infilata tra le magliette di cotone, un vecchio contenitore per biscotti che venne fuori scivolando sulla formica del piano quasi spontaneamente. Anna era stupita che in casa ci fosse un oggetto che non aveva cambiato posto negli ultimi mesi, nonostante i suoi continui sforzi per far provare a tutte le cose dell'appartamento l'ebbrezza della transitorietà. Per quella ribelle il segreto spadroneggiare nel buio anarchico dell'armadio era durato anche troppo, per cui Anna la aprí senza scendere nemmeno dalla scala, con l'intenzione di capire cosa conteneva per trovargli subito un altro posto adatto. Il coperchio capí l'antifona, e la scatola rivelò il suo contenuto senza opporre nessuna resistenza: si trattava soprattutto di foto, foto e lettere, insieme a vecchi scontrini, biglietti del cinema e della metro usati e un piccolo tubolare di cartone con dentro perline di una collana rotta che Anna non ricordava neppure di avere mai posseduto. Scese dalla scala con la scatola tra le mani e si andò a sedere sul divano, esaminandone il contenuto con attenzione. Era poco prima di mezzogiorno, c'era tutto il tempo di vederle prima di mangiare, e di riporle, magari in uno dei contenitori piatti di cartone sotto il divano. Ma prima guardarle, certo. Se le era dimenticate quelle foto Anna, forse perché erano immagini di serie B, mai finite in una cornice e mai nemmeno appese al frigo con la rana-calamita; profili sbagliati, abbracci sbilenchi, foto di gruppo con dita sull'obiettivo, sovraesposizioni e sfuocature, tutti quei costosi errori di quando non c'erano le macchine digitali. Quella scatola era un cimitero di ricordi venuti male, una specie di sfasciacarrozze di tutte le maschere di gioia risultate poco credibili. Prove tecniche di felicità ipostatica.

In una foto sua madre teneva un cane beagle in braccio, con la mano nuda stretta intorno al collo della bestia in una parodia di carezza, piú rapace che tenera, metafora di sé stessa mentre sfoggiava il sorriso robusto di chi non ha mai avuto paura del dentista, oltre che del resto. In un'altra, suo padre in piedi sulla barca entrobordo in un porticciolo del mare greco, con quei calzoni cachi tesi impietosi sui fianchi, mentre afferrava una cima che Franco si era proteso a porgergli per assicurare il mezzo a terra, incauto anche lui nell'offrire al fotografo il suo profilo piú cupo, a dispetto del sole che sovraesponeva la foto. C'erano immagini di ogni vacanza, di ogni compleanno, di ogni Natale, in una concatenazione di convivialità tali che uno, a vederle di seguito, avrebbe pensato che quella famiglia fosse tutto uno stendere e scuotere tovaglie di pranzi, e vestiti allegri su buffe espressioni bloccate per sempre da un *cheese*. Anna nelle foto non c'era quasi mai. Era sempre stata convinta che la gente non dovesse farsi fotografare con tanta disponibilità, perché c'è qualcosa di necrofilo nel voler imbalsamare un'emozione, un'atroce volontà entomologica nel trovare il coraggio di staccare gli occhi da un volto caro per puntargli addosso una macchina fotografica, e condannare l'irripetibile istante a una ripetizione senza posa e senza contesto. Folle come far durare per ore l'ultimo acuto di una cantata lirica, evirato dalla narrazione melodica di cui quel Do è solo il punto esclamativo. A quella vita famigliare cristallizzata sulla carta lucida delle foto, Anna aveva fatto obiezione attraverso l'obiettivo, assente se non come testimone di una finzione, trasformata volontariamente in spia dei suoi stessi segreti, potenzialmente svelati a chiunque dal dito impudico che premeva a comando sul pulsante del flash. Né lei né Milano vi apparivano mai: tutte immagini scattate altrove, quasi la città stonasse nell'economia fotografica del sorriso, non fosse scenografia adatta a fare da sfondo alla gioia immobile.

Anna la si intravedeva solo in due foto: in una nell'atto di scuotersi l'asciugamano dalla sabbia, con un costume verde acqua che non le stava particolarmente bene; nell'altra seduta sulla battigia con Franco, entrambi di schiena all'obiettivo, mentre lui le porgeva la mano in un gesto che chi aveva scattato la foto aveva di sicuro equivocato per tenerezza. In realtà Anna ricordava come l'avesse davanti la spina di riccio nell'indice del marito, e la richiesta lamentosa di essere aiutato a liberarsi di quella intrusione minima. Altre intrusioni non avevano avuto bisogno di scatti per restare in memoria, nonostante la memoria avesse comunque ottimi sistemi per far divenire minimo quel che minimo non era stato. In un silenzio necessario Anna ripose le foto dentro la scatola, dando appena un'occhiata ai biglietti del cinema conservati quando la collezione dei segni dell'esistenza sembrava avere ancora un senso differente dall'amarcord. Quando si chinò a infilare la scatola sotto al divano, Anna aveva la testa piena di immagini che non era cosí certa di voler conservare, niente affatto sicura di volerle veramente sotto il divano dove si distendeva per riposare e rilassarsi. Una bomba emotiva continuamente al centro del suo mondo, uno scrigno di vite in formalina pronte a rammentarle che l'unica cosa che conta è, in fondo, quella che si ferma e rimane, perché hai avuto il coraggio di viverla a metà e fotografarla interamente, domiciliata in luoghi immaginari dove però puoi dimostrare, foto alla mano, di essere stata davvero. Il resto dei suoi ricordi, quelli non fotografati, quelli vissuti fino in fondo, erano in realtà dei non luoghi, geografie definite per assenze, dove nessuno poteva aspirare ad avere altro che permessi temporanei di soggiorno, compresa lei. Anna si sforzò di essere razionale, di contenere la minaccia che avvertiva crescere negli oggetti della memoria, e con fatica lasciò infine la scatola dov'era, sotto il divano. Ma nel rialzarsi dall'inserimento accurato si sentí sporca, e avvertí il desiderio insormontabile di una doccia. Si spogliò nel soggiorno stesso, togliendo le prime cose con calma, poi le ultime con fretta via via maggiore, come non le sopportasse piú addosso, finendo per gettare sul divano la biancheria con un gesto violento. Attraversò la casa nuda con gli occhi annebbiati dalla rabbia, infilandosi sotto la doccia senza nemmeno attendere che il getto dell'acqua diventasse caldo. Lo lasciò scorrere per diversi minuti rimanendo immobile come un albero sotto la pioggia, dondolando lentamente al ritmo del suo fluire. Non c'era alcuna calma in quel fremito, e quando cominciò a lavarsi impose alla pelle una pulizia violenta e ruvida. Strofinò ogni punto del corpo con la spugna piú rude, usò diversi detergenti, spazzolò le unghie delle mani e dei piedi, passò le dita tra i capelli decine di volte, obbedendo ad un impulso feroce di rimozione, e quando uscí dalla doccia aveva la pelle arrossata e gli occhi pesti di chi non dorme da giorni. Si annusò con cura, in cerca di un odore diverso dal proprio, e a stento trovò anche solo quello. Non rimise gli stessi vestiti, li infilò anzi nel cesto della biancheria sporca appallottolandoli come un'unica entità, prima di mettersi addosso un altro paio di jeans e una felpa. La casa splendeva del suo stesso grado di igiene, uno stato di certezza molto simile alla sterilità in cui Anna si sentiva al sicuro da ogni contagio estraneo, provenisse pure da sé. Accese la televisione per cercare qualcosa da guardare, andava bene anche una rete musicale, andava meglio anzi, con telenovele e giochi a premi per quel giorno aveva già dato e perso. Si rilassò sul divano, in apparenza dimentica di tutto, chiudendo gli occhi come una bimba. In quella posa distesa e placida nessuno, nemmeno il piú complottista degli intuitivi, avrebbe sospettato che tra i cuscini, nelle forme morbide della struttura che l'accoglieva, in qualche modo misterioso quella principessa avvertiva il fastidio della presenza di uno strano, rettangolare, personalissimo fallo di latta con coperchio, con le sue sporgenze irrisolte a premerle dritto nei fianchi.

5. *Battesimi sanatori.*

Era primavera, ed erano passati sei mesi almeno dalla prima volta che Anna si era messa a correre per correre sotto la pioggia. Sei mesi in cui aveva misurato con il compasso della falcata ogni angolo, ogni via, ogni interstizio del suo quartiere, e anche dei quartieri accanto, a molte delle ore del giorno. Ormai anche nell'isolato se ne erano accorti di quel che faceva, e alla lunga non c'era stato modo di dar loro a bere che si trattava di normalissimo jogging, perché in mezzo a tutta quella gente erano in molti a farsela sul serio la corsetta tonica, ma nessuno si alzava alle tre del mattino per quello. Il panettiere all'angolo sapeva che, se la vedeva passare mentre era di turno e fuori pioveva, era una cosa normale in qualche modo: nel modo in cui riescono a spacciarsi per normali anche le cose veramente strane, se hanno l'accortezza di ripetersi abbastanza volte da mutarsi in abitudine. La cosa buffa era che a forza di correre con tutta quella pioggia Anna non si era mai ammalata, nemmeno un raffreddore, men che meno una bronchite o una tosse di altro tipo: niente. Correre sotto l'acqua non era un atto indolore, ma non si era nemmeno rivelato patogeno nel senso influenzale del termine. La durata delle corse non era cosí regolare da averne tratto significativi benefici fisici nel senso del tono muscolare: non sapeva mai quando e per quanto avrebbe corso, perché se avesse potuto prevederlo significava che forse avrebbe anche potuto controllarlo, e controllarlo Anna non poteva proprio. Restava sempre quella insopprimibilità nell'atto, quella ferocia nel desiderio di uscire, che sapeva sempre di fuga o inseguimento, di scippo fatto o subito, di emergenza in corso, risolvibile solo in corsa. Ma quello che cominciava non era un giorno a rischio, nemmeno a volercela mettere tutta a pensar male del cielo. Non c'era una nuvola, l'azzurro faceva sul serio, e cominciava ad aleggiare tra le fronde dei rami il primo moto del polline dei pioppi, la maledizione degli allergici di tutta Milano – ma non di Anna, che avrà pure avuto mille incapacità di convivenza con la città, ma di sicuro non quella del pioppo.

Aveva chiesto ferie Anna, vacanza dal posto di lavoro, per godersi quella prima minaccia di bel tempo, a differenza dei milanesi disorientati dall'azzurro cosí poco familiare, pericoloso se non fosse stato occasionale, perché potenzialmente foriero di frustrazione e ansia d'estate. Lavorare guardando il grigio aveva una sua certa consequenzialità. Lavorare guardando l'azzurro era come avere fame davanti alla vetrina di una salumeria. Ma sull'occasionalità non c'era pericolo, Anna lo sapeva e per questo aveva chiesto quel giorno libero. Nessun azzurro a Milano correva il rischio di essere assunto a tempo pieno, con quello che costa il tempo pieno in tempo di crisi. Meglio cogliere l'occasione quando si presentava, e per questo i giardini pubblici Indro Montanelli erano un buon posto, l'angolo quasi perfetto. Adesso che avevano distrutto per bene il bosco di Gioia per costruirci su, non restavano molti altri posti in città dove cercare del verde da abbinare all'azzurro. Il parco della Martinella, forse qualcosa all'estremità della metro rossa, due o tre parchetti in centro, certo niente di paragonabile all'estensione di una Villa Pamphilj, ma a quelle latitudini per una mamma con il passeggino, un anziano con un giornale o un impiegato statale in libera uscita, a Milano ogni aiuola faceva foresta. Poi ad Anna piaceva il nuovo nome, Indro Montanelli, come il giornalista. Indro sapeva d'acqua, specialmente con quella «n» infilata di traverso alla parola Idro a stemperare la durezza rotante della «r». E all'acqua che sapeva di mare seguiva subito quell'incredibile cognome, Montanelli, montagne piccole, ma maschie, con certe pretese di punta, magari innevata, ma simpatiche, diminutive, piccine e ben fatte. Chiamare un parco Indro Montanelli era una cosa appropriatissima, come chiamare Beatrice una regina: che una se si chiamasse Cosima non sarebbe la stessa cosa, verrebbe in salita da prendere sul serio come sua maestà. Ma Indro Montanelli era proprio perfetto. Se non fosse esistito davvero un brav'uomo con quel nome, avrebbero dovuto coniare una finta personalità eccellente chiamata cosí, e invitare scrittori e poeti a farne l'agiografia, a celebrarne le gesta, a creare una mitologia che permettesse di trovare una scusa qualunque per dedicargli il parco, facendone il genius loci degli alberi e delle fontane. Non è come dire: dedico un parco a Gabriele D'Annunzio, con tutto che D'Annunzio magari era una brava persona pure lui. Ma non è un nome da parco, è un nome da villa, D'Annunzio, da circolo culturale di pensionati benestanti con qualche velleità letteraria inconfessabile. Gabriele D'Annunzio è un proclama solenne che prelude a discorsi ufficiali, va bene per una sala per congressi. Invece Indro Montanelli è già una geografia, una geologia, uno scrosciare di ruscelli in bocca e uno scalare altezze con lo sguardo, anche se appena sollevi gli occhi ti avvilisce subito l'antenna di un colosso della telefonia mobile sul palazzo che si scorge oltre gli ippocastani. Almeno quel nome ti ha fatto venire voglia di provare ad alzarli gli occhi, e a Milano di questi tempi è un miracolo che potrebbe bastare.

Ad Anna bastava, quel giorno sí, e camminava sui vialetti di ghiaia grata di cuore a Montanelli, manco l'avesse fatto lui quel parco, per essersi prestato postumo a ribattezzarlo, perché anche la morte di una persona dal nome giusto, in un angolo di verde cosí, sembrava meno priva di senso, piú pareggio che perdita. Mentre Anna camminava lentamente con le mani in tasca, la sagoma della fontana si faceva piú vicina, e il suono del suo gioco d'acqua, semplice come uno schizzo dispettoso in verticale, si faceva annunciare senza timidezze. La gente si assiepava intorno alla vasca di pietra semplice come uccelli a bere, e non si poteva non interrogarsi sul perché mai l'acqua esercitasse questo fascino sulle persone. In fondo esce da ogni rubinetto, ingombra ogni pallet di legno nei magazzini dei supermercati, è la cosa piú comune per la gente dopo la loro stessa faccia allo specchio la mattina, prima di lavarsela coprendola d'acqua. Eppure uno esce un attimo a fare una passeggiata, se ne va in un parco, e lí come una calamita comincia a ruotare intorno alla fontana, senza toccarla né berne, quasi che anche gli occhi avessero sete a modo loro. Anna si avvicinò alla fontana che conosceva a memoria, e con quell'azzurro sopra era come vederla per la prima volta, con la gente intorno che le faceva festa silenziosa, con quel loro profilo basso anche nella gioia, quel pudore costantemente equivocato per freddezza che solo i milanesi – nati lí o vissuti abbastanza da capire – sanno manifestare alle cose belle. Anna si accostò al bordo della fontana fino a sporgersi sopra il pelo del suo specchio.

Il getto cadeva in modo da non incresparlo mai completamente, senza schizzi eccessivi, consentendoti una confidenza di spazi che altre fontane piú esuberanti non si sognavano di offrire. Su quello specchio vide dapprima il proprio volto, i capelli sciolti e sottili delle bionde vere, che non c'è balsamo buono a sostenerli. Poi vide l'azzurro riflesso oltre il suo volto, un celeste timido arricchito dalle sfumature verde muschio che le alghe corte sul fondo della fontana lasciavano appena intravedere. E la punta degli alberi ai bordi, un riflesso che era come una cornice, ma solo gli alberi piú vicini, quelli a ridosso dello spiazzo, come dita sfrangiate a tendere il telo lucido dell'acqua e farne specchio al resto. Si vide Anna, riflessa nell'acqua: si vide bella come non era e non si sentiva da mesi, osservandosi con gli occhi lievi di una fontana senza fronzoli. Arretrò di un passo, perdendo la vista di sé, e si guardò intorno intimidita da quel pensiero. Intorno c'era molta gente dedita ai fatti propri, leggere, camminare, prendersi per mano, allattare, dormire; atti privati compiuti in pubblico senza farne una concessione, in un silenzioso patto collettivo di condivisione di cui per forza si doveva sentire ogni tanto il bisogno, in un posto dove al primo piano nessun palazzo aveva il permesso di aprire finestre sul mondo. In quello spiazzo dove non c'era nemmeno un nome noto da pronunciare per sentirsi convenuti, Anna sentí il bisogno di togliersi le scarpe. E il cappotto. Sentí il bisogno di posare la borsetta a terra, sulla ghiaia. Non poteva fare a meno di desiderare, con 12 gradi di temperatura, di togliersi il maglioncino acrilico, e la camicia di seta color glicine. Non sopportava la gonna, non tollerava le calze, non c'era un centimetro di stoffa addosso che si potesse considerare opportuno in quel momento. Non si sentiva sporca, non era come l'altra volta, non si era infilata sotto un divano, non si era rotolata nella finzione di un catalogo di ricordi costruiti ad arte. Era quell'acqua, quella fontana, quel cielo e quelle persone intorno, l'assenza rara e preziosa di uno sguardo diffidente o malevolo, lo stato di libertà di chi per un giorno non è cartellino né pausa caffè. E senza pensare alle conseguenze, Anna si tolse gli indumenti uno ad uno, con la lentezza di chi non minaccia gli altri di atti osceni, con la grazia di chi si è vestito apposta per spogliarsi davanti a quella fontana, ma non lo sapeva finché non ha cominciato a farlo.

Senza che alcuno intervenisse, tra qualche sguardo incredulo e piú di una mamma allarmata, Anna rimase in mutande e reggiseno, poca cosa da reggere invero, un completo spaiato di biancheria scura, e tornò alla fontana senza neppure guardarsi intorno. Scavalcarla fu un attimo, il contatto freddo con la pelle lucida dell'acqua non era nemmeno brusco, sembrava giusto, per quella cosa lí l'acqua calda sarebbe stata fuori luogo, come presentarsi ad un appuntamento con fiori di plastica. Nessuno intervenne mentre quella ragazza bionda e minuta si infilava nella fontana dei giardini pubblici Indro Montanelli, nessuno ebbe la prontezza di prevenire quello strano battesimo pubblico a marzo, sotto un azzurro che solo nella primavera milanese può sembrare surreale. La ragazza si inginocchiò nella fontana e con le mani a coppa, senza studiare un gesto, si bagnò a poco a poco completamente, tremando piano ma senza fermarsi, dai fianchi alle spalle, dal viso ai capelli, un po' d'acqua per volta, una pioggia dal basso che non scendeva a goccia, perché le gocce quella volta lí non sarebbero bastate, e dopo quella volta lí non sarebbero nemmeno piú servite. Mentre lo faceva, le labbra di quella ragazza si muovevano, e sembrava che piangesse, ma non c'era da giurarlo, perché l'acqua è acqua, magari erano rivoli della fontana, anzi, era molto probabile. Quello strano battesimo durò forse dieci minuti, probabilmente meno, e alla fine quella ragazza uscí dalla fontana senza far scene, si rivestí senza guardarsi attorno, incurante degli occhi increduli dei pensionati con il «Corriere» aperto sulla pagina locale, delle madri con i bambini addormentati o svegli, e come sempre urlanti in mondi tutti loro dove ci si capiva solo a strilli. Dall'infanzia si esce solo quando si intuisce la necessità di un silenzio, e molti in quel momento non avrebbero rimpianto di non essere piú bambini. Anna si allontanò dal parco senza che alcuno la fermasse per chiedere spiegazioni, con un sorriso sulle labbra e gli abiti incollati addosso.

È strana Milano. Ammala, e mentre ammala guarisce.

Miracolo

Avevo otto anni quando la mia prima farfalla morí appesa al fondo di un tavolo in camera di mio fratello Cristiano. Per nessuno di noi due quella era una farfalla preziosa, perché la sua specie non era rara: le cavolaie, con le loro dozzinali ali bianco yogurt e quel punto nero cosí simile a una pupilla accecata, sono l'incarnazione perfetta della banalità applicata ai lepidotteri. Sebbene avessimo gusti diversi in materia di insetti volanti, quelle farfalline bianche le detestavamo entrambi. Lui aveva un debole per le pelose farfalle notturne dalle antenne radar spesse come pettinini. Non gli importava che non avessero particolari colori da sfoggiare – le farfalle notturne non ne hanno bisogno – ma era affascinato dalle strutture robuste dei loro corpi tozzi e dalle loro ali da macchine leonardesche, con i profili robusti che sembravano fatti di un qualche misterioso legno sottile. Io preferivo di gran lunga le delicatissime diurne con le loro livree sgargianti, dai contorni piú leggeri di un ricamo su un aquilone. Mi catturava la grinta cromatica delle maestose macaone, tutte oro, neri e lapislazzulo, ma ancora di piú la sontuosità dei grandi esemplari della vanessa pavone, cosí rara da scorgere alle nostre latitudini da farci gridare in festa ogni volta che ne scorgevamo una. Purtroppo però i loro bruchi erano delicatissimi e difficili da trovare in numero sufficiente da poterci sperimentare un allevamento in cattività.

Era per questo che avevamo in casa le larve delle cavolaie, promesse verdi di farfalline da nulla che, come spesso fanno le nullità, prosperavano ovunque senza particolare bisogno di aiuto. Nella stanza del ping-pong tenevo decine di bruchi di cavolaia ai quali davo da mangiare vecchie foglie di cavolfiore e cavolo cappuccio, roba di scarto che il fruttivendolo sotto casa mi dava gratis due volte alla settimana. Il ciclo di trasformazione delle cavolaie era rapido: dopo aver mangiato fino a tendere allo spasimo la pelle verde dei loro corpi mollicci, i vermi si spostavano tutti sotto il piano del tavolo da ping-pong e, obbedendo agli ordini perentori del misterioso architetto d'interni che gli albergava dentro, si appendevano uno ad uno a testa in giú come surreali impiccati. Succedeva di preferenza al calare della notte, se la luna e il clima erano favorevoli al mutamento. In quella fase furtiva della loro vita io e mio fratello non potevamo fare niente. Mi limitavo a osservarli migrare sul lato inverso del piano di compensato e poi andavo a letto: al mattino i bruchi erano scomparsi, insaccati nei sarcofaghi cheratinosi delle crisalidi che si erano costruiti con Dio solo sa quale sostanza autoprodotta. Non dovevo far altro che aspettare. Ma per una bambina di otto anni era proprio quella la parte piú difficile.

Le crisalidi, sebbene il tempo di muta mi sembrasse infinito, cambiavano di giorno in giorno quasi impercettibilmente, passando da un iniziale spessore impenetrabile a una trasparenza madreperlacea sotto alla quale, col trascorrere del tempo, si intuivano con sempre maggior nitore i contorni contratti di aliene forme di vita. Per immaginare che dentro quei ventisette tozzetti opalescenti ci fossero davvero le ali ampie di altrettante farfalle, per quanto vili come la cavolaia, occorreva tuttavia una fede nel prodigio che al mondo appartiene solo ai bambini e ai profeti. Io quella fede l'avevo tutta e sapevo che l'avrei vista premiata in gloria nel giorno in cui si sarebbe schiusa la prima imbozzolata della mia storia di madre di farfalle. Non mancava molto. Le crisalidi delle cavolaie si aprirono tutte all'improvviso nel medesimo pomeriggio di aprile, come per un segnale concordato, richiamandoci a guardarle con gli occhi pieni di meraviglia. Le contavo trepidamente una ad una mentre il sole che entrava dal giardino faceva brillare le ali umide delle neonate e la stanza echeggiava delle grida eccitate di Cristiano a celebrarne ogni movimento minimo. In due sbalorditive ore di lavorio le farfalle emersero tutte dai bozzoli, lasciando sotto il tavolo del ping-pong le stalattiti organiche dei carapaci croccanti, divenuti ormai fragili sculture di carta velina.

Davanti alla danza timida e ancora senza volo dei giovani lepidotteri io e mio fratello ci guardammo con un impronunciabile senso di onnipotenza. Erano le farfalle dei bruchi che avevamo scelto. Li avevamo nutriti noi. Li avevamo scaldati, avevamo offerto loro riparo e sostegno per la trasformazione e avevamo sognato l'eleganza delle loro ali quando ancora non erano che vermi sgraziati. Le avevamo create noi con la nostra speranza. Eravamo Dio.

Le farfalle presero il volo nella stanza una dopo l'altra, muovendosi in uno scomposto turbinio che pian piano si disciplinò, assumendo per istinto collettivo il verso di una sinusoide ascendente. Man mano che le ali si asciugavano e la cheratina diventava piú rigida, le bestiole raggiungevano il soffitto con sempre maggiore sicurezza di volo e poi ne discendevano leggere, come piume sprimacciate di un cuscino. Sapevamo che avremmo dovuto liberarle in giardino da lí a poco, ma quella nevicata di ali candide era uno spettacolo troppo inedito per non goderne fino all'ultimo. Solo quando, una volta aperta la finestra, i lepidotteri uscirono per gettarsi avidi nelle aiuole del giardino di casa, io e mio fratello ci rendemmo conto che una farfalla non si era mai alzata in volo, ma era rimasta immobile sulla punta estrema della sua crisalide con la staticità dispotica di una polena in prua. Tremava come avevano fatto tutte le altre, ma quel fremito non sembrava progettuale. Non era il raduno delle forze prima dello slancio coraggioso verso l'aria. Mio fratello prese la lente di ingrandimento e insieme osservammo con attenzione la struttura della bestiola e il suo comportamento, trovando quasi subito la spiegazione della sua immobilità. Per una causa che ci sfuggiva, la crisalide di quella farfalla era stata danneggiata in una fase della mutazione in cui le ali erano già formate, fragili al punto che una volta emerse dal bozzolo una risultava spezzata e adesa al corpo dell'insetto con un'inclinazione del tutto sbagliata. L'aria l'aveva asciugata cosí, consolidando la frattura in modo irreversibile e condannando l'animale a non potersi mai alzare in volo.

La spietatezza di quel destino mi ferí all'improvviso e in modo feroce; dimenticai di avere davanti una cavolaia come ce n'erano altre mille e vidi invece la mia farfalla, quella precisa tra mille imprecise, che dentro la sua culla-tomba si era preparata per settimane un paio d'ali sventurate che non avrebbe mai sbattuto in volo. Davanti alla condanna di quell'essere vivente senza colpa sentii il peso di un'ingiustizia profondissima e, pur senza la pretesa di immaginare in lei un minimo di consapevolezza, lessi nel suo tremore isterico l'intuizione istintiva di una fine precocissima. Stava morendo di fame. Lo sforzo di uscire dalla crisalide aveva infatti prosciugato tutte le sue energie, ma l'impossibilità di volare rendeva inarrivabile il cibo che le sarebbe stato indispensabile assumere subito. Io e mio fratello sapevamo tutto di come si nutrono i bruchi, ma nulla potevamo fare per venire incontro al complicatissimo apparato boccale di quella creatura eterea, cosí complessa che degli avanzi delle nostre foglie di cavolo non sapeva assolutamente che farsene. Innanzi alla durezza della sua condanna, per impedire la quale non potevo fare niente, scoppiai in un pianto singhiozzante che coinvolse in pochi istanti anche mio fratello. Insieme ci eravamo creduti Dio e insieme per la prima volta misuravamo in lacrime la differenza che passa tra il sentirsi onnipotenti e l'esserlo davvero.

Mentre il tremore della farfalla regrediva a sussulto e gli spasmi delle sue ali bianche spandevano per la stanza un senso di crescente ineluttabilità, noi ci agitavamo in preda a una frenesia inconcludente e differenziata. Cristiano sfogliava il libro di entomologia alla ricerca di un modo accessibile per nutrire le farfalle adulte. Io, stravolta dalla consapevolezza della morte di cui gli stessi muri mi sembravano impregnarsi istante dopo istante, prendevo a calci gli oggetti e i mobili, maledicendo il cielo per quel dolore che mi appariva privo di necessità. Era passata solo mezz'ora da quando le farfalle sane se ne erano andate, ma a quella con le ali infrante era stata piú che sufficiente per avvicinarsi pericolosamente allo stato di immobilità. A testa in giú sotto il tavolo del ping-pong, non aveva piú neppure le forze per tremare e tutte le sue energie si erano concentrate sulla respirazione finale. Osservammo scemare i piccoli movimenti della spirale dell'apparato boccale e le antenne sottili come capelli oscillare con sempre minore frequenza. Quando la farfalla morí non lo capimmo con precisione, perché non cadde mai dalla crisalide: le zampe erano rimaste artigliate al carapace per tutta l'agonia, con un ossessivo senso di appartenenza che non cessò neppure nella stasi della morte. Davanti al suo cadavere a testa in giú fummo travolti da un inspiegabile senso di colpa. Fu con quella sensazione addosso che sussurrai a mio fratello:

– Seppelliamola.

Con un lampo di sollievo negli occhi lui annuí e si mise all'opera. La fase organizzativa lo distrasse rapidamente dal dispiacere per la perdita dell'animale.

– In fondo erano ventisette, una su ventisette non è tanto, – lo udii mormorare quasi giustificandosi.

Ma quella considerazione statistica, che a lui sembrava alleggerire il peso dei fatti, a me parve invece una bestemmia imperdonabile, come se il tremore ossessivo di cui eravamo stati testimoni non fosse in fondo niente altro che una mera questione contabile. Tutto compreso nel compito di arredatore funebre, mio fratello mi propose la scelta della bara tra una scatola vuota di fiammiferi svedesi e la capsula porta-sorpresina di un ovetto Kinder. Senza pensare indicai la scatola, poi mi distesi sul letto fissando il soffitto con gli occhi ancora gonfi di pianto, gelosa di quello che non avevo ancora gli strumenti per definire come il primo lutto della mia vita.

Mentre mio fratello raccoglieva in giardino i fiori di campo con cui foderare il sacello della cavolaia, io progettavo preghiere come vendette. Mia madre e mio padre non erano credenti particolarmente efficienti, ma io per fortuna ero cresciuta con mia nonna, una matriarca devotissima sostenuta da una fede tanto piú forte quanto vaghe erano le fondamenta teologiche su cui poteva radicarla una donna senza neanche la terza elementare. Per mia nonna i problemi di fede si risolvevano nel credere con tutte le forze a poche cose inconfutabili: Dio è buono e giusto, i buoni risorgeranno, i cattivi andranno all'inferno e nessuno scamperà al giudizio. Nell'economia di quella religione elementare, la forza performativa dell'irrazionalità era superiore a qualunque evidenza: se la preghiera si fosse avverata secondo le aspettative, la fede di mia nonna ne sarebbe uscita rafforzata; ma se pure la preghiera non avesse dato i risultati richiesti, mia nonna non avrebbe tentennato di un solo millimetro, attribuendo il fallimento della sua prece all'incomprensibilità del piano altissimo e divinissimo di Dio. Per quel che mi era dato di capire a otto anni, cosí congegnato il sistema funzionava. Chiusi dunque gli occhi e mi giocai tutta l'innocenza dell'infanzia, l'unica arcadia che ci è dato attraversare in vita, in una preghiera che era insieme determinata e illogica: chiesi a Dio che la mia cavolaia risorgesse.

Non avevo mai domandato niente all'Essere Perfettissimo Creatore e Signore del Cielo e della Terra e in quel momento mi sembrava un merito, come se avessi un conto in attivo di richieste inevase che mi dava il diritto di pretendere priorità d'ascolto rispetto a chi lo molestava quotidianamente. Neanche per un attimo mi venne in mente che avrebbe potuto non esaudirmi. Non smisi di pregare per la resurrezione della farfalla neanche quando mio fratello mi chiamò in giardino per dirmi che era tutto pronto per il funerale. Continuai a chiederlo mentre insieme scavavamo la buca per la scatola. Mio fratello mi fissava. Intensificai la richiesta mentre dicevamo l'Ave Maria per la farfalla, prima di gettare sulla bara di cartoncino il terriccio per coprirla. Con le lacrime agli occhi strinsi la spalla di Cristiano mormorando:

– Vedrai, risorgerà. Tu ci credi alla resurrezione?

Lui non rispose, ma io non avevo fretta di offrirgli le prove che fosse tutto fondato. Sapevo che a volte le preghiere non si avverano subito. Avrei atteso la notte e poi al mattino sarei andata a cercare nella scatola di fiammiferi il corpo della farfalla, certa di trovare la terra rimossa e la tomba vuota come quella di Gesú il lunedí di Pasqua. Tornammo in casa, ripulimmo il fondo del tavolo dalle crisalidi vuote ancora attaccate e riportammo la stanza nelle condizioni per poter accogliere la nuova nidiata di bruchi di cavolaia, ma io pensavo continuamente all'indomani mattina. Mio fratello mi fissava e io gli sorridevo fiduciosa.

Il giorno dopo spalancai gli occhi con la stessa elettrica aspettativa di una mattina di Natale. Ancora in pigiama corsi in giardino alla tomba della cavolaia e con immenso stupore vidi che la terra ne era stata rimossa e la scatola aveva il cassettino aperto, pieno solo di fiori avvizziti.

La farfalla non c'era piú. Lanciai un grido gioioso e corsi in camera di mio fratello con i piedi nudi sporchi di terra, incurante delle impronte di cui mia madre mi avrebbe rabbiosamente chiesto conto. Cristiano mi fissò torvo tra le coperte, assonnato e incredulo, poi si alzò e venne malvolentieri con me in giardino, fermandosi a pochi passi dal luogo della tomba. Fissando con attenzione le prove evidenti di quella che non poteva essere altro che una resurrezione, esclamò:

– Incredibile. È un miracolo...

Andammo a scuola sovreccitati e io raccontai a tutti i miei compagni e alle maestre incredule che la mia farfalla era risorta. Pranzai con nonna in preda a una felicità senza pari, sentendomi in piena confidenza con il potente e misericordioso Signore dell'Universo che risvegliava a comando i voli di una farfalla e i sogni ambiziosi di una bambina. Non misi mai piú in dubbio le storie di miracoli che nonna la sera mi raccontava, confidando nella mia voglia di emulazione del successo spirituale dei santi. Quando i miei compagni dopo la cresima abbandonarono la parrocchia per non tornarci prima delle nozze o di qualche dipartita famigliare, io invece ci rimasi volentieri, feci l'animatore dell'oratorio e non saltai nemmeno una messa domenicale.

Passarono quattordici anni prima che mio fratello, durante una litigata feroce a margine di un Natale di quelli in cui ti svegli senza piú aspettarti niente, mi gridasse in faccia che la farfalla non era mai risorta. L'aveva dissotterrata lui, l'aveva tolta lui dalla scatola di fiammiferi e l'aveva buttata lui di nascosto nell'immondizia avvolta in un tovagliolino di carta, perché io trovassi la tomba vuota e non smettessi di credere ai miracoli. Me lo gridò dandomi dell'ingrata, come se davvero gli sembrasse nobile dirmi che il conto della mia fiducia in Dio dovevo pagarlo con la mia fiducia in lui.

A farmi male non fu la rivelazione in sé: che la cavolaia fosse risorta era una cosa a cui dovevo per forza aver smesso di credere durante la mia giovinezza, in uno di quegli istanti cinici in cui la fede nell'inverosimile si stacca dai ricordi del vero per restare indietro e non raggiungerli piú. Non è tanto grave scoprire che alcune delle cose che ti hanno fondato, quelle sulle quali hai edificato interi castelli di convinzioni e di scelte, sono in realtà dei falsi ideologici. Quello che davvero fa male è perdere i complici della propria innocenza, gli unici che possono testimoniare che siamo dei sopravvissuti, perché abbiamo attraversato un mondo parallelo e magico in cui il tempo poteva essere fermato con la volontà, i mostri degli armadi si sconfiggevano con un'abat-jour, le api parlavano una lingua comprensibile, i genitori avevano tutte le risposte necessarie e le farfalle, anche le piú insulse, risorgevano dalle tombe. Le arcadie dell'anima finiscono sempre per troppa verità, per l'ansia tutta adulta di segnare la distanza tra ciò che è stato e ciò che si desiderava potesse essere.

Pudore

La ragazza era bellissima, ma questo me lo aspettavo. Castana, con due occhi scuri dal taglio alto e le unghie color caffè fresche di manicure, mi sedeva davanti con una sicurezza che confinava con l'arroganza.

Era brava e aveva esperienza, lo avevo visto dal curriculum, ma ci teneva a farmi capire che ne era consapevole. Sorrisi. Apprezzavo l'ambizione nelle donne, perché era rara al punto che per molti anni avevo pensato che le femmine ne fossero geneticamente incapaci, destinate alla seconda fila per una sorta di volontà di natura. Sempre pronte a un passo indietro, disponibili al servizio gratuito, accomodanti e sorridenti, ne avevo viste decine farsi scavalcare da colleghi per niente concilianti, a volte meno bravi di loro, ma infinitamente piú determinati a farsi valere.

Un'amica sociologa mi aveva spiegato che era questione di educazione: se vieni programmata sin da bambina per sorridere, compiacere e assecondare, sarà impossibile per te pensare che le cose possano essere ottenute anche in modo diverso. È per questo che le bambine a scuola vanno spesso meglio dei maschi: nei sistemi gerarchici dove si premia la docilità, chi obbedisce di piú è avvantaggiato. Ma quando si esce dalla scuola le cose cambiano e se quello che hai imparato a fare meglio è obbedire, non c'è niente di strano se sarà esattamente quello che ti ritroverai a fare per tutta la vita. Quella ragazza evidentemente aveva fatto un percorso diverso. Qualcuno l'aveva convinta che non doveva scusarsi di essere capace. Che non c'era niente di vergognoso nel voler emergere. Che se vuoi una cosa nella vita, devi dimostrare di essere in grado di sapertela prendere. Sorrise anche lei e su quel lampo di denti perfetti le cominciai il provino.

Alzai la mano e schioccai le dita. Lei iniziò a recitare.

– *Quando feci l'ingresso in società avevo quindici anni; e io già sapevo che il ruolo a cui ero condannata, vale a dire stare zitta ed obbedire ciecamente, mi dava l'opportunità ideale di ascoltare e di osservare.*

Schioccai ancora le dita e lei, senza un'esitazione, passò all'inglese con scioltezza, proseguendo il monologo della marchesa di Merteuil come se quella fosse la sua lingua madre. Aveva un accento anglosassone quasi privo di inflessioni, forgiato con ogni probabilità in un ambiente oxoniense.

Schioccai le dita di nuovo e lei tornò fluidamente all'italiano. Quel monologo tratto dalle *Relazioni pericolose* costituiva la prova cardine per l'assegnazione di una parte nel mio spettacolo, ma fino a quel momento nessuna delle attrici che avevo incontrato era stata capace di convincermi che poteva reggere la parte di donna spietata e ferita che avevo in mente. Quella ragazza aveva un carisma personale che mi fece sperare di aver finalmente trovato la mia protagonista. Il suono della sua voce era ipnotico, da contralto fumatore.

– *Imparai a sembrare allegra, mentre sotto la tavola mi piantavo una forchetta nel palmo della mano, e finii per diventare una «virtuosa nell'inganno». Non era il piacere che cercavo, era la conoscenza. E consultavo i piú rigidi moralisti, per la scienza dell'apparire, i filosofi, per sapere cosa pensare, e i romanzieri, per capire come cavarmela; e alla fine io ho distillato il tutto in un principio meravigliosamente semplice: «vincere o morire».*

– Ottimo, – dissi posando la penna che tenevo in mano. – Direi che può bastare.

Lei tacque e per la prima volta notati nel suo corpo magro ed elegante un segno visibile di tensione. Erano le mani contratte in grembo, due ragni pallidi che si sciolsero lentamente dall'abbraccio che li aveva avvinti fino a quel momento.

– Ho la parte? – chiese con una mancanza di cautela che mi deluse.

La fissai severo. Avevo deciso di dargliela, ma quella evidente bramosia mi fece tentennare. Era meno sicura di quanto volesse mostrare, in fondo.

– Non ancora.

Strinse le labbra, ma non la vidi stupita né agitata, anzi sembrò calmarsi. Era come se il non trovare troppi ostacoli l'avesse sconcertata, e ora, davanti alla mia esitazione, trovasse ragione di rassicurazione: non era tutto facile, doveva ancora combattere. Con voce piú ferma mi incalzò:

– Vuole che ripeta il monologo?

– No.

Mi alzai e andai alla finestra, dandole le spalle.

La stanza era accesa di quella luminosità gentile che in Sardegna c'è solo all'inizio della primavera, un calore che aveva ancora qualcosa di fresco, molto lontano dall'afa schiacciante che avrebbe ucciso ogni traccia di verde nei campi già alla fine di maggio. Era quella mitezza del clima che mi induceva a lasciare fuori le piante in vaso, sicuro che non rischiassero la morte per il sole. Gli occhi mi caddero sulla mimosa pudica, una delle mie amiche vegetali predilette, e le sue foglie frastagliate sembrarono vibrare a una brezza che oltre il vetro io non percepivo.

Colto da un'idea fulminea, aprii la finestra e afferrai il vasetto, tirandolo dentro.

Lo fissai per un istante, poi mi voltai verso la scrivania e mi ci diressi.

La ragazza mi seguiva con lo sguardo, in attesa.

Le misi la pianta davanti come un'accusa e sorrisi serafico.

– La creatura che vede è una mimosa pudica. Lei sa cosa è una mimosa pudica?

Esitò prima di rispondere. Non era questa la prova che si aspettava.

– No…

– È una pianta sensitiva. Se toccata da qualcuno che soffre, reagisce ritraendo le foglie.

L'attrice mi fissò incredula mentre mentivo senza tentennamenti. In realtà la mimosa pudica reagisce meccanicamente a qualunque tocco, ma con ogni evidenza lei non ne aveva mai vista una e su quell'ignoranza io intendevo costruire il mio piccolo inganno.

– Ora la prego. Si concentri. Si immedesimi in una donna ferita, dalla sofferenza feroce, piena di rancore e di memoria per le ingiustizie subite. Voglio rabbia, voglio dolore, voglio progetti di vendetta. Quando crede di essere pronta, allunghi una mano e sfiori con un dito le foglie della pianta. Se convince la pianta a crederle, la parte è sua.

La ragazza era impallidita.

– È impossibile… – sussurrò.

– Non ho sentito bene, signorina. Può ripetere?

Fissava alternativamente me e la piantina, incapace di credere che le stessi davvero chiedendo di convincere un vegetale a dare credito al suo recitato dolore. Esitò, ma solo un istante.

– Niente.

Rimasi impassibile: sapevo che non aveva scelta, tranne quella di rifiutare la prova, alzarsi e andarsene, ma non lo fece. Chiuse gli occhi e si concentrò. La vidi fremere appena, contrarre di nuovo le mani in grembo e poi restare immobile forse per sei, forse sette minuti, che parvero lunghissimi anche a me. Poi aprí gli occhi e senza guardarmi protese la mano alla mimosa, sfiorando con la punta color caffè dell'indice la frangia lanceolata delle minuscole foglie. Accadde esattamente quello che avevo previsto. La sua espressione quando vide le estremità verdi chiudersi al suo tocco era un capolavoro di sbalordimento che non sarebbe mai riuscita a rifare identico in alcun teatro. Sotto la sua carezza la piantina ritraeva le foglie con un movimento sincrono perfettamente percepibile che si fermò solo quando la superficie sfiorata fu completamente chiusa su sé stessa, protetta da quel calore estraneo, per lei minaccioso. Con il dito ancora sospeso in aria, l'attrice mi fissava.

Battei lentamente le mani.

– Molto bene. Complimenti. La parte è sua.

Incredula, la ragazza cercava di ricomporsi per non mostrarmi quanto fosse turbata dall'apparente miracolo a cui aveva assistito. Quando si alzò feci finta di non vedere che le tremavano le ginocchia. Sapevo che quella scena sarebbe stata raccontata decine di volte ad amici, parenti e fidanzati, ma la mimosa pudica era una pianta delicatissima quasi sconosciuta nei giardini domestici ed erano in pochi a conoscere il segreto del suo comportamento. Dubitavo che qualcuno le avrebbe mai creduto.

Quando lasciò la stanza mi sedetti e fissai con gratitudine la mia piccola complice verde. Ero compiaciuto e soddisfatto. La ragazza era stata bravissima, ma io lo ero stato di piú: lei mi aveva convinto di essere la marchesa di Merteuil e io l'avevo convinta di essere la piú grande attrice mai vista in terra, capace di piegare una pianta alla compassione e alla paura. Non vedevo l'ora di vedere cosa avrebbe fatto sul palcoscenico una donna con addosso quella sicurezza di sé. Sorridendo protesi la mano alla mimosa e la sfiorai grato, aspettandomi la consueta ritrazione delle foglie.

Fu allora che accadde quello che non mi aspettavo: niente.

Sorpreso, la sfiorai con piú decisione, ma di nuovo le foglioline non reagirono.

Mi alzai e le andai vicino. La toccai ancora, stavolta con la pienezza del palmo, ma incredibilmente la pianta mi ignorò. La guardai a lungo, spiando la sua immobilità imprevista, senza sapere cosa pensare di quel boicottaggio improvviso. Rimasi davanti al vaso quasi un'ora e dopo molti tentativi privi di esito dovetti arrendermi all'evidenza: la pianta non si muoveva.

Mi risedetti alla scrivania.

Non ricordo per quanto tempo rimasi fermo lí in silenzio, fissandola. Con gli occhi impigliati alle sue foglie statiche, ostinatamente immobili, sentivo crescere un'assurda certezza: qualunque cosa fosse accaduta quando la ragazza l'aveva sfiorata, la mimosa ora a me non credeva piú.

Morire a cinquant'anni

Festeggiare i compleanni è un'azione da sopravvissuti. Cosa c'è da compiacersi nell'essere trascorsi? Candeline, torte, feste in giardino, brindisi con vino, regali piú o meno azzeccati, centosessanta caratteri di auguri prefabbricati: possibile che il senso dell'essere vivi si possa celebrare nel dichiararsi postumi cantando tanti auguri a te?

Filippo non ci ha mai creduto e infatti è morto nel 2001; da allora il compleanno non lo festeggia piú. Aveva cinquant'anni esatti e ha deciso che non erano una brutta età per darsi defunti. Secondo lui ha sempre avuto ragione Karl Rahner: non a tutti Dio fa la grazia di morire nel momento giusto, quando i neuroni non hanno schizzato ancora tutte le loro scintille e gli amici non sono stati ancora tutti traditi. A cinquant'anni il tempo è giusto: si muore con ancora qualcosa da dare e da dire, e soprattutto si lascia a chi resta l'idea di essersi persi il meglio, l'illusione che allo spettacolo di te mancasse ancora un pezzo da applauso.

È una tragedia vera morire a cinquant'anni, ma Filippo di mestiere faceva il tragediologo: non ci si poteva aspettare che mancasse proprio alla sua. Fare il tragediologo non è la stessa cosa che fare il drammaturgo e lui a rimarcare la differenza ci tiene ancora, nonostante sia tecnicamente morto. La tragedia per uno come lui è un patto di non belligeranza con lo scorrere delle cose, un eterno presente che non si consuma mai e dove non esistono altre conseguenze che la tragedia stessa. La tragedia è l'adolescenza del tempo, quell'attimo scenografico in cui ti puoi permettere di alzare le mani al cielo e dire agli dèi: «Fermate gli eventi, io sto soffrendo magnificamente!»

Filippo, che si credeva la reincarnazione dello spartano Leonida, ha vissuto in tragedia ogni giorno della sua vita e della sua morte, anche quando accompagnava i figli all'asilo o si frugava le narici di nascosto a un semaforo. I suoi amici in effetti lo hanno sempre considerato un fenomeno tragico, una sorta di tempesta capace di devastazioni irripetibili. Chi gli è rimasto accanto si è sempre considerato un sopravvissuto all'Armageddon, ammaccato e ben lieto di poterlo raccontare. Ma al momento di morire Filippo non ha guardato in faccia nessuno. Cioè, in realtà sí, visto che ha organizzato la sua morte proprio per vederci in faccia.

Imperdibile per lui lo sgomento dei parenti quando è apparso il necrologio della sua morte sui muri, volendo tacere di quelli a cui aveva prestato del denaro. Chi lo aveva maledetto ha potuto gioire poco: Filippo da morto è diventato il presenzialista che da vivo non era mai stato. Dopo che è ufficialmente defunto ha fatto due libri postumi, tre spettacoli teatrali postumi, organizzato un carnevale postumo e messo in piedi alla grande la festa per Ferribotte Tiberio Murgia, perché aveva paura che morisse senza che a Oristano gli avessero mai reso il dovuto omaggio.

Dal 2001 a oggi Filippo ha celebrato dodici non-compleanni, senza fare alcuna festa e senza obbligarci a fargli alcun regalo. È vivo e lo sa, questo gli basta. Se muore davvero non importa, tanto il funerale glielo abbiamo già fatto. Certo, non si può negare che il suo funerale sia stato un disastro. Voleva essere il protagonista, ma i funerali sono belli proprio perché il protagonista è assente. Si può piangere delle occasioni perdute dal morto, dell'amore che non farà piú, delle partite a calcetto in cui non potrà piú fingere di avere il fisico dei vent'anni, delle sue finzioni e del tuo far finta di averle credute. Ci si può compiacere segretamente di essergli sopravvissuti e ci si può estraniare da sé stessi per rimirarsi affranti, uno spettacolo non poi cosí frequente. Non è vero che il morto lascia un vuoto, il piú delle volte lascia semplicemente spazio.

Se invece il morto è vivo e si è solo dato defunto, allora è un problema; ma di certo non è un problema suo. Filippo vive ora in una morte iperattiva, gemendo di gioia al sole come se i giorni venuti prima di morire non fossero che gestazione, respiro in divenire, impropria forma d'essere sospesa in equilibrio tra il già e il non ancora.

A cielo aperto

In Sardegna fa freddo, non credete a chi vi dice il contrario. A volte nevica persino, e non solo sulla punta del Gennargentu. Mentre fuori dall'isola oggi tutti sono convinti che ci faccia sempre bel tempo e che il sole ci splenda anche di notte, sono pochissimi i sardi che credono che in Sardegna non faccia tanto freddo, e io scommetto che sono tutti nati dopo l'inverno del '42, perché un freddo come quell'anno non si era mai visto e non si è visto mai nemmeno dopo, e anche se poi ci fu la famosa nevicata del '56 non fu la stessa cosa, perché nel '56 fece freddo dappertutto – mica si chiama per niente «la famosa nevicata del '56» –, invece nel '42 c'era un gelo nell'aria che restò famoso solo tra di noi a Cagliari, e quando hai la sensazione di essere solo a morire di freddo, sarà una suggestione, ma quel freddo lo senti di piú. Però non è che si sta parlando del tempo, perché a dire la verità la temperatura era solo la nostra seconda preoccupazione. La prima era la guerra, e il fatto che un sacco di gente fosse al fronte in un posto chiamato Altopiano di Asiago, in trincea, a difendere il confine dell'Italia dentro buche che poi – nella Cagliari che conosciamo adesso – sono diventate famose come vie, con nomi tipo via Monte Sabotino, via Trincea delle Frasche o via Trincea dei Razzi, che se scopro chi ha cambiato la «r» con la «c» nel cartello della via gli spacco tutti i denti, che in quella trincea c'è morta gente, e io di quella gente conoscevo anche i nomi.

Non di tutti, certo. Ma di qualcuno sí.

Uno era Ciccitu Ghisu, il babbo di Antonino Ghisu, detto da tutti Gino, un barroso di prima categoria che però ci aveva di buono una cosa che eravamo costretti sempre a perdonarlo: era pazzo per le scenette. Lui le chiamava cosí, le scenette. Si inventava delle storie incredibili, di fantasmi, di santi, di preti, di banditi, di mariti cornuti, di bestie parlanti di ogni tipo... e poi si metteva a raccontarle facendo le voci e le facce di tutti i personaggi, maschi, femmine o animali, senza vergogna di niente, mentre noi a guardarlo ridevamo cosí tanto che finiva sempre che a qualcuno gli scappava la pipí, anche se c'era la guerra, e anche se un sacco di gente era al fronte in un posto chiamato Altopiano di Asiago, suo babbo compreso. Per questo motivo piano piano avevamo quasi smesso di chiamarlo Gino, che comunque con il suo nome di battesimo non c'entrava niente, e lo chiamavamo Torràu Scékspir.

Quando Torràu Scékspir si mise in testa la storia delle campane di San Saturnino era dicembre, e nell'aria tirava aria brutta, oltre che fredda. Si aveva la sensazione che la guerra la stessimo perdendo, perché le notizie che arrivavano erano soprattutto di morti, e il duce alla radio si sentiva che era molto meno pimpante di prima. Cosí, per non sapere né leggere né scrivere, un sacco di gente aveva fatto armi e bagagli e aveva lasciato la città per andare nei paesi, perché erano in tanti a sospettare che i tedeschi ci avrebbero tirato presto qualche brutto scherzo. Tzia Luisa, la nonna di Brunetto Cabras, che a ottantadue anni non si era voluta muovere da Marina manco a pagarla, diceva che i crucchi ci avevano fatto perdere la prima guerra e se stavamo a vedere ci facevano perdere anche la seconda; ogni volta che glielo sentivi dire, dentro i buchi infossati degli occhi ci potevi vedere la voglia rabbiosa di restare viva fino a poter dire «ve l'avevo detto». Io invece speravo che morisse, un po' per non darle la soddisfazione, e un po' perché aveva un alito che sembrava avesse un topo morto incastrato in gola, e l'odore quando ti abbracciava ti rimaneva poi addosso per diversi minuti. Però questo a Brunetto non glielo dicevo, dopotutto sempre nonna gli era, ed eravamo amici. Noi, io, Brunetto, Franziscu, Giulio Su Propriu, Antioghedda e Torràu Scékspir di anni nel '42 ne avevamo quindici, chi piú chi meno, e anche se la guerra durava da quasi tre ci sembrava di averla sempre conosciuta, ci sembrava di esserci nati con i babbi in guerra, perché l'uomo è una bestia strana, se gli dai abbastanza tempo entra in confidenza con qualsiasi bruttura, e forse è un bene, perché se ci metti troppo ad abituarti alle cose faticose, finisce che poi a farle ti stanchi di piú. Non so se noi fossimo abituati fino a quel punto, perché comunque a volte mi sembra che ci stancavamo. Ma non era un dolore... era piú come aver perso la memoria, come se non ci ricordassimo piú tanto bene come era la vita quando non c'era la guerra; succede a volte con le persone che hai conosciuto da piccolo, e ti hanno tenuto in braccio, e ti hanno dato un dolce o ti hanno portato a spasso, e poi le incontri a dodici anni e non le riconosci piú, e davanti ai sorrisi speranzosi di quelli che ti dicono «ti ricordi, sono zia Giuanna!» ti vergogni a dire di esserti dimenticato che faccia avevano, sennò sembri ingrato, o superficiale. A noi succedeva cosí con la pace. Se per caso fosse arrivata all'improvviso, forse lí per lí non l'avremmo nemmeno riconosciuta subito, però eravamo educati bene e avremmo fatto finta di ricordarcene, finché non ci fossimo tornati in confidenza veramente. Però Antonino Ghisu detto Torràu Scékspir, lui alla pace ci pensava. Era convinto che la guerra stesse finendo, che avremmo vinto, e che mancasse pochissimo al giorno in cui il babbo sarebbe tornato dalla trincea tutto decorato, e allora – diceva – avremmo potuto risistemare Cagliari, che non era poi messa male, nonostante tutto. A volte ne parlavamo di notte nascosti in casa di Antioghedda, dopo che lui aveva fatto una delle sue scenette ed eravamo riusciti a smettere di ridere. E allora dicevamo cosa avremmo fatto dopo che la guerra fosse finita... e Franziscu voleva studiare ingegneria navale e fare navi e costruire una flotta piú forte per la prossima guerra, e Giulio – detto Su Propriu, perché non aveva mai un'idea sua, se gli chiedevi cosa pensava di una cosa su cui qualcuno si era già pronunciato, ti guardava fisso come se stesse pensando e poi esclamava: Su propriu. Mischino Giulio, tanto sveglio non era, ma aveva un cuore come una casa, e infatti voleva fare il dottore e curare tutti quelli che adesso dal medico non potevano andarci; Antioghedda – era il periodo che Giulio le piaceva, prima che le piacessi io – prontamente si attaccava a dire che lei gli avrebbe fatto da infermiera... Io invece con piú modestia volevo aprirmi un negozio di alimentari, che la gente dopo la guerra avrebbe avuto cosí fame che si sarebbero fatti affari d'oro anche solo vendendo lenticchie. Fu lí che Gino tirò fuori la cosa delle campane di San Saturnino.

– Io invece voglio fare l'attore, e metterò in scena per la prima volta l'opera di un grande commediografo.

Noi lo abbiamo guardato come se fosse scemo. Primo, che fare l'attore non era un lavoro, a quello ci credeva solo lui. Secondo, nessuno di noi aveva idea di che cosa fosse un commediografo (ma sembrava una cosa brutta), e terzo, mentre lo diceva aveva tirato fuori una specie di libretto e ce lo agitava davanti come uno spiritato, e allora davvero ci convincemmo che stesse facendo una delle sue scenette improvvisate. Restammo a sentirlo, per vedere come finiva. Si alzò in piedi, mentre noi seduti sulle scale lo guardavamo.

– Ho pensato che dopo la guerra ci sarà da ricostruire, e serviranno soldi. Voglio preparare uno spettacolo per raccogliere offerte per la ricostruzione.

– Uno spettacolo di cosa? – chiesi io, e a quella domanda fu lui a guardare me come se fossi scemo.

– Di teatro! Il piú divertente e toccante spettacolo di teatro che Cagliari abbia mai visto da quando è morto Shakespeare!

– Ma perché, Shakespeare era di Cagliari? – mi sussurrò Su Propriu dubbioso.

– La nonna era di Sant'Elia… – mai farsi scappare l'occasione di prendere per il culo Su Propriu.

– Aaah… – fece segno lui di capire, e mi ripromisi di sfotterlo piú tardi per quello. Intanto Torràu Scékspir aveva ripreso a progettare, e sembrava serio.

– Ho trovato negli armadi del Teatro Civico una commedia bellissima, scritta in sardo, che sarebbe proprio la cosa perfetta per fare uno spettacolo di questo tipo. Tanto la guerra sta per finire, e noi faremo cosa bella se cominciassimo a tenerci pronti per l'evenienza…

– Noi? – disse Franziscu.

– Certo! È una commedia con diversi personaggi, non posso farli tutti io, finché siamo tra di noi è un conto, ma poi se si sale sul palco davanti alla gente le cose bisogna farle bene…

– Ma noi non siamo attori! – Antioghedda era una tipa pratica, nonostante la sconcata temporanea per Giulio.

– Nessuno nasce attore, come nessuno nasce dottore. Si studia, ci si prepara… vi preparerò io!

– Oh, oh, abbellu… Io non salgo su nessun palco, che a fare lo scemo non sono capace… – Brunetto cominciava a capire l'idea di Gino, e non gli piaceva per niente.

– E poi dove si farebbe questa cosa? Chiameremo tutta la gente nel sottoscala di casa tua? – chiesi io, perché ero curioso di vedere dove Gino volesse arrivare.

– Lo faremo al Teatro Civico, a Castello! – lui rispose come se fosse una cosa ovvia.

– Eh, Torràu Scékspir! A te lo danno il teatro per fare le scenette!

– Questa non è mica una scenetta: è una *grande* commedia di un maestro del teatro.

Noi stemmo zitti, aspettando il seguito di quello che prendeva sempre piú le sembianze di un delirio di onnipotenza. A volte Gino ne aveva, ed erano sempre divertenti.

– È l'opera prima di Antonio Garau, il commediografo oristanese! Si intitola *Is campanas de Santu Sadurru*.

– Unu corpu 'e paia a murru, ti 'onint, – finí solennemente Franziscu, che attore non sarà stato, ma aveva una certa vena poetica. A differenza di noi, Scékspir non mostrò di apprezzarla.

– C'è poco da prendere in giro, è un testo che fa pisciare dal ridere, ed è facile, sono solo tre atti, c'è anche una parte di femmina... – disse Gino agitando i fogli, mentre lanciava un'occhiata ad Antioghedda.

– Non è cosa, Scékspireddu. Io non mi ricordo manco dove abito, figurati se imparo una parte a memoria.

– Credimi, ci metti di meno che a diventare ingegnere navale. E poi proveremmo tanto, abbiamo il teatro a disposizione!

– Ma che dici?

– È vuoto, ti dico, ed è aperto. La notte nei palchetti a volte va gente a dormire, ma di giorno non c'è nessuno, la porta di servizio è aperta... – mi sembrava che avesse qualcosa da nascondere mentre lo diceva, e infatti aggiunse: – ... Io ci vado ogni tanto.

In quel momento me lo immaginavo Gino in piedi sul palco, quando durante il giorno la gente che ci dormiva era in giro a cercare roba per riempirsi la pancia, e me lo vedevo che si metteva al centro dietro il sipario aperto e faceva le scenette da solo, provando le battute che si era scritto, magari prima di farle a noi la sera quando ci riunivamo a casa di Antioghedda. Adesso non so dire perché, ma quell'immagine mi ammorbidí qualcosa dentro, e mi venne voglia di dargli un po' retta, cosí, tanto non è che avessi chissà cosa da fare.

– ... e di cosa parla la storia? – gli chiesi.

E lui cominciò a raccontare.

Il giorno dopo prima delle dieci del mattino se ci fosse stato qualcuno nei paraggi difficilmente ci avrebbe visto mentre entravamo al teatro dalla porta di servizio di via De Candia. La città era piena di soldati tedeschi, ma avevano altro da fare che correre appresso ai ragazzini, e comunque uno in quegli anni a Marina non arrivava manco a sedici anni se non imparava come sparire al momento giusto. Il Teatro Civico era impolverato come un muratore, non lo pulivano da un sacco di tempo, ma nonostante questo era comunque una delle cose piú belle che avessimo mai visto. Era tutto bianco dentro, con gli stucchi dorati intorno ai palchetti, con le poltroncine morbide, e grande, minimo aveva ottanta palchi, una volta forse li ho anche contati per scommessa con Giulio. Era un posto bellissimo, ed era bello soprattutto il silenzio, quell'acustica perfetta che lo rendeva un posto separato dal mondo: che fuori ci fosse inverno o guerra, lí dentro te ne saresti dimenticato, se ci restavi abbastanza tempo. Noi di tempo cominciammo a passarcene tanto davvero. Non andavamo piú in giro nei vicoli e non ci infilavamo piú nelle case a vedere se qualcuno sfollando aveva lasciato indietro qualcosa di utile, tanto le case di quei quartieri non avevano molto da rubare nemmeno quando erano abitate.

Torràu Scékspir prese la cosa subito molto sul serio: ci spiegò bene la storia del protagonista, un certo Triagus che faceva di mestiere sia il barbiere che il tabaccaio, e che voleva mettere in scena una rappresentazione per raccogliere i soldi per ricomprare le campane alla chiesa di San Saturnino del suo paese. Si capiva da subito che quella parte la voleva tenere per sé, perché in fondo quel Triagus voleva fare la stessa cosa che aveva in testa anche lui. A noi restavano da fare i personaggi degli amici e dei paesani, e quel Garau, il commediografo che l'aveva scritta, era bravo davvero, perché erano tutti personaggi che ci sembrava di conoscere davvero, e li assomigliavamo ora al tale, ora a quell'altro del quartiere. Per tutto dicembre Torràu Scékspir ci insegnò come andavano recitate le parti: le leggeva perché le imparassimo, le recitava per noi per farci vedere come andavano rese sul palco, e poi ci faceva provare se avevamo capito. Brunetto si dimostrò un attore penoso: la maggior parte delle volte si dimenticava la battuta, e se per caso se la ricordava, si metteva a ridere mentre la diceva, ci faceva ridere tutti, e non combinavamo piú niente. Franziscu invece era bravino, e persino Giulio, una volta imparata a memoria la parte del prete, sembrava nato per fare messa. Antioghedda si divertiva molto nella sua parte, e quando diceva le battute era tale e quale a sua madre, con lo stesso tono di voce. Siccome serviva anche un'altra donna e nessuno la voleva fare, si decise che l'avrei fatta io. Mi conciarono con degli stracci sotto il maglione per fare le tette, e un fazzoletto in testa, ma ogni volta che entravo in scena travestito, Brunetto esclamava che sembravo sua nonna, e allora io dicevo che i crucchi ci avrebbero fottuti anche in questa guerra, e loro smettevano di recitare e ridevano, perché sembravo un po' mascufemmina, e un po' davvero la nonna di Brunetto.

Quando scendeva il buio tornavamo a casa prima del coprifuoco e a casa non dicevamo dove eravamo stati, perché qualcosa ci suggeriva che le nostre madri non avrebbero trovato la nostra iniziativa cosí divertente come sembrava a noi. Avevano ragione. Mentre noi ci organizzavamo per provare agli inizi dell'anno nuovo, Elmas fu bombardata dagli aerei inglesi, e ci furono sei morti. A Cagliari non successe nulla, ma si erano sentiti i colpi per tutta la città, e la gente rimasta nelle case si aspettava qualcosa di brutto da un momento all'altro. Non c'erano rifugi antiaerei a Cagliari, non li aveva costruiti nessuno, perché chi ci pensava che noi potessimo essere importanti, c'era il mare di mezzo, in Sardegna non si decideva niente, bombardare noi ci sembrava una perdita di bombe. Ma evidentemente non era cosí per la contraerea americana. Il 7 febbraio ci passarono in testa almeno cinquanta aerei, e a titolo di avvertenza tirarono bombe di nuovo a Elmas e tutto intorno alla città. Fino a quel momento avevamo avuto freddo, avevamo avuto anche fame, ma non avevamo ancora avuto veramente paura. Gino diceva che era segno che la guerra stava finendo davvero, ma io pensavo che invece per noi era cominciata in quel momento, e con la gente del quartiere decidemmo di trovarci un rifugio dove andare quando i bombardamenti veri e propri fossero cominciati sul serio. C'era una specie di grotta sotto piazza d'Armi, una vecchia cava romana sopra alla quale avevano costruito le case, ma l'apertura per andare sotto era rimasta, nascosta dietro un cespuglio di capperi, e sotto c'era un certo numero di stanze scavate nella roccia, e un incredibile lago sotterraneo con l'acqua chiara e dolce, la potevi bere, e talmente profonda che ci potevi magari anche navigare con un chiattino piccolo, se volevi. L'unico problema era che dal soffitto delle grotte cadeva di continuo acqua come se piovesse, e a causa di questo non potevi starci per molto tempo; ma se uno deve scegliere tra pioggia di bombe e pioggia di acqua, all'umidità alla fine non è che ci fai troppo caso. Il problema era che il 7 febbraio le sirene per avvisare che era in arrivo un bombardamento non avevano funzionato, quindi ci prendemmo l'abitudine di guardare il cielo, sperando che il tempo di avvistamento fosse sufficiente per raggiungere le grotte prima che gli aerei raggiungessero noi. Ma non avevamo nessuna intenzione di rinunciare ai nostri progetti, o di stare chiusi in casa a guardare la finestra tutto il tempo. Il patto era che durante il giorno avremmo provato al teatro, e che uno di noi stesse sempre sulla porta a turno ad ascoltare il cielo, perché altrimenti da dentro non ci saremmo resi conto di niente. Adesso sembra strano dire che mentre la città si preparava ad essere bombardata, noi provavamo una commedia in un teatro, ma se non hai visto la guerra, non sai che ti costringe a inventarti normalità imprevedibili. Potevamo anche scegliere di vivere sempre con le mani sulla testa terrorizzati dalla morte che incombeva dal cielo, ma in quel momento scegliemmo invece di costruire una cosa che avrebbe visto la luce solo a combattimenti finiti: era il solo modo che avevamo per fare resistenza alla paura, e di paura ne avevamo tanta.

Per dieci giorni andò avanti cosí, e provavamo e provavamo anche se le parti ormai le sapevamo quasi a memoria. Durante il giorno a volte capitava che qualcuno degli sfollati restasse dentro il teatro nel palchetto, a dormire o mangiare il poco che si trovava, e cosí noi ci abituavamo a recitare davanti ad occhi estranei. Quando avevamo cominciato a pensare che il peggio fosse passato, il peggio arrivò sul serio. Mercoledí 17 febbraio 1943 le fortezze volanti e i caccia pesanti passarono su Cagliari alle due del pomeriggio, e facemmo appena in tempo a raggiungere le grotte prima che gli aerei americani sganciassero a tappeto sul centro della città un gran numero di bombe di medio calibro e di spezzoni incendiari. In via Sant'Efisio, tra la chiesa di Sant'Anna e quella di Santa Restituta, morirono 96 persone che non avevano fatto in tempo a trovare le grotte, o non ne conoscevano l'esistenza. 255 rimasero ferite, e la città era in ginocchio. Noi da sotto il pavimento di piazza d'Armi avevamo sentito i boati per quasi quaranta minuti, e le nostre madri non avevano permesso che uscissimo prima che fosse passata almeno un'ora dalla fine del bombardamento. Uscimmo bagnati come pulcini, e mentre la gente correva alle proprie case per vedere se erano rimaste in piedi, la prima cosa che facemmo noi fu andare a vedere che cosa ne era stato del Teatro Civico. Non so grazie a quale invocazione, ma stava ancora in piedi. La caduta degli ordigni si era concentrata soprattutto sul porto, e la sua conservazione ci sembrò un miracolo, un segno del destino, o piú probabilmente della protezione di san Saturnino. L'essere vivi e avere ancora intatto quello che per noi era il punto di partenza della futura ricostruzione ci rendeva felici nonostante tutto, e anche se passammo il resto del giorno a dare una mano a tutti quelli che non erano morti, non smettemmo un attimo di guardare il cielo per timore che tornassero gli aerei a finire il lavoro.

Per una settimana stemmo attenti specialmente alle ore del primo pomeriggio, perché avevamo capito che erano quelle preferite per gli attacchi, arrivati sempre tra le due e le tre. Io me li immaginavo quei piloti che si sedevano a tavola a mangiare alla una e poi, in fase digestiva, quando il resto delle persone si lascia prendere dal torpore del dopranzo, con la pancia piena saltavano sugli aerei e venivano a lanciarci le bombe. Scékspir da quel giorno cominciò a dire che ormai la guerra era alla svolta finale, e anche noi dovevamo darci da fare, e fare una prova generale per essere pronti, perché ormai – lo sentiva – era questione di giorni. Si decise quindi che la prova definitiva sarebbe stata al mattino di venerdí 26 febbraio, prima di pranzo, molto prima degli aerei, cosí nessuno avrebbe dovuto restare fuori a fare la guardia. Alle dieci del mattino eravamo pronti sul palco, nei palchetti c'era qualche persona che sapeva cosa dovevamo fare, e dentro il teatro c'era il solito silenzio irreale, lo stesso che ci deve essere dentro a una scatola buttata nel fuoco, finché il fuoco non arriva a mangiarsela dentro. Fu una grande prima la nostra, Antonio Garau s'aristanesu sarebbe stato fiero di vedere che bel lavoro avevamo fatto con *Is campanas de Santu Sadurru*. I quattro gatti che c'erano a spiarci risero persino, e ci sembrò una cosa bellissima che qualcuno potesse ancora trovare una risata nel macello che era Cagliari nel febbraio del '43. Prima dell'una eravamo fuori dal teatro correndo come capre tra le macerie, soddisfatti di noi e del sole che nonostante il freddo cane trovava il coraggio di illuminarci lo stesso. La primavera e la pace non erano mai state piú vicine, o cosí ci sembrò in quel momento. Ma ci sembrava male.

Alle tre del pomeriggio una ventina di B-17 arrivò su Cagliari da Capo Carbonara vomitando cinquanta tonnellate di bombe sulla linea immaginaria tra Bonaria, Castello e Stampace. Per meno di dieci minuti il cielo fu pieno di zanzare di ferro che facevano un rumore infernale, e io non pregai mai come quel giorno. Quando se ne andarono il bollettino disse che c'erano stati 73 morti e 286 feriti, che il Teatro Civico era stato sfondato completamente e che il bastione di San Remy, colpito da tre bombe, aveva perso l'arco con parte delle scale.

Io invece quel giorno persi Antonino Ghisu detto Gino e anche Torràu Scékspir, che morí a sedici anni in piazza del Carmine in una buca larga otto metri che aveva fatto una bomba sola. Quando la guerra dopo qualche mese finí davvero, mi sembrò che non servisse piú a nessuno, adesso che non c'era lui a dire come e quando dovevamo fare la scenetta per la ricostruzione. È strano, ma anche se adesso il Teatro Civico è stato rimesso a posto quasi come lo conoscevamo noi, io quando lo guardo mi ricordo del freddo cane di quell'inverno del '42, di Gino e di Brunetto, di Franziscu, di Giulio e di Antioghedda, e non posso fare a meno di pensare che puoi rimettere a posto quasi tutto.

Ma tutto no.

Del rosso e del nero

Quando da bambini mettemmo per la prima volta i piedi nudi sugli acini rotondi fu vera frenesia, simile al tornare a casa dopo un viaggio noioso e forzato. Ricordo ancora ciascun frutto che si spaccava come un'oliva confettata sotto il peso dei nostri calcagni lisci e delle dita strette, facendo udire il suo lamento croccante lungo le ginocchia, sopra l'ombelico, oltre la gola e su, fino all'orecchio dell'infanzia contadina che tutti siamo stati, genía danzante sull'uva matura: se non era musica quella, di certo le somigliava molto. L'odore del succo che sprizzava dagli acini saliva acre verso il cielo, vivo e pieno d'alcol, e nell'ansimare della danza infantile lo aspiravamo a narici piene. Non ce lo avrebbero mai fatto bere una volta pronto e lo sapevamo, ma in quel respiro a polmoni aperti c'era già il riscatto dell'ingiusta privazione.

Sotto ai nostri salti scomposti la grande vasca di pietra rosseggiava come una foglia in autunno e i raspi che si accumulavano sul fondo non riuscivano a trattenere il flusso del mosto fresco che colava generoso dal becco sporgente di basalto nero, dritto dentro ai secchi, facendo rumore di fonte. Gli uomini ridevano, svuotandoli man mano che si riempivano, mentre le donne aggiungevano i grappoli sotto ai nostri piedi badando che non scivolassimo sulla pietra porosa, ma non accadeva mai. Con le vesti corte e prudentemente scure, le mutande di cotone spesso e le gambe bambine arrossate dai succhi, il gioco piú bello del mondo era per noi quel baccanale di frutta, distruttivo e gustoso, con un sentore di proibito che ci restava appiccicato addosso per giorni: nessun adulto conosce il nome di quella libertà.

Smettemmo di pigiare cosí non so bene quando, in autunni timidi di cosce coperte, con braccia irrobustite ormai impegnate in altro. O forse vennero prima le macchine a danzare al nostro posto, mutando nel ronzio di un meccanismo la musica lieve dell'infanzia perduta. Di certo ricordo che noi bambini odiammo per istinto il torchio nuovo di fabbrica che mio nonno si comprò, ultimo tra tutti i suoi vicini a mettere da parte la vasca per la pigiatura.

Ogni volta che mi siedo con gli amici a tavola e scelgo con loro una bottiglia da condividere, il ricordo di quel ballo antico mi rende gelosa e astuta. Lascio scegliere il vino a chi vuole, purché sia rosso vivo. Non c'entra nulla il cibo, i vini si abbinano agli amici, non ai piatti. Per questo il bianco mi spaventa, ha segreti che non conosco e il lucore della sua trama nel bicchiere mi sembra piú ingannevole di ogni turbinare di rubino. Se qualcuno lo chiede glielo servo, ma so che i nostri occhi a tavola non si incontreranno, perché non si balla lo stesso passo su due musiche diverse. Una volta scelto il nettare, levargli il sigillo è però un piacere che non cedo a nessuno.

Quando il tappo di sughero sguscia via dal collo della bottiglia lo accosto al naso e lo annuso in silenzio. Gli amici mi credono somma intenditrice e spiano i gesti e le espressioni come guerrieri l'aruspice prima della battaglia finale, ma non sanno che non è il difetto del vino che io cerco: è l'infanzia, il ritmo della danza, il croccare dell'acino, il sentore del basalto impregnato, l'inciampo sul raspo, il tannino del seme, la storia di un campo e di chi l'ha posseduto.

La memoria olfattiva dicono sia la piú lunga e affidabile e io posso testimoniarlo. Quando riapro gli occhi e decreto che il vino va bene, tutti tirano un sospiro di sollievo.

Nessuno intuisce la segreta delusione per l'ennesimo incontro mancato e insieme si brinda al futuro e al presente, che il passato non appartiene piú a chi gli è sopravvissuto. Chi beve per dimenticare ci riuscirà di certo, e del resto gli uomini e il vino hanno da tempo stretto un patto disonorevole con l'oblio. Ma una donna dal frutto dell'uva si aspetta qualcosa di piú.

Io cerco nel profumo l'aroma e la cultura, dal colore ricco stimo il gusto e la storia e in ogni sorso chiamo sottovoce il retrogusto della memoria.

L'aragosta

– L'aragosta data te l'hanno?
– Tranquilla, già c'è.
Quando gli feci questa domanda, il disastro che doveva succederci non era ancora successo. Giacomo Contu era figlio di un grossista di pesce e agli spuntini ferragostani la mamma lo foraggiava di roba grossa, mica come a noi, che ci davano una parmigiana di melanzane fritte leggera come un blocco di arenaria e a volte mezzo pollo alla griva con il mirto rubato dalle siepi comunali di piazza Azuni. Per questo noi le volevamo bene, alla mamma di Giacomo Contu. Quel ferragosto gli prestavano anche il Fiorino, ma quel bonus per noi non cambiava niente: davanti c'era posto solo per lui e la sua pivella Nenna Manca, e il cassone era zona chimica impraticabile: il babbo ci portava le cassette di pesce da vendere a Tiesi e l'odore aveva posseduto la vetroresina come un demone, uscendone a zaffate in modo talmente intenso che avresti detto che usasse apposta l'Arbre Magique all'anguilla. Le salite dei monti di Santu Lussurgiu ce le saremmo perciò fatte in scooter, senza rimpianto.
Santu Lussurgiu, sí.
Era lí che andavamo, perché il mare nel '99 ci aveva anche un po' rotto, che se uno nasce e cresce con i piedi a bagno ad un certo punto comincia a sognarsi la giungla, la prateria, le cime innevate, la foresta pluviale, qualunque posto, basta che non ci sia sabbia. La sabbia era roba per turisti continentali, che infatti in quegli anni si facevano i

piani scientifici per arredarsi gli acquari di casa con il quarzo di Is Arutas. Gli adulti riempivano i secchielli e li facevano portare ai bambini, facendo i finti tonti. Il sindaco gli aveva giurato guerra con un'ordinanza draconiana: non solo non andava presa la sabbia, ma divenne «obbligatorio accedere al litorale con scarpe infradito e scuotere bene i granelli dagli indumenti prima di lasciare l'arenile. Previsti controlli individuali». Bisogna dire che, a parte certi lascivi figuri che iniziarono appositamente a zavorrarsi di quarzo i boxer nella speranza di una perquisizione intima, i piú in effetti la smisero. Sia come sia, nel '99 quella non era piú la nostra battaglia. Sul fronte spiaggia noi avevamo tutti già dato, e tenevamo in curriculum almeno una mezza dozzina di ferragosti tradizionali cabraresi a Mari Ermi, di quelli con le tende condominiali con le verande, i gruppi elettrogeni per i frigoriferi e i barbecue per arrostire i muggini ricavati astutamente dentro vecchi cestelli delle lavatrici rubati in inverno dal cassonetto del vicino, con previdenza. Tutti a quel tempo speravano che si rompesse la lavatrice del vicino.

Quando arrivava ferragosto Cabras faceva sul serio.

Migliaia di persone occupavano la spiaggia per una settimana e niente era lasciato al caso. Per questo a vent'anni anche il piú sfigato dei cabraresi, cresciuto a quella dura scuola, era un veterano della sopravvivenza on the beach, laureato in accensione della carbonella con master di specializzazione nello scavo per tenere in fresco l'anguria, vedetta scelta nel monitorare che la marea non si portasse via le birre e top manager del bisognino tra le palme nane, che per la privacy la macchia mediterranea non la batte nessuno. Noi eravamo consapevoli di essere portatori di questo sapere prezioso, tramandatoci da generazioni di cabraresi prima di noi e tutto sintetizzato simbolicamente in quell'aragosta, nostro venerato animale totem. Per questo ce l'avevano consegnata religiosamente avvolta in alluminio come una grossa pepita d'acciaio, e Andrea Cutri se l'era infilata orgogliosamente sotto il sellino dello scooter, ergendosi a suo protettore e custode. Era congelata e questo, quando fossimo arrivati al monte, ci avrebbe dato giusto il tempo di allestire un bivacco per arrostirla: allora avremmo potuto dirci a casa anche tra gli animali feroci del Montiferru che ci erano stati annunciati. Correva infatti voce che sul terreno dove intendevamo bivaccare ci fossero allo stato brado delle vacche selvagge dal pelo color ruggine chiamate Bue Rosso, di cui allora si cominciava appena a parlare nei barbecue. Odiavano la gente del Campidano e ci avrebbero attaccato a mandrie se avessimo invaso il loro territorio; ce lo aveva detto la mamma di Nenna, lussurgese di nascita sposata a Cabras, e il fatto che fosse proprietaria sia del terreno sia delle vacche che lo infestavano non ci insospettí. Eravamo giovani e cabraresi, conoscevamo solo le furbizie dei muggini.

Prima di partire passammo al salone parrocchiale a prendere due attrezzi dalla cassetta del bricolage con cui a Natale facevamo il presepe. Li sistemammo sotto ai sellini degli scooter, e non fu facile fargli posto tra gli yogurt, le salsicce, la frutta, il pane, l'aragosta. Poi andammo al monte, montammo le tende, facemmo il bagno in un torrentello di acqua gelida, esplorammo il territorio con coltelli da bistecca branditi a due mani casomai ci venisse incontro una mandria, e per giorni tutto ci sembrò molto selvaggio e pericoloso. Nessuno di noi si accorse mai che non avevamo mangiato l'aragosta. Giuro che non fu fatto apposta, solo ce ne dimenticammo, perché la vita lí era cosí bella che non serviva un crostaceo per migliorarla.

Chi poteva immaginare che l'aragosta nel frattempo marcisse dimenticata su un tavolino nel salone parrocchiale, quaranta gradi al chiuso per due settimane? La bestia si decompose con tutta calma. Prima divenne acido, poi corrose il Domopak e il suo stesso carapace, impregnò il tavolo di legno, macchiò le piastrelle, appestò il salone parrocchiale, uscí dalle finestre a bocca di lupo del corridoio e se ne sarebbe sentito l'odore pestilenziale sin fuori, se non fossero stati tutti a Mari Ermi ad arrostire i muggini nelle lavatrici.

Se ne accorsero però i corridori scalzi quando dieci giorni prima della festa dovettero entrare nel salone parrocchiale per organizzare la corsa di San Salvatore. Quei probi babbi di famiglia pensarono a un gatto rimasto chiuso dentro, decompostosi per il caldo dopo una disperata morte per fame e sete. Noi ovviamente fingemmo di identificare l'inesistente felino, mentre con ogni mezzo chimico cercavamo di far andare via l'acido dell'aragosta da pavimento e tavolo.

Ho vissuto undici anni con questo orribile segreto dentro.

Mi si capirà se per dirlo ho aspettato la prescrizione del decimo anno.

I vestiti del notaio

– La prendiamo.

Filippo e Tania si erano guardati prima di annuire, e quello era bastato per decidere. Erano anni che sognavano di andare ad abitare proprio in quella parte di città, la Castello dei veri cagliaritani, loro che veri cagliaritani non erano. Non che avessero l'illusione che sarebbe stata una casa in affitto a farli diventare quelli che non erano, questo no. Ma era bello immaginare di aprire la porta nei vicoli dei nati a Cagliari da sette generazioni, sentire le loro voci tra i panni stesi da una finestra all'altra, sbirciare il vecchio notabile scambiarsi un filtro di sigaretta con il macellaio all'angolo, e sognare che col tempo, un giorno, magari. Se non oggi, domani. Se non loro, i loro figli. Ci voleva pazienza e costanza, che acquisire la cagliaritanità non poteva essere altro che un progetto a lungo termine. Intanto bisognava cominciare bene, e per questo loro avevano cominciato dalla casa, quella giusta per mettere in chiaro gli intenti al circondario. Era appartenuta al notaio Mendoza, e questo da solo faceva già mezzo pedigree. Non era una abitazione pretenziosa, ma del resto quelle della vecchia Cagliari non lo sono mai: è uno dei mezzi infallibili per distinguere i casteddai dagli arricchiti venuti dai paesi. Quelli, gentaglia che non sanno manco chi sono, vogliono una villa che dica almeno chi sono diventati, ma siccome ville a Castello non ce n'è, eccoli costretti ad andarla a cercare tra le brutte case rosa costruite negli anni Settanta vicino alla basilica di Bonaria. Le comprano loro quelle case lí, perché il didascalismo sociale impone che al casteddaio si abbini la cosa edilizia che piú somiglia a un castello. Il vero abitante casteddaio di queste manovre di avvicinamento ovviamente se ne ride. A dire chi è lui non occorre la villa, lo vedi da come cammina per strada, con l'aria impermeabile di chi ha visto i re in catene e non ha nessuna intenzione di stupirsi per meno. È la storia che ti fotte in un posto cosí: a Cagliari anche l'ultimo dei netturbini si sente schiatta di re, rampollo segreto del mai dimenticato Regno di Sardegna, nome d'arte del Piemonte quando non voleva farsi riconoscere. Come Zorro per Diego de la Vega, come Spider-Man per Peter Parker, cosí il Regno di Sardegna per i Savoia. Per questo il casteddaio di nascita ha la maschera nel Dna, e vive nel disprezzo della boria dell'arricchito.

La casa del notaio Mendoza era proprio quel genere di casa. Non era la sua residenza principale, era solo una delle tante, anche se si diceva che questa fosse una di quelle dove aveva trascorso piú tempo negli ultimi anni. Aveva centodieci metri quadri su tre piani scalati, una facciata in grigio smangiato da una specie di psoriasi dell'intonaco, e uno smilzo balconcino in ferro battuto a nascondere insospettabili comfort. Vista da fuori sarebbe potuta essere del notaio come del fornaio, ma adesso era la loro, di Filippo e di Tania Zuddas, originari di Serrenti, ma pronti a dimenticarselo pur di farlo dimenticare agli altri. Il padrone di casa, il nipote avvocato che aveva ereditato dal vecchio, consegnando le chiavi era stato chiaro: l'affitto comprendeva i tre piani interi tranne la soffitta, dove ancora c'erano cianfrusaglie di famiglia non traslocate. Ma, noblesse oblige, l'aveva messa comunque a disposizione per appoggiare qualche ingombro, ed era la pigra concessione di chi ha piú spazio a disposizione che voglia di svuotare vani al quarto piano. In quella casa antica Tania e Filippo ci erano andati a vivere senza nemmeno ritinteggiarla, che in mezzo a quella patina color dell'albume sulle pareti le loro cose erano già una prima affermazione di understatement alla cagliaritana.

Tania si era dedicata subito a cercare il modernariato adatto a personalizzare gli ambienti vuoti e un po' tetri della casa. Nel giro di due giorni sul balcone aveva messo i gerani, le piante grasse spinose e un vasetto di basilico bello rigoglioso, convinta che una casa senza basilico non avesse nessun futuro. Poi si era data da fare con la cucina, perché sognava di far uscire gli odori dalla finestra per sedurre il vicinato. Si comincia cosí a diventare cagliaritani, una sbirciata da balcone a balcone, una tendina scostata al momento giusto, una molletta caduta sul balcone di sotto e da cosa in cosa ne nascono di cose, signora mia.

Lei poi aveva un vantaggio oggettivo su Filippo, ed era quello di lavorare da casa, il che le permetteva di interrompere in qualunque momento quello che stava facendo per dormire un po', mangiare qualcosa o scendere a fare la spesa ogni volta che aveva voglia di due chiacchiere con il salumiere e l'edicolante. Questo contribuiva molto a far di loro dei credibili cagliaritani, perché avrebbe messo la gente del quartiere in condizioni di abituarsi gradualmente alla loro presenza stabile, mostrando via via apprezzamento per il tenore di vita sotto le righe che avevano deciso di assumere in quanto aspiranti cagliaritani. Naturalmente tutti sapevano che avevano affittato la casa del notaio, ma in ogni negozio nuovo in cui entrava per un numero di volte sufficiente a giustificare la domanda, per convenzione doveva prestarsi a confermarlo; quella nota logistica era il segnale per dare inizio al rituale della conoscenza diretta, e Tania non si sottraeva. Lentamente, spesa dopo spesa, Efisio l'edicolante di piazza Yenne cominciò a chiamarla signora Tania ogni volta che le dava la sua copia dell'«Unione Sarda», e la signora Giovanna che vendeva le verdure all'angolo di via Università cominciò a lasciarle da parte le carote che le piacevano, cosí che le trovasse anche quando andava a fare la spesa a fine mattinata. Tania amava uscire per le vie strette di Castello e salutare con familiarità la gente di cui aveva memorizzato il nome. Se qualcuno fosse venuto a trovarla da Serrenti avrebbe pensato che lei vivesse lí da sempre, o meglio ancora, che ci fosse nata, ingannato dalla cura con cui coltivava sia le conoscenze che le vocali aperte del dialetto cittadino.

Nell'arco del primo mese Filippo invece aveva cercato di interpretare al meglio l'uomo autodeterminato che segna il territorio con la padronanza del suo saper fare. Nonostante si conoscesse bene, non aveva opposto nessuna resistenza al luogo comune che vuole il maschio istintivamente bricoleur anche quando è del tutto incapace di piantare un chiodo senza trafiggersi come Cristo in croce. Per giorni si era aggirato per la casa misurando mensole e vani da occupare, studiando la tenuta delle prese elettriche non proprio a norma e valutando se la portata degli spifferi si poteva collocare meglio nella categoria «arieggiato naturale» oppure in quella di «tunnel del vento». Aveva cercato le ferramenta piú fornite, instaurando con i commessi quel tipo di solidarietà virile che si crea solo tra maschi davanti a qualunque piccolo problema tecnico domestico. Anche quello fece parte del loro processo di integrazione nel quartiere, e funzionò tanto quanto le moine di Tania al mercato e dal pescivendolo.

Dopo due settimane di lavoretti improvvisati con danni connessi, la casa non era proprio perfetta, ma di certo somigliava un po' piú a loro e un po' meno al notaio. L'unica operazione rimasta era riporre diligentemente in soffitta le scatole vuote avanzate, perché, come continuava a ripetere Tania, non si sa mai nella vita. Mentre portava i cartoni su per le scale, Filippo ricordava che quella frase la diceva sempre anche sua madre, e traballando considerava che doveva essere stato quel pessimismo genetico a fare delle donne, di tutte le donne, creature esperte nella gestione dei vuoti, di cui le scatole che aveva in mano non erano che scarna e riciclabile metafora.

La porta della soffitta non si aprí facilmente. L'umidità del sottotetto ne aveva fatto una tana per le muffe e quei piccoli animali privi di verso, ciechi e avidi, di cui solo gli entomologi conoscono i nomi. Appena riuscí ad entrarci Filippo fu assalito da un forte tanfo di chiuso, al punto che dovette poggiare le scatole sull'ultimo gradino per farsi scudo con la mano alle vie respiratorie. Cercò subito una finestra o un pertugio da cui far sfiatare quell'alito stantio trattenuto troppo a lungo, e lo identificò in un abbaino che seguiva la spiovenza del sottotetto. Nonostante le premesse, la luce della lampadina a incandescenza si accese subito.

Filippo posò le scatole per terra e si guardò intorno incuriosito dall'ambiente, lasciando per qualche momento in latenza la questione del posto dove sistemare gli avanzi del trasloco. La soffitta del notaio non era piú grande di una trentina di metri quadri, e appariva decisamente ingombra. Man mano che Filippo si abituava alla luce della lampadina, vi distinse un paio di vecchi mobili bassi ammassati nei punti piú acuti dello spiovente, alcuni scatoloni chiusi con del nastro da pacchi, una vecchia bici senza la ruota davanti e qualche faldone legato ancora a mano con dentro quelli che sembravano fogli dattiloscritti, avanzi di documenti, copie di registri compilati a mano e altre scartoffie. C'era una lampada da tavolo con il vetro rotto, una cassapanca rustica senza intagli, una damigiana vuota e persino le spoglie di un pallone sgonfio, un Super Tele di quelli che Filippo ricordava li vendessero a millecinquecento lire quando lui era bambino, e Dio sa cosa se n'era fatto il vecchio Mendoza. Vittima di una sorta di rispetto da cimitero davanti a quella paccottiglia insolennita dal silenzio polveroso della soffitta, Filippo prese la decisione di non spostare niente per farsi spazio, limitandosi a impilare a matrioska le sue scatole vuote sopra la cassapanca, vicino alla lampada rotta, appena sfiorate dalla luce obliqua dell'abbaino socchiuso. Lo lasciò cosí, e mentre usciva gli venne l'impulso un po' infantile di dare spiegazioni alla stanza.

– Va', che è la tua ora d'aria stasera... – sussurrò chiudendosi la porta alle spalle per tornare di sotto.

Era un tipo un po' distratto, Filippo. Forse non si sarebbe ricordato di aver lasciato l'abbaino aperto se una volta disteso sul letto non avesse sentito il rumore della pioggia sulla finestra, richiamo della promessa non mantenuta. Ignorando il mugugno insonnolito di Tania si infilò con rassegnazione le pantofole e barcollando risalí le scale strette per la soffitta, deciso a chiudere in fretta i conti con l'abbaino. Lo scatto dell'interruttore illuminò di colpo la soffitta, facendo risplendere il riflesso dell'acqua che era entrata copiosa dall'apertura del tetto, bagnando abbondantemente il pavimento e ristagnando invasiva sulla superficie un po' concava della cassapanca su cui aveva appoggiato le scatole avanzate. Vide che erano in parte intrise, e imprecando si affrettò a spostarle dal piano del mobile, prima di chiudere l'abbaino con un colpo secco che risuonò nella soffitta con un tonfo sordo.

– Merda... – commentò guardandosi attorno.

Cercò uno straccio con cui asciugare l'acqua che si era accumulata sulla cassapanca, ma non vide niente che gli potesse servire allo scopo. Fu tentato di fare finta di niente e andarsene lasciando il mobile cosí, chiudendosi la porta alle spalle per fingere asciutte innocenze, ma la possibilità di dover pagare danni all'avvocato Mendoza junior per un oggetto da rigattiere rovinato da due gocce d'acqua piovana lo ripugnava, specie a quell'ora di notte, con addosso le scarne difese psicologiche di una vecchia maglietta di Snoopy e di un paio di pantofole di pelo a forma di San Bernardo. Con un sospiro si inginocchiò davanti alla cassapanca con l'intenzione di aprire il coperchio per farne scorrere via il ristagno della pioggia, che il pavimento avrebbe capito. Il meccanismo a scatto del vecchio mobile non fece resistenza. Sollevando il coperchio fino a metterlo a squadra con il pavimento, Filippo accompagnò con la mano la corsa verticale dell'acqua, e fu quasi involontariamente che nel gesto lo sguardo gli cadde di traverso sul contenuto della cassapanca. Si era immaginato di scorgerci avanzi di soprammobili rotti, quei tipici scarti di vita da casa borghese piena di oggetti. Invece il vecchio mobile era pieno di quelli che sembravano vestiti da donna, a prima vista in buone condizioni.

Incuriosito, guardò meglio. In cima alla pila degli indumenti c'era un abito di pizzo di finissima fattura, color panna. Il taglio non era propriamente elegante, sembrava casomai un abito da cocotte, una cosa corta da cabaret. Incuriosito, si asciugò frettolosamente le mani sulla maglietta e sollevò il vestito dalla cassa, infrangendone le pieghe. Era davvero un piccolo gioiello di sfarzo, con piccole perle di fiume cucite nelle pieghe del pizzo a renderlo pesante e sontuoso; tirarlo su ne fece intravedere un altro appena sotto la cui fattura non sembrava meno impegnativa. Ben riposti e accuratamente piegati si scorgevano uno sull'altro anche altri abiti, in apparenza tutti sfarzosi, ma piú da palcoscenico che da sera. Dimentico di essere salito per altro, Filippo si attardò a sfiorare il tessuto di quelli che arrivava a toccare, ma la cassapanca era ampia e profonda, ce n'erano davvero tanti, forse una trentina. La donna che li aveva indossati doveva essere una a cui piaceva cambiare.

– Hai capito il notaio... – commentò ironicamente a mezza voce.

A malincuore ripose l'abito bianco a posto cercando di ricomporne le pieghe, poi chiuse la cassapanca e tornò lentamente giú, rimuginando tra sé le implicazioni della scoperta. Tania dormiva già, e lui resistette a fatica alla tentazione di svegliarla per portarla su a vedere i vestiti. Anche nella luce minimizzante delle prime ore del giorno, fu quella la prima cosa che le disse mentre facevano colazione.

– Nella soffitta c'è una cassa con dei vestiti da donna, sai?

– Bah, ce ne sarà piú di una. Quel posto ha l'aria di un magazzino di stoccaggio della Croce Rossa.

– No, quelli che dico io sono abiti da sera, credo.

– Abiti da sera? E di chi?

– Non lo so, ma non certo della moglie del notaio. Mi sono sembrati un bel po' osé, cioè... è roba da soubrette del Bagaglino, tutta lustrini e pizzi.

– Però! Chissà a chi li faceva indossare, il vecchio maiale. Fammeli vedere, dài.

Andarono insieme in soffitta e riaprirono la cassapanca; spiegarono gli abiti uno a uno, e anche Tania concordò che non potevano essere appartenuti alla defunta moglie del notaio, una matrona bigotta che non li avrebbe osati nemmeno se avesse avuto la stazza per entrarci. Quale che fosse la donna che li aveva indossati, non li portava certo per andare la domenica a messa: scollati, stretti, corti o lunghi, comunque scenografici, quelli erano lussuosi abiti da soubrette. Incuriositi da quel lato nascosto della vita del notaio, Tania e Filippo aprirono anche altre scatole, scoprendole piene di accessori raffinati, scarpe, cappelli, borsette e persino una serie di ombrellini ricamati a traforo, inutili sia per il sole che per la pioggia, ma molto vezzosi. Le scarpe rivelarono un particolare curioso: tutte con i tacchi altissimi, lucide e con la suola che sembrava non aver mai sfiorato una strada, erano fatte per un piede numero quarantaquattro.

– Accidenti, che piedino da bambola la soubrette!

– In effetti è un piede fuori del comune... secondo te il vecchio aveva un'amante?

– Se quella roba non è della moglie, non vedo di chi altro. Certo che però è divertente l'idea del vecchio con la soubrette.

– Piú che divertente direi che è un cliché: ricco e cattolico filantropo della Cagliari bene che di nascosto si tromba la puttanella d'alto bordo.

– Non sono sicura che fosse d'alto bordo, sai?

– Beh, ma i vestiti...

– Appunto. Se era d'alto bordo, i vestiti sarebbero dovuti essere la sua dotazione personale. Invece stanno qui.

– Come te lo spieghi?

– Non ci avevo pensato. Allora magari era una qualunque, tipo una zeracca che gli puliva casa, e il vecchio la faceva venire qui e la vestiva come Madame de Pompadour!

– Inquietante, ma piú credibile. E molto cagliaritano, anche.

Tania e Filippo passarono la mattina tirando fuori gli abiti dell'amante del notaio, immaginandone le forme, l'indole, e facendo ironie a buon mercato sulle voglie del vecchio per le donne abbigliate da quel lusso un po' sconcio. Tania scherzava appoggiandosi addosso ora questo ora quel vestito, finché non ne vide uno che la suggestionò piú degli altri. Era rosso fiamma, di raso lucido e liscio, appena segnato sulle linee della piega, che scivolava tra le dita come olio tiepido. Lungo la scollatura profonda c'erano ricche applicazioni di coralli rosa e piccoli specchi, e uno spacco ammiccante spezzava in verticale la lunghezza fintamente pudica del modello. Tania se lo rimirò in silenzio, prima di osare.

– Come pensi starei con questo?

La domanda interruppe la concentrazione con cui Filippo stava cercando di localizzare il meccanismo automatico di un ventaglio di madreperla. Interdetto, il marito fissò il vestito che lei teneva sospeso contro il corpo, come la muta di una serpe.

– Benissimo, credo.

Si guardarono in silenzio, e non ci fu bisogno di dire altro. Poi Tania posò l'abito sulla cassapanca e liberate le mani cominciò a spogliarsi. Tolse i vecchi jeans e la camicia di flanella che costituivano la sua divisa per le pulizie di casa e rimase in mutande e reggiseno di cotone, la biancheria senza pretese di una moglie sicura di sé. L'istinto la spinse a liberarsi anche di quelli, quasi che la sua quotidiana intimità non potesse avere niente a che spartire con quello che stava per fare. Fu con estrema attenzione che fece scivolare il raso rosso sul corpo nudo, e quella carezza fredda le suscitò un brivido lieve che non risparmiò nemmeno Filippo, rimasto seduto sul pavimento a fissarla durante tutto il rituale di vestizione. L'abito cadeva un po' largo sulle forme esili di Tania, segno che probabilmente la donna per cui era stato fatto era piú corpulenta, ma il fatto che vestisse morbido non inficiava il provocante risultato dell'insieme. La figura di Tania sembrava piú alta e sinuosa, e il peso della decorazione dei coralli sul seno lo faceva apparire pieno e fermo, sontuoso a sua volta. L'impulso di Tania a sollevarsi i capelli sulla nuca scoprí la linea elegante del collo, acuendo la magia seduttiva dell'abito rosso. Agli occhi incantati di Filippo sua moglie non era mai stata tanto bella come in quel momento, dove nella soffitta polverosa gli apparve come una divinità, appena tangibile alla luce opaca dell'abbaino socchiuso. Lei gli lesse nello sguardo una luce familiare e sorrise, donna non certo per caso. Fu per questo che quando il marito si avvicinò le sembrò naturale e giusta la sua carezza sul fianco, lasciata scivolare impudicamente sul raso rosso e tiepido, puro preludio. Il viso di Filippo sfiorò il suo, ma il bacio che si aspettava non venne. La annusò sul collo invece, inspirando profondamente il suo odore come se già non lo conoscesse a memoria. Il naso indugiò sull'orecchio e poi sulla clavicola, dove la spallina del vestito lasciava in sospeso il tessuto sul corpo. Filippo sfiorò con l'olfatto anche quella, indugiandovi abbastanza a lungo da far percepire in lui l'inconfessabile, la consapevolezza latente che quel vestito era stato sul corpo di un'altra donna. Anziché inibirla, quel pensiero accese Tania maggiormente, e lui lo avvertí. Con un gesto brusco del piede chiuse la cassapanca dando vita a un giaciglio di fortuna, scomodo e corto, ma nessuno dei due ci badò, mentre il vestito rosso si sollevava in vita giusto il tanto necessario a soddisfare l'urgenza di entrambi. Fecero l'amore furtivo di due adolescenti sul letto parentale, un rapporto breve e intenso che li lasciò soddisfatti e ladri. Riposero i vestiti di nuovo nella cassapanca, chiudendoli bene come fossero animali imprevedibili, e scesero le scale tenendosi per mano.

Qualcosa cambiò tra loro da quel momento. La consapevolezza della segreta suggestione di quegli abiti in soffitta aveva permeato l'aria della casa di una sorta di costante corrente elettrica. Anche il piú banale sfiorarsi per scambiarsi gli oggetti quotidiani sembrava diventato una insostenibile provocazione fisica. Tania si scoprí a evitare la biancheria comune, girando per casa con sotto ai vestiti quella costosa corsetteria che di solito riservava alle occasioni speciali. Iniziò a mettersi il profumo per fare i piatti, e le calze autoreggenti per sedersi sul divano a leggere, la sera. Erano particolari quasi impercettibili, ma dichiaravano una consapevolezza di sé che non avvertiva cosí fortemente dai tempi del liceo, quando ogni scusa era buona per darsi la scossa di un contatto. Lievi o no, erano segnali che Filippo avvertiva e leggeva, corrispondendoli con un fare del tutto insolito per lui, tipico animale da scendiletto, pigro e sbadato. Non perdeva occasione per toccarla con la scusa di darle una mano nei piccoli lavori di casa, fossero sparecchiare o mettere i vestiti nella lavatrice, cucinare o stirare. Anche quando non erano vicini, Tania lo sorprendeva spesso a fissarla insistentemente, sfiorandole il corpo con lo sguardo avido. E tuttavia questa tensione fisica non sembrava volersi rivelare apertamente, restando sottotraccia come una perdita d'acqua in un muro. Per due settimane continuarono a sfinirsi a vicenda cosí, catturati in un incanto vicendevole e sospeso, finché con sorpresa ed un certo sconcerto entrambi realizzarono che dopo l'episodio del vestito rosso non avevano piú fatto l'amore.

Fu Tania, simulando casuale noncuranza, a suggerire una ripetizione.

– In effetti, potrei provare anche gli altri vestiti. In fondo sono lí ad ammuffire, se ci gioco un po' che cosa c'è di male…

Lo disse davanti alla tazza del latte, mentre in bilico sullo sgabello alto della cucina faceva dondolare il piede nudo sull'appoggio. Filippo la guardò, allusivo.

– Di male niente, se fossero stati importanti per la famiglia non li avrebbero lasciati lassú. Ovviamente resta inteso che quando li provi voglio esserci.

Tania nascose il sorriso, portando la tazza ancora tiepida alle labbra.

– Da quando ti diverte vedermi provare vestiti? Hai sempre odiato accompagnarmi nei negozi.

Sornione, Filippo si distese sul divano e chiuse gli occhi. Poi mormorò:

– Al momento presente puoi considerarmi alla stregua di un fashion victim.

La sera stessa Tania salí in soffitta, e Filippo la seguí. Indossò un corto abitino viola da cocotte che le scopriva le gambe fino al confine con la decenza, e lo completò con un ombrellino in tinta che rendeva l'insieme piú ironico che sexy, quasi una mise da spettacolo di burlesque. Filippo dovette trovarlo comunque molto piú sexy che ironico, perché la serata finí con il vestito stropicciato e l'ombrellino per terra, mentre la cassapanca sopportava l'ennesima sollecitazione. Tania prese a salire in soffitta quasi ogni sera, e Filippo la seguiva ogni volta. Passavano le giornate nella normalità paciosa delle coppie rodate, ma la sera si scoprivano trasgressivi ad immaginare scenari da boudoir, dove lui era il ricco cliente borghese e lei la prostituta d'alto bordo, la geisha fantasiosa che ogni sera si trasformava in un sogno di donna diverso, grazie a un vestito e a una pettinatura insolita. Pian piano Tania prese ad usare tutti gli accessori che c'erano nelle altre scatole; fattasi piú audace, aveva cominciato a improvvisare curiose sceneggiate a cui lui si prestava tra il rapito e il divertito. Lei si descriveva di volta in volta servetta provocante, lavandaia licenziosa, praticante con secondi fini, invitando il marito a immaginarsi al posto del notaio, a vestirla scegliendo lui l'abito, a metterglielo addosso con lo scopo sottinteso di farselo togliere il piú in fretta possibile. Pretese persino che si dessero del voi. Dapprima Filippo si era mostrato restio a quel gioco di ruolo, in cui intuiva qualcosa di perverso, ma la tentazione di un rapporto di potere di quel tipo, anche solo giocato, eccitava in modo irresistibile una parte di lui che non sapeva nemmeno di nascondere. Giocare alla serva e al padrone, immaginandosi il notaio e la sua giovane amante, divenne la loro fantasia dominante, e gli strumenti che erano stati stipati in quella soffitta per dilettare gli ultimi anni del vecchio vennero utilizzati tutti per fare del loro legittimo matrimonio un amore proibito, noto a loro solamente, con il quale ciascuno tradiva l'altro in tutte le inconfessabili clandestinità che possono nascondersi nell'anima di un uomo e di una donna sposati tra loro. Solo le scarpe restavano nella loro scatola, troppo grandi per il piede numero trentasette di Tania, e questo restava il suo grande rammarico.

Man mano che l'integrazione nel quartiere proseguiva, avevano sviluppato alcuni loro piccoli rituali che servivano a consolidare i legami stabiliti e a mostrarsi con parsimonia in giro per la parte di città che interessava loro. Il sabato mattina, quando Filippo non andava in ufficio, avevano preso l'abitudine di andare insieme a passeggiare poco prima dell'ora di pranzo, prendendo l'aperitivo al bar di Gianni, uno di quelli con la terrazza di cui il quartiere abbondava. Fu lí che per la prima volta, forse l'ottava volta che ci andavano, ebbero una confidenza locale sul notaio.

– Eh... – fece Gianni al secondo Negroni di Filippo, – certo che l'avete trasformata quella casetta del Mendoza. Belle tendine, una targa come si deve, la si nota subito nel vicolo. Quel vecchio susunco ci teneva che nemmeno la vedessimo, invece.

– Ah sí? – ribatté Tania con aria innocente.

– Eccerto, con le cose che ci faceva dentro! – La voce del barista si abbassò fino a diventare un sussurro. –... come se fossimo tutti ciechi e sordi.

– Ma cosa volevi che ci facesse –. Filippo sorrise minimizzando, ben conscio che i segreti del notaio ormai erano un po' anche i suoi.

– Eh, lo sa il diavolo cosa ci faceva, adesso che lo tiene in caldo all'inferno, vecchio susunco, – concluse Gianni stizzito, evidentemente risentito per la consolidata abitudine del vecchio di non spendere un centesimo al suo banco neanche per un caffè. Tania e Filippo si scambiarono uno sguardo, consci che se non si rispettano i piccoli riti della socialità, ogni vicino di casa presto o tardi si rivela un delatore. Anche questa era Cagliari, indubbiamente.

Niente affatto ansiosi di sentire il resto della confidenza, pagarono lesti e tornarono a casa. Per qualche giorno Tania non salí a mettersi nessuno dei vestiti dell'amante del notaio, nel timore irrazionale di essere vista e raccontata in un bar tra un Negroni e l'altro. Filippo non glielo suggerí, vittima dello stesso pudore complice, anche se almeno in lui restò il rammarico di non aver proseguito la conversazione con Gianni, per capire finalmente cosa si nascondeva dietro la vita in apparenza irreprensibile del notaio Mendoza. La renitenza di entrambi durò una settimana appena, poi una sera Tania, incapace di resistere, salí nuovamente in soffitta e Filippo come sempre la seguí. Tutto tornò normale per un po', se normale si poteva chiamare quello che facevano quando salivano quelle scale.

La seconda volta che qualcuno raccontò qualcosa sul notaio capitò a Tania mentre era sola dal calzolaio, e fu molto peggio della prima volta con Filippo. I sandali che aveva portato erano stati risuolati e la stringa staccata era stata fissata di nuovo in uno di quei modi misteriosi noti solo a chi sa come sono fatte veramente le scarpe. Mentre provava la tenuta del legaccio, il sarto esclamò:

– Io facevo le scarpe anche al notaio, sa?

– Certo che gliele faceva, signor Paolino, lei è bravo come Romeo Gigli. Guardi qui che sandalo mi ha fatto!

– Eh, ma quelle che facevo a lui erano scarpe come non ne ho fatte piú, – l'artigiano strizzò l'occhio, lasciando intendere una perfidia intrinseca alla frase, che Tania però non colse subito.

– In che senso?

– In che senso, in che senso... Lo sapeva lui in che senso. Certo che se non le chiedeva a me su misura, le trovava domani le scarpe col tacco del suo numero!

Gli occhi del vecchio calzolaio brillavano di malizia, spiando la sua reazione, ma Tania incassò la rivelazione senza tradirsi. Sorrise stentata e pagò, lasciando che il sospetto l'accompagnasse silenzioso fino a casa. Aprí la porta rapidamente e corse in soffitta con l'intento di aprire la scatola delle scarpe dell'amante del notaio. Le verificò una a una ed erano proprio come le ricordava: numero quarantaquattro, tutte nuove anche sulla suola. Scarpe che non erano mai uscite da quella casa, senza marchi di fabbrica come lo sono solo le scarpe fatte a mano. Le venne il pensiero che non fossero state calzature da donna con il piede grande, ma che fossero state qualche altra cosa, qualcosa di molto piú imbarazzante di un'amante giovane per un notabile vecchio. Le ripose nella scatola, chiudendola con cura e cercando le parole per rivelare a Filippo quello che aveva scoperto. Eppure, quando lui tornò dal lavoro smanioso di lei, non trovò il coraggio di rompere quell'incanto e finse un mal di testa strategico. Né quella sera né la mattina dopo disse una sola parola a proposito degli indumenti al piano di sopra.

Lasciò passare un paio di giorni tergiversando ed evitando di salire in soffitta, lasciando il marito perplesso e insoddisfatto da quella renitenza. La terza notte salí in soffitta e lo chiamò, decisa a rivelargli la verità. Filippo la seguí incoraggiato da quella decisione, fraintendendone il significato. Appena furono nella soffitta lei aprí la cassa e mormorò:

– Devo dirti una cosa.

Lui la guardò con un sorriso, poi le si fece vicino, felino. L'abbracciò da dietro scostandole i capelli e le posò un bacio delicato sul collo, insinuante. Le labbra di Filippo vicino all'orecchio sussurrarono:

– Mmmh… anch'io. È da un po' che volevo dirtelo, sai? Ringrazio il giorno che abbiamo trovato questi vestiti, mi sento rinato, ti penso tutto il giorno, ti immagino, arrivo a casa con una voglia…

– Ma dài, esagerato, scopavamo anche prima.

– Non è quello. È che l'amore si fa con la testa. Io faccio l'amore con te tutto il giorno in testa, quando arrivo qui è già tutto successo, – fraintese la sua esitazione, – non ridere, io qui ho imparato da capo a sognarti, credimi…

Facendola voltare lentamente la baciò, e lei non glielo impedí. Il bisogno di raccontargli tutto era impellente, eppure nel segreto di quel bacio si chiese se valesse la pena sacrificare l'illusione alla realtà, rinunciare al calore da femmina che non sperimentava dal tempo delle prime febbri fisiche della sua storia con lui, e mortificarlo rivelandogli che il castello pruriginoso che avevano costruito aveva come basamento d'argilla un vecchio che amava travestirsi da puttana di lusso. Quando Filippo smise di baciarla tenendole la testa tra le mani, lo guardò.

– Cosa volevi dirmi?

Esitò solo un istante, poi rispose:

– Niente.

Si tenne il segreto del notaio per sé e non glielo rivelò mai, continuando a vestirsi con quegli abiti finché lui glielo chiese, che non tutte le verità esistono per essere dette. Questo, Tania lo aveva imparato quel giorno, era molto cagliaritano.

Re di Venere

Al mattino mia madre sembra cieca, come se guardasse lo specchio e non vedesse quello che riflette. Non so cosa le appare quando si osserva, ma so che non è una verità. Quanto sta di merda con l'ombretto perlato, per esempio. Come quella polverina luminescente le si infili tra le rughe delle palpebre e renda voragine ogni singola piega di pelle, dandole l'aspetto di una matrioska scrostata. Usa il rosa come se avesse ancora diciassette anni, quando sulla pelle tesa e fresca il colore faceva l'effetto di un lampo di luce fermato in corsa, uno strascico di cometa impigliato tra le ciglia, cosmo e cosmesi uniti a brillarle addosso. Ora quella luminescenza è una scoria che è rimasta indietro alla scia del suo astro, svanito cosí in fretta che lei non ha ancora capito che non c'è piú. Ieri al market ci hanno detto: Sembrate sorelle, complimenti. Complimenti a chi, ho pensato mentre lei si illuminava. Se a quattordici anni ne dimostri otto ti diagnosticano un ritardo dello sviluppo. Se a cinquanta ne dimostri trentacinque invece complimenti. Complimenti per il ritardo che hai sulla tua vita, signora. Complimenti per i jeans che hai preso dal mio armadio, di quelli con lo strappo che non mi metto da dieci anni perché mi sento cretina e invece tu ti ci senti te stessa. Cosa pensi quando mi guardi, mamma? Quando mi dici «sei carina, ma non ti curi», come avessi una malattia da affrontare allo specchio, un tempo patologico che divora la mia luce come un parassita e per farmi essere quella che sono uccide quella che ero, bambina donna vecchia morta in ogni giorno di vita in piú. Cosa pensi quando i trentenni si girano a guardarti quel culo ondulante, mamma, quando senti un fischio dal ponteggio perché al manovale gli è venuto duro mentre passavi sui tacchi con le buste della spesa, diva vestita Ovs, Marilyn della Zona Espansione Nord? Davvero ti piace l'idea che ti scoperebbe, *complimenti signora*, uno che ha l'età del figlio maschio che in me non hai avuto, *sembrate sorelle*, uno che l'unico complimento che ha per te è dirti quanto sembri quella che non sei piú? Se fossi un uomo, mamma, se fossi tu quello a cui viene duro, a definire le cose non sarebbe chi ti desidera, ma cosa desideri tu. Ci pensi mai a come deve essere decidere la forma che un altro deve avere per conquistarsi il tuo sguardo? A cosa si deve provare nel dettare a qualcuno come deve camminare per piacerti, cosa deve avere addosso, cosa deve spalmarsi in faccia, a quale considerazione su di sé deve sorridere e sentirsi fiero? Io ci penso, mamma. Ogni volta che ti guardo ci penso, ogni volta che prego di non somigliarti, di non arrivare viva a morire di me.

Ci ho pensato anche ieri prima di lasciare il laboratorio di travestimento e andare nel sottopassaggio della Ostiense. Mentre le altre (gli altri) sciamavano verso l'esterno io mi sono guardata allo specchio del corridoio e ho visto me maschio, un uomo che era la donna che sono. Ho guardato la perfezione della barba incollata pelo a pelo sulla linea del mento, i capelli garbati in un modo che da donna non porterei mai, la faccia tutta scoperta alla vista, il seno sparito sotto alla fascia elastica che mi hanno stretto intorno alla gabbia del torace, e ho pensato che non sono un uomo bello, mamma, non sono un uomo che guarderesti mai tu. Forse anche al lui che sono diresti che non si cura. Ma dove stavo andando io nessuno chiede a un uomo di curarsi. Dove stavo andando io non sono gli uomini la malattia. Quando sono scesa nel cunicolo c'era odore di piscio. Gli addetti al decoro urbano lo puliscono ogni giorno con prodotti industriali, ma l'odore resta comunque, come se dentro a quei muri scrostati scorresse carsica una latrina con tutti gli umori lasciati da generazioni di vesciche incontinenti, vesciche di maschi. Nessuna donna ha mai pisciato lí, ne sono sicura. Le donne non pisciano nei sottopassaggi. Se possono, le donne nei sottopassaggi nemmeno ci vanno. È una questione di longitudine. Sotto la linea del terreno è come se vigessero altre disposizioni, misure che servono a far loro qualcosa che sulla superficie si può solo pensare. Venti scalini sbeccati e tutto cambia. Il sottoterra è lo spazio dei morti e dei vermi e chiunque ci resti per un tempo sufficiente finisce per somigliargli. Nel sottopassaggio tutto striscia. I passi, le ruote delle valigie, l'orlo dei pantaloni sui piastrelloni scoloriti, le scie degli odori di chi è passato, le sbavature delle scritte tracciate troppo in fretta, ANNALISA TROIA. Striscio anche io. Lungo la linea del muro cammino lenta e ripeto con cura il passo che ho imparato: tengo il bacino fermo e guardo davanti a me senza abbassare gli occhi, ma nemmeno puntarli. Misuro l'apertura della gamba per farla piú ampia nei pantaloni di lana ruvida e non mi tocco mai la faccia né i capelli. So come appare il mio corpo. La protesi di pancia prominente sulla cintura, il seno compresso sotto la fascia elastica, il sospensorio tra le cosce, la linea del mento segnata da un'ombra di barba attaccata pelo a pelo con la colla cosmetica e una precisione microchirurgica; tutto serve a definire il profilo banale e pingue di un quarantenne che nessuna donna guarderebbe due volte. Gli uomini però neppure una e adesso è solo questa la cosa che conta. Mi vedono, certo, come li vedo io, e sono consapevoli che sto passando là sotto, ma non piú che se fossi una folata di vento. Non appaio loro minaccioso né minacciabile, le uniche due categorie che là sotto contano qualcosa. ANNALISA TROIA. È una sensazione che non ho mai provato prima. Sono invisibile. Nessun maschio mi guarda per valutare cosa potrebbe farmi. Nessuno prende le misure del mio corpo, sepolto da ore di travestimento. Nessuno pensa a me come a una cosa commentabile, accessibile, scopabile. Non esistere è uno strano modo di essere al sicuro.

La stazione è il primo snodo cittadino della metro e a ogni ora cambia la qualità della vita trasportata. Al mattino presto commessi e impiegate, donne delle pulizie e studenti con le cuffie alle orecchie; verso pranzo anziani con le buste del supermercato, bambini con madri, vecchie con la badante, uomini soli un po' sghembi; la sera la fiumana rientra, prima in modo convulso, poi sempre piú diluito fino all'ultima corsa, quella che prende solo chi non può proprio farne a meno. La maggior parte delle persone si muove rapida; nessuno vuol stare là sotto piú del tempo necessario. Io invece cammino senza fretta e poi mi fermo. È questo il patto: fermarsi, non solo passare, vedere cosa succede a segnare il territorio con l'accenno di una permanenza. Sembrava facile quando me lo hanno spiegato al laboratorio: «Osserva e imita il modo di fare di quelli che stazionano vicino agli ascensori o alla base delle scale». A quell'ora del giorno non ce ne sono piú di tre o quattro e mi sembrano pochi, una cosa che la donna che sono non penserebbe mai passando loro accanto. In un posto come quello una donna è in minoranza anche se incontra un solo uomo. Li guardo. Mi guardano anche loro e sento la loro diffidenza. È stupefacente il livello di aggressività che si alza appena il passo rallenta e le spalle si accostano al muro per restarci. In un posto come quello, un posto fatto per passare, fermarsi è un gesto minaccioso. Uno di loro mi guarda con particolare attenzione e per un istante mi attraversa il terrore che il loro istinto, l'unica cosa di quei tre che non posso imitare, abbia sentito la mia fica sotto tutti i vestiti, il segreto dei miei capezzoli strizzati nella fascia elastica, i fianchi circondati dai volumi aggiunti delle protesi laterali. Che abbiano capito chi sono, chi non sono. Estraggo il telefonino come diversivo, faccio per guardarlo distrattamente e loro come si sono accesi si spengono, disinteressandosi di me. Non so perché, ma quel gesto è bastato a dire che non competo col loro spazio, che siamo lí per cose diverse. Ma quali? Cosa ci sono andata a fare io alle sei del pomeriggio nel sottopassaggio della Ostiense travestita cosí bene da uomo che sembro un uomo, se questo è un uomo? In fondo non c'è niente da scoprire che non sapessi già. Tra loro gli uomini non si guardano come prede l'uno dell'altro. Un maschio è al sicuro dove una femmina è in pericolo. L'unico modo per non essere mangiati è lasciare che la preda la faccia qualcun altro.

La mia non la devo aspettare a lungo e quando arriva mi basta un istante per capire che è lei. Non è giovanissima, ma nemmeno il tipo di donna adulta che gli altri guarderebbero come prima scelta. Non una milf, cosí le chiamano le mammine che ti vorresti sbattere, anzi giurerei che lei di figli nemmeno ne ha avuti. Quaranta, forse quarantadue anni, un corpo inaridito prima di sbocciare, restio persino a quella fioritura tardiva che a volte dopo i quaranta rende attraenti anche donne che non lo erano state mai. Cammina rapida, ha un carrello della spesa e alle sei del pomeriggio questo vuol dire solo una cosa: ha un lavoro statale. Forse alle poste, forse al municipio, posti dove nessuno ti chiede scintille. Impiegata da pratiche, non da sportello. Una gonna sul ginocchio, la scarpa bassa e comoda, le calze pesanti, un po' graduate, e un golfino color crema sotto alla sciarpa scura dove i capelli chiari appoggiano scomposti, un cappotto dozzinale di un marchio che veste taglie comode. Chissà che cosa passava per la testa a chi ha inventato l'espressione taglia comoda, forse l'idea che sotto la 46 siano tutte felici di vestirsi per stare a disagio. O magari quella che il disagio, come il bikini, te lo devi poter permettere. Quella donna non sembra una che abbia mai creduto di potersi permettere una cosa come un bikini. L'inclinazione della curva delle sue spalle mi parla di resa senza lotta, di sconfitta annunciata, di qualcosa di sé che le è morto giovane. Cammina con gli occhi dritti davanti, non concede un guizzo laterale nemmeno per essere sicura che non ci sia niente da guardare, eppure quando mi passa accanto so con certezza che ha visto l'uomo che sono. In qualche modo misterioso capisco che hanno ragione gli uomini: le donne ti scelgono e quando ti si muovono davanti come abissi indifferenti in realtà stanno chiamando a sé la tua vertigine. «Far girare la testa» questo significa, e a me d'improvviso la testa gira, gira che quasi perdo l'equilibrio. Appena mi supera mi muovo a ridosso della scia del carrello della spesa, due metri dietro come un'ombra, e il suo passo d'improvviso nervoso mi conferma quello che sapevo già: mi ha visto, ci ha visti tutti noi maschi, ci ha contati nell'istante in cui ha disceso l'ultimo scalino, come avrei fatto io, come avremmo fatto tutte. Lo fa tutti i giorni quel percorso e tutti i giorni conta, perché ogni giorno potrebbe essere quello in cui aver contato farà la differenza tra uscire da lí o no. Oggi farà la differenza? So che se lo sta chiedendo mentre accelera leggermente il ritmo del passo. Non troppo veloce da sembrare in fuga, però. Spera che io non capisca che mi teme, che il carrello non è un ostacolo sufficiente, ma lo capisco lo stesso. Mi piace il flusso di tensione che si lascia dietro, la paura che le sento fluire dai gesti come una sostanza chimica densa, collosa. Mi fa sentire bene il fatto che lei si senta male, mi conferma che ho il potere di decidere come deve sentirsi, fosse anche per i pochi secondi di quel tragitto senza svolte, dritto alla scala. Per questo la faccio camminare tesa fino al primo gradino, coltivando il dubbio che non la stia veramente seguendo, e solo quando la luce esterna del lampione in cima all'imbocco del sottopassaggio la investe abbastanza da farla sentire al sicuro le parlo.

– Lasci, l'aiuto io.

Si volta disorientata dalla mia voce. Vede un uomo. Sente una donna. Non sa cosa pensare, ma non le do il tempo di farlo. Le afferro il carrello alla sprovvista, sollevandolo per portarlo in alto. Fuori è buio, a dicembre la notte arriva di pomeriggio anche a Roma, e lei mi sale accanto incerta se considerare il mio gesto una cortesia o un'invasione. Il carrello pesa. Forse una famiglia dopotutto ce l'ha.

– Grazie.

Lo mormora piano, ben educata anche con i favori che non ha chiesto, e mi guarda per la prima volta in viso alla luce piena.

Vede un uomo alto in sovrappeso che tiene ancora la mano sul suo carrello e non le sorride. La fissa senza ritegno e le cose le appaiono d'improvviso non piú equivocabili. Capisce che non è cortesia dire a qualcuno «sei debole e io piú forte». Non è galanteria offrirsi per evidenziare un bisogno che stava nascosto. Annalisa allunga la mano per riprendersi il carrello, ma l'uomo non abbandona la presa, sfidandola. È troppo ben vestito, troppo curato per essere un ladro che vuole il suo latte per la colazione. È qualcos'altro che vuole. Annalisa indietreggia di un passo, vorrebbe dire qualcosa ma non osa prolungare l'ingaggio, sollecitare ancora una volta quella voce assurda e incongruente che ora non è piú nemmeno sicura di aver sentito davvero. C'è qualcosa di strano in quel volto maschile che non si fa indietro, che non accetta il suo congedo. Qualcosa di sbagliato che la disorienta.

A me non serve altro che quello sguardo. Lascio il carrello, lascio che lo riprenda nervosa e che senza aggiungere nemmeno un saluto se ne vada rapida verso la collina San Saba, di nuovo signora della classe media. Guardo in basso, verso il sottopassaggio dove la luce spiove con effetti cromatici tetri, da retropalco. Non scenderò ancora per stasera. Quello che volevo l'uomo che sono l'ha avuto già.

Cosa mi racconti?

In Sardegna quando due persone si incontrano dopo molto tempo non si chiedono «Come stai?» – domanda invadente quanto poche altre – ma si dicono a vicenda: «Ite mi contas?» Cosa mi racconti? Quella domanda aperta a tutte le possibilità è allo stesso tempo rispettosa e liberatoria. Il punto vero dell'incontro tra due persone non è infatti l'anamnesi reciproca dello stato di salute o d'animo, ma l'apertura di uno spazio di ascolto in cui l'altro può raccontare da sé la sua storia. Se vuoi comunicare a qualcuno che per te non esiste basta non fargli mai quella domanda. Per questo avere o non avere la possibilità di generare una narrazione di sé è la condizione piú politica che c'è. Quando si dice che la storia la scrivono i vincitori si pensa subito alle guerre, agli sconfitti e ai trionfanti, alla visione militare delle cose. Omero però ci ha dimostrato che talvolta i vincitori hanno cantato anche le gesta dei vinti, se i vinti erano uomini. Per questo, anche se Troia è caduta, noi sappiamo di Ettore quanto di Achille, di Paride quanto di Menelao, di Priamo non meno che di Agamennone. Tutti eroi, tutti con un racconto, ognuno a suo modo immortale, a comprova che gli unici vinti della storia sono quelli la cui storia non esiste.

Lo sapeva perfettamente Alison Bechdel quando disegnò la famosa striscia da cui si originano i tre parametri del test che prende il suo nome: la storia delle donne esiste solo se ce ne sono almeno due, hanno un nome proprio e parlano tra loro di qualcosa che non siano i maschi. Sono parametri che giusto l'*Iliade*, scritta quando l'epica militare era la sola narrazione immaginabile e le donne erano suppellettili domestiche, poteva giustificatamente permettersi di non rispettare. A guardare molte delle narrazioni contemporanee viene però da chiedersi se quei duemilaottocento anni nella testa di chi scrive storie siano trascorsi invano. Le condizioni di Bechdel sono infatti essenziali per costruire una storia con personaggi autentici. Essere in due e avere un nome è la condizione della piena soggettività: quella che combina identità e relazione. Avere un nome da soli infatti non basta: bisogna che quel nome sia pronunciato da qualcun altro perché si attivi la detonante dinamica del riconoscimento. Bechdel però in quel colpo di matita ha avuto un'intuizione piú profonda: ha capito che la relazione tra due soggetti non è definita solo dalla loro presenza fisica e nominabile, ma anche dagli immaginari di cui si fanno portatori. È una consapevolezza che spesso capita di raggiungere assistendo alle conversazioni tra madri di bambini in tenera età: possono parlare dei rispettivi figli per cosí tanto tempo che chi osservasse quegli scambi alla fine saprebbe quasi tutto delle abitudini, dei vezzi e del carattere dei piccoli assenti, ma niente delle donne che li hanno messi al mondo. Bechdel è riuscita a dire in due balloon una verità che chi studia i colonialismi sa da sempre: i rapporti dominanti sono quelli dove uno dei due soggetti sa definirsi solo in funzione dell'altro. Ecco perché due donne con un nome che conversano tra loro non sono sufficienti per dire che sappiamo chi abbiamo davanti. Se quelle donne parlano per ore solo di un uomo non stanno raccontando altro che la sua storia, mai la propria, e al contempo stanno offrendo la dimostrazione plastica che fuori da quella storia non c'è nulla di sé degno di essere detto. Credo sia per questo che i narratori, a differenza delle narratrici, affrontano molto raramente l'inversione di genere nella scelta dell'io narrante. Non si tratta banalmente di «immaginarsi donna», ma di credere fino in fondo che le storie delle donne abbiano la stessa dignità di racconto di tutte le altre. «Immaginarsi donna» del resto è stato difficile anche per le donne stesse, dopo secoli passati ad ascoltare storie di uomini raccontate da uomini, in cui le poche di noi presenti avevano piú che altro funzione accessoria. Ciascuno cresce solo se sognato, diceva quel grande educatore che è stato Danilo Dolci, ma per le donne – che sognate in fondo lo sono da sempre – è stato necessario qualcosa di piú: per cominciare a esistere nel nostro stesso immaginario abbiamo dovuto diventare capaci di sognarci fuori dai sogni degli uomini e cambiare completamente di prospettiva, consapevoli del fatto che per secoli ci siamo guardate l'un l'altra vedendo solo quello che avrebbe visto un uomo. Questo fanno le narrazioni: ti impongono lo sguardo sulla realtà e anche se gli occhi rimangono i tuoi, i parametri con cui osservi non ti appartengono piú. È il motivo per cui di storie ne servono molte, moltissime, per non diventare schiavi di un solo punto di vista sulle cose. È anche la ragione per cui va combattuta con tutte le forze una visione editoriale che sostenga ancora l'equivalenza «romanzo d'amore = romanzo femminile», perché sottintende che le donne – sia che quei libri li leggano, sia che li scrivano – non sappiano dire chi sono, ma solo di chi sono. Il risultato è che, a forza di leggere di noi stesse una storia sola, per troppo tempo ci siamo convinte che nella vita il nostro perché fosse in realtà un per chi. Uno sguardo domesticato da un'unica narrazione e da una monoprospettiva non si libera in un giorno e il processo di decolonizzazione dello sguardo delle donne su sé stesse è ancora in atto, faticoso e lento; però è iniziato. Abbiamo imparato a dire che siamo desideranti, non solo desiderabili. Pensanti, non solo pensate. Agenti, non solo agite. Soprattutto siamo diventate narranti per non essere mai piú solo narrate.

Beatrice Cenci

Il mio nome è Beatrice, ma è tutto quello che possiedo di mio. Se mi chiedessero come vorrei essere ricordata è questo che direi: Beatrice, Beatrice e basta. Perché per il resto sono io cosa posseduta. Tra il mio nome e il mio cognome c'è la differenza tra chi sono e di chi sono.

Beatrice sí, ma de' Cenci, figlia di Francesco Cenci conte in Roma, un uomo che per quanto ha vissuto ha considerato sua ogni cosa viva o morta, cosí in cielo come in terra, mio padre e mio carnefice, origine della bambina che fui e perdizione della donna che sono, per qualche ora ancora. Quando verrà il boia a portarmi al ceppo davanti a tutta Roma, è come Beatrice de' Cenci che pagherò ciò che ho fatto.

È innocente! Lo sento gridare da chi passa sotto le mura di Castel Sant'Angelo. Voci di donne, di uomini semplici, persino di bimbi. Beatrice è innocente. Vorrei avere la forza di salire fino a quella feritoia e dire loro che sbagliano: l'ho fatto, l'ho progettata io quella morte, sono stata io, lo giuro, e innocente… no, non ricordo piú quando è stata l'ultima volta che sono stata innocente. Da che ho memoria, sono stata sempre una colpa.

La prima colpa in me fu quella di mia madre, che mi ha messa al mondo femmina dopo il primogenito, inutile alla vita del suo nome e costosa, perché un giorno mi sarebbe necessitato avere la dote di un matrimonio che infatti mio padre non ha permesso mai. Di tutti i suoi possedimenti io certo ero quello di minor valore, ma restavo comunque un bene del padre. Un patrimonio.

Quando ero bambina, ogni notte facevo lo stesso sogno. Mi vedevo nuda in una stanza immensa e una bestia respirava, respirava, non smetteva di respirare. Il mio corpo splendeva e io volevo fuggire, ma dovevo nascondere il mio corpo nudo. Nel sogno torno bimba ancora oggi e vedo una porta che si apre. Non so cosa vi entri, ma sento, so di non essere sola. Insieme con la bestia che mi respira a fianco, sembra che altre cose d'improvviso respirino; e d'un tratto vedo brulicare ai miei piedi un ammasso di cose immonde. E anch'esse sono affamate. Comincio a correre senza fermarmi per cercare di ritrovare la luce. La bestia, che incalza, mi insegue di grotta in grotta, me la sento addosso, ha fame, tanta fame.

Sapete voi cosa vuol dire essere il cibo di qualcuno, la sua preda scannata, il suo pasto crudo senza scampo? Non si può spiegare la paura, l'orrore del proprio odore che attira il carnefice, lo spasmo del respiro che vorrebbe farsi un nulla e invece pulsa nell'aria come un traditore, giuda e crocefisso insieme. Sapete voi quanta voglia della morte altrui c'è nella paura della propria? *Mors tua, vita mea* vuol dire che per salvarmi devi morire tu, la mia minaccia. Non ci sono innocenti tra i minacciati. I loro pensieri di morte non si contano, solo Dio li conosce. Questo è il premio vero del carnefice in fondo. Non «prendersi la preda», ma farsela somigliare, perché l'atto del dominio finale non sembri cosí immoralmente gratuito. Perseguita un innocente, fallo disperare, fatti odiare fino in fondo, fagli pensare quel che mai penserebbe di sua sponte e lascia che ti si ribelli. Portalo fino al giorno in cui guardandoti in faccia si riconoscerà capace della tua stessa violenza e avrai vinto anche se perdi. Un innocente che sopravvive al suo carnefice porterà il peso del desiderio della sua morte per tutta la vita. Io la mia innocenza l'ho perduta da bimba in un mese di maggio, mentre mio padre prendeva a calci mia madre per terra, incinta di mio fratello Bernardo. Forse quel giorno anche lui perse l'innocenza cosí, prima ancora di nascere. Chi può dire cosa sentano i bambini nel ventre, i semi sotto la terra, i germogli ancora chiusi nella gemma sugli alberi, sospesi tra il già e il non ancora.

Dunque l'ho fatto, non lo nego. Ho progettato io la morte di mio padre, con i miei fratelli e la donna che aveva scelto al posto di mia madre, che lui chiamava moglie e io sorella, perché tutte sorelle sono le cose che hanno lo stesso padrone.

Puttana. Devi pagare. Parricida. Sento anche queste, di voci, intorno a Castel Sant'Angelo. Dal ponte c'è chi aspetta di venire a vedere la mia fine e so che verranno a farlo in migliaia, che il sangue versato in liturgia di giustizia è uno spettacolo che vince il rosso di ogni tramonto. Tramonterò io, ma senza essermi levata mai, e chi grida puttana e strega non sa cosa vuol dire essere un astro abortito, un sole senza alba che non scalderà alcun campo sotto il cielo.

Chi vi ha fatto miei giudici? Quale Dio vi dà il diritto di giudicare quel che ho fatto? Dove erano le vostre voci quando mio padre mi reclamava carne della sua carne e alla mia carne chiedeva il prezzo del possesso? Quando io mi rifiutavo, lui mi riempiva di colpi. Mi diceva che quando un padre conosce carnalmente la propria figlia, i bambini che nascono sono dei santi, e che tutti i santi piú grandi sono nati in questo modo, cioè che il loro nonno è stato loro padre. A volte mi conduceva nel letto di mia madre, perché lei vedesse alla luce della lampada quello che mi faceva.

Quando mia madre è morta, ho invidiato la sua fortuna. Per molti anni ho desiderato seguirla e darmi fine, chiusa tra le mura di un castello di campagna dove le finestre erano cosí in alto che nemmeno l'orizzonte era visibile. È lí che ho imparato cosa vuol dire essere animale in gabbia. In cattività. Incattivito.

Gli esseri umani hanno uno strano modo di trattare gli animali.

Non per tutti valgono le stesse regole. Li ho guardati spesso agire con le bestie come bestie o come umani con animali trattati come umani, e ho capito una cosa semplice, ma che non dice nessuno: non esistono protocolli di rispetto che non siano collegati a quello che noi vogliamo dalle bestie. Per questo abbiamo tre nomi per chiamare gli animali e dipendono dai rapporti che siamo noi a scegliere di avere con loro. Cosí gli animali possono essere d'affezione, domestici o selvatici e a seconda di quale sia la casella in cui ricade ogni singola bestia, il suo destino cambia completamente. Gli animali d'affezione, per esempio, sono i cani e gatti che consideriamo parte della vita famigliare piú intima. Non li mangiamo, anzi diamo loro da mangiare. Non devono cacciare né rubare, non devono uccidere: uccidiamo noi per loro o paghiamo chi lo fa. Hanno nomi propri a cui rispondono, i cani forse piú dei gatti, ma entrambi sanno di averli. Hanno accesso ai nostri spazi, alla casa dove viviamo, persino alla camera da letto. Diamo loro oggetti per giocare, per mangiare e per dormire, li laviamo, li curiamo se stanno male, decidiamo noi se possono o no riprodursi e con chi, li trattiamo come famigliari e quando muoiono li piangiamo altrettanto. Li amiamo e quindi pensiamo noi a tutto, non devono preoccuparsi di nulla. Appartenere è anche questo.

Gli animali domestici invece sono un'altra categoria di bestie. Non sono animali a noi estranei, talvolta hanno persino un nome, ma quel nome non cancella la ragione del loro mantenimento in vita: produrre per noi cibo o lavoro. Li nutriamo, ma a nostra volta ce ne nutriamo o li sfruttiamo. Galline, oche, volatili da cortile, il maiale di casa ingrassato per l'autunno, la conigliera piena di pellicciotti che diverranno salmí, le mucche nella stalla, le pecore al pascolo, le capre al brado, i cavalli da traino, i cani da pastore. Sono domestici perché asserviti e necessitano di noi per molte cose, ma non è l'amore la matrice del rapporto che ci lega a loro. Per questo sono intercambiabili, un modo delicato per dire che valgono solo finché servono.

Esistono rapporti tra persone che somigliano a questi. A essere sincera ho visto persone non avere altro che questo tipo di rapporti. Non è sorprendente. Essere utili è un buon surrogato all'essere amati.

Ma gli animali selvatici, l'ultima categoria, sono quelli che preferisco. Non sono legati a noi da alcun rapporto di dipendenza. Non mangiano grazie a noi, non si curano grazie a noi e non è per grazia nostra che stanno al mondo. Non li abbiamo selezionati in razze. Non hanno un nome che noi possiamo pronunciare. Non vivono sotto i nostri tetti né occupano gli spazi dei nostri cortili, ovili, stalle e scuderie. Non hanno bisogno di noi. Credo sia per questa ragione che verso di loro è possibile qualunque azione, anche quella che rivolta alle altre categorie animali non sarebbe nemmeno pensabile. La caccia non si fa alle bestie domestiche e sparare a quelle d'affezione è addirittura reato. Ma verso gli animali liberi non esistono limiti: tutto ciò che non controlliamo non richiede nemmeno che a controllarci siamo noi. L'essere umano ama solo la bestia che ha privato totalmente della sua libertà. Soltanto ciò che è domestico accede alla categoria in cui l'uomo non si diverte piú a spararti per gioco e solo ciò che è amato ha il diritto di non essere ucciso per un'utilità. Farsi amare è questione di sopravvivenza. Piú libertà perdi, piú sicurezza guadagni. È cosí che funziona nel mondo degli umani: ciò che ti protegge e ciò da cui devi proteggerti sono spesso la stessa persona.

Pensa come sarebbe bello immaginare un leone domestico. Una fiera, la piú fiera di tutte, indebolita al punto da venire fino al tuo uscio a grattare per dirti: aiutami tu. È un desiderio cosí forte e cosí impossibile da meritare di farci una leggenda. Un leone ferito che si sottomette a un uomo per farsi levare, che so, una spina da una zampa. E che poi per gratitudine resta a servizio, a fare quello che in natura è l'impossibile: il leone da pastore, il guardiano del gregge, un mestiere da cane per chi cane non è. Immagina che esista un leone cosí e vedrai che esisterà. Con gli occhi bassi e la criniera a tua disposizione, se puoi pensarlo è già lí. Magari non ti sembra possibile, chi crederebbe che una creatura cosí fiera e nobile, cosí uguale a te nel suo essere diversa, possa ridursi a un simile stato? È una storia a cui nessuno darebbe credito, ma di fatto è proprio questo che la maggioranza delle persone fa: crede alle storie sui leoni domesticati.

A volte penso che devo essere stata leone in un'altra vita. Nei sogni mi sembra a volte di sentirmi ruggire. Poi mi giro nel giaciglio ed è solo il temporale, là fuori. Nel fosso dove ti abbiamo gettato, padre mio, pioveva da giorni. Ma non è germogliato niente. Neppure da morto sapevate essere seme e generare.

Santo Padre, bianco Padre, benedetto Padre in terra, Pietro in trono e cattedra apostolica, saggezza e voce di Cristo muto, mi appello a voi!

Non pretendo grazia, ho dato morte in cambio di mortificazione e questo non mi salva né da voi né da Dio. Ma una domanda ho, una soltanto. Sono donna, non mi hanno dato di saper leggere e il Vangelo l'ho udito solo in chiesa, eppure io ricordo che Nostro Signore amato dice: Non chiamate nessuno padre su questa terra, ché uno solo è il padre vostro che è nei cieli. Uno solo, Santità, uno solo, Santo Padre. Perché voi dunque fate vostro questo nome che è di Dio? Perché dobbiamo esservi figli e figlie, anziché essere insieme tutti prole di Nostro Signore Iddio? Dicono che morirò non perché ho ucciso, ma perché ho ereditato i beni del mio carnefice padre, maledetto padre, santo padre. Quando non possedevo nulla ed ero tutta posseduta, voi non guardavate dalla mia parte. Le mie grida tra le mura della Petrella non erano nulla che vi interessasse. Ora che sono padrona di quel che era di mio padre, ora che il patrimonio dei Cenci è mio per nome, la vittima è divenuta di vostro interesse e ben vi conviene trattarla da assassina. Affinché possiate confiscare quel che è mio e darlo a qualcuno a voi caro, bisogna che io muoia e il mio diritto con me.

Se fossi stata povera, senza uno spillo mio, quel che ho fatto sarebbe stato difesa legittima, la sopravvivenza della pecora contro il lupo, il diritto di avere giustizia o clemenza non mi sarebbe stato negato. Ma per essere vittima davvero non devi avere nulla, non devi essere nulla, perché la grandezza di chi ti grazia si erga come una torre scintillante davanti a una pianura brulla, regale e imponente. Invece mio padre, per il quale da viva ero parte del patrimonio, col suo patrimonio oggi mi condanna a morte. Io, che non ero padrona nemmeno del mio corpo, è col mio corpo che domani pagherò il prezzo di essere divenuta padrona di tutto il resto. Lo capisco. Vi capisco. Se fossi padre, anche io agirei cosí. Non è cosí che agite tutti?

Ma alla sera della mia morte, quando le grida della folla saranno scemate, quando il mio sangue sulla spianata di Castel Sant'Angelo sarà stato lavato e le vostre guardie saranno già andate a confiscare i beni che volete, che direte al crocefisso mentre vi inginocchiate per la preghiera della notte? Guardando il suo supplizio, Santo Padre, ricorderete che i figli di nostro signore adorano la vittima, non i carnefici? Che è l'agnello, non il lupo, quello dinanzi a cui pieghiamo tutti il ginocchio?

Padre dunque vi chiamo, Santità, perché è nel darmi la morte che padre vi riconosco.

Padre nostro che siete in cielo, lodato sempre sia il vostro nome, fatta è la vostra volontà di padre in terra, ma quale sia in cielo la vostra volontà non lo so. Il pane quotidiano è arrivato, ma in bocca non avevo quasi piú denti per mangiarlo. Nessun debito mi è stato rimesso, ma neppure io ho rimesso ai miei debitori, che poi era uno, solo uno, il padre mio che ho indotto in tentazione, colpevole di me e di lui, nessuno di noi libero dal male.

Vi prego in queste ore ultime per la sola cosa preziosa che ho al mondo.

Non è parte del patrimonio, perché non è un bene da padre, ma è un bene di certo e come bene chiedo per lui pietà. Innocente lo è ancora, nemmeno sa che sua madre sono io e non porta il peso di doversi scusare per quel che non ha fatto. L'ho messo al mondo al buio, atto puro da impuri atti, e donne amiche lo hanno preso per me, perché non vedesse, non sapesse, non patisse quel che di certo gli sarebbe toccato.

Proteggetelo Padre, a voi lo chiedo perché spero che vi sia oltre il cielo qualcosa di piú.

Lo riconoscerete. Si chiama Alessandro.

Alessandro di Beatrice.

Pro fizu meu ispiradu
A manos de su rigore
Sett'ispadas de dolore
Su coro mi an trapassadu
Sett'ispadas de dolore
Su coro mi an trapassadu

Truncadu porto su coro
Su pettus tengo freciadu
De cando mi an leadu
Su meu ricu tesoro

Fuit tant'a cua ch'ignoro
Comente mi es faltadu
Sett'ispadas de dolore
Su coro mi an trapassadu

Sett'ispadas de dolore
Su coro mi an trapassadu

Morte no mi lesses bia
Morte no tardes pius

Ca sende mortu Jesús
No podet viver Maria

Unu fizu chi tenia
Sa vida li an leadu
Sett'ispadas de dolore
Su coro mi an trapassadu
Sett'ispadas de dolore
Su coro mi an trapassadu

Polpi

– Papà, dove vanno i polpi quando non li vediamo?

Era cominciato tutto cosí, da una domanda posta a suo padre quando aveva appena quattordici anni. Allora Mario non era ancora un pescatore di polpi, ma solo il figlio di un impiegato in pensione che si era comprato una barchetta per uscirci a pesca nei pomeriggi oziosi di primavera. Niente di speciale, non erano cosí benestanti da potersi permettere un natante di lusso; suo padre con metà della liquidazione si era preso giusto un piccolo scafo da diporto di seconda mano, di quelli a misura di famigliola con spirito di adattamento. Si era comprato una canna da pesca e se il tempo non era proprio brutto ci usciva in mare tutti i giorni. Andava a fare la pesca a spinning, quella in cui devi ingannare con l'illusione della preda generata dal continuo movimento della lenza: lancia e ritira, rilancia e riavvolgi, peschi un sacco e non ti annoi mai. Per Mario la pesca a spinning aveva piú attrattive di un videogame. Spigole, orate, paraghi e saraghi, piccoli pesci da zuppa e ghiozzi da frittura grossi, il mare regalava creature meravigliose. L'unico rammarico erano i polpi. I polpi con la pesca a spinning non si possono prendere. Mario aveva visto una volta un documentario che diceva che sono tra gli animali piú intelligenti, apprendono dall'esperienza e sono capaci di trovare soluzioni nuove. Nel documentario che aveva visto, il polpo si rivelava addirittura in grado di togliere il tappo a un barattolo con un'aragosta dentro per potersene cibare. Si capisce che una bestia in grado di fare questo non puoi certo illuderti di portartela a casa con lo spinning.

– I polpi si trovano dei posti nascosti, nei buchi nelle rocce, nelle tane buie…

– Ma vanno in quelle che trovano oppure se le scavano apposta?

– Figurati se se la scava, con tutte le rocce che ci sono! Quelle che trovano, è ovvio. Passa tutto il giorno a cercarsi una tana. Offrigli un buco e quello verrà da te spontaneamente!

Offrirgli un buco. E spontaneamente. Mario continuò a ripetersi quelle parole per tutto il tempo del ritorno a casa. Divennero la sua ossessione. Come si fa a offrire un buco a un polpo? Come si fa a convincerlo che quella è una casa per polpi? L'idea gli rimbalzava in testa con il tintinnio di una moneta in un bicchiere, ed era proprio mentre si versava l'acqua a tavola che si concretizzò in un piano preciso. Il padre non lo aveva mai visto piú deciso di quando gli chiese una boa da subacqueo per il sabato successivo. Quando salirono in barca per andare al largo, Mario aveva con sé otto brocche di coccio da un litro legate tra loro da una corda sottile e robusta che passava da un manico all'altro e gli si annodava intorno. Suo padre era scettico, ma quel suo figlio timido aveva insistito cosí tanto che non era stato capace di negargli quel puerile tentativo. Affondarono lo strano rosario di brocche lasciandole posare sul fondo una a una e legarono l'ultima estremità alla boa da subacqueo. Il padre fece spinning come sempre e Mario invece osservò il fondale per tutto il tempo, staccandosene a malincuore solo quando fu ora di tornare a casa. Il giorno dopo, una domenica senza una nube, lo trovò già sveglio, con il cuore che gli batteva forte come mai prima. Andarono in barca piú presto del solito, remando fino al punto in cui avevano lasciato la boa. Le mani di Mario tremavano quando slegarono la corda dalla boa e con delicatezza cominciarono a issare a bordo le brocche di coccio. Nella prima non c'era niente. Il padre esclamò:

– Hai visto… testone!

Nella seconda c'era un polpo rintanato. Mario emise un grido di pura gioia, poi insieme issarono la terza, la quarta, la quinta, fino all'ultima. Tutte le brocche tranne la prima contenevano un polpo addormentato. Due erano troppo piccoli e li ributtarono in acqua, ma il bottino di cinque polpi adulti presi senza il minimo sforzo era troppo sbalorditivo per passare il pomeriggio a fare spinning come se niente fosse successo. Tornarono a riva tra scoppi di risa, complici per una volta fino in fondo.

L'eredità

L'avresti detto mai, o Babbo, che sarei diventato quello che sono?

Secondo me no, e a vedermi oggi ci sarai anche rimasto male.

Tu avevi già le idee decise per me: farmi studiare tanto, bene e proficuamente, come Gramsci, come Asproni, come studia la gente ricca, che fa i figli dottori e le figlie professoresse contro l'invidia del paese e contro il destino rigido dei figli dei pastori. Non importa se gli altri bambini portavano i pantaloni corti fino a dodici anni: tu a me facevi già mettere quelli lunghi dei grandi, di velluto a righe e stretti in fondo, anche se costavano di piú. Mi avevi fatto fotografare con quelli addosso, in piedi vicino alla sedia del salotto, quella dove in trent'anni si saranno sedute sei persone in tutto. Io lo so perché mi hai fatto prendere quella fotografia, Babbo: in piedi vicino al fotografo tu mi vedevi già seduto lí, un impiegato di concetto in pectore, un anticipo di quello che avresti voluto che diventassi.

Tuo figlio, certo.

Ma anche uno studiato, uno che si guadagna il pane tenendo il culo appoggiato a uno scranno. Dottore, avvocato, ragioniere, geometra, comunque signore. Non come te, con la schiena rotta dalla zappa all'oliveto e in vigna. Non come te, con la pelle rigata dal sole preso appresso al bestiame al monte.

I tuoi vicini credevano che tu fossi scemo, Babbo.

Chi ha un figlio solo non lo manda a scuola, sennò a seguire il bestiame e il terreno chi ci resta? I vecchi muoiono, ma le pecore restano e qualcuno di casa per loro deve esserci. Non sono le pecore l'eredità dei figli, ma i figli l'eredità delle pecore: questa è la regola da sempre e guai a chi si crede l'eccezione. Non ho mai capito il perché tu avessi deciso che l'eccezione dovessi essere io. Non hai mai letto un libro in vita tua, Babbo, e certo non eri un uomo che avesse mai desiderato essere piú di quel che era. Eppure per me hai voluto sognare l'impossibile: libri, banchi, maestri, diplomi, denaro e titoli, tutto quello che nella tua testa voleva dire rispetto, rispetto vero. «Le vigne le incendiano, le pecore le rubano, se hai suscitato invidia te le sgarrettano, ma un dottore è dottore comunque». Questo credevi e questo ho voluto credere anche io davanti ai tuoi occhi fiduciosi di me. Per anni ce l'ho messa tutta, Babbo. Per anni non ti ho detto mai niente e del resto che senso avrebbe avuto? Le tue orecchie non mi hanno ascoltato mai. Tu avevi già deciso tutto ed era un'offerta cosí ricca, cosí onerosa, che nessun altro figlio avrebbe rifiutato. Avessi almeno avuto un fratello addosso a cui scaricare quella tua ansia di vedermi signore! Invece c'ero solo io, un acrobata senza rete che cammina sul filo dei sogni di un altro. Mamma l'aveva capito che non volevo studiare, ma lei era l'unica persona al mondo che ti temeva piú di me e cosí stemmo zitti in due. Ho studiato, Babbo, proprio come volevi tu. Mungevi le pecore alle quattro di notte, tosavi aiutato dai figli dei vicini e mentre facevi il formaggio andavi dicendo che tuo figlio studiava da avvocato; ti prendevano per matto, Babbo, perché è una ricchezza che non suona quella della conoscenza. Tu per qualche motivo misterioso l'avevi capito, ma nessuno dei tuoi vicini poteva fare altrettanto, perché è gente che la distanza tra un povero e un ricco l'ha sempre misurata in pecore. Io invece stavo a Cagliari con la testa china sui libri di diritto civile e penale, e l'ho fatto per anni, tutti quelli che servivano. Alla fine sono diventato avvocato davvero, Babbo, e quel giorno avrei voluto dirti che avevi ragione tu, che studiare serve, ma tu non c'eri piú da un anno e mezzo quando io mi sono laureato.

È un peccato, Babbo. La vita a volte ti fa scherzi brutti.

Lo pensavo l'altro giorno camminando verso il monte con il gregge.

So che gli altri ridono e pensano: hai visto il figlio di Bissenti, laureato per finire appresso alle bestie! Non sanno che chi ha imparato a riconoscere il confine silenzioso tra la giustizia e la legge conosce anche la distanza che c'è tra gli uomini e quello che li determina. Non hanno scienza né coscienza e la loro vita è già condanna sufficiente per il reato di essere nati.

I figli dei tuoi amici fanno l'unica cosa che gli hanno insegnato i loro padri ed è per questo che stanno appresso alle pecore. Io invece faccio l'unica che volevo fare ed è questo, non le pecore, che fa di me un pastore.

Il calo di pressione

Il Poligono è silenzioso di notte, e per questo Gianna è di notte che lo pulisce. Lei è una Donna di Servizio. Al Poligono tutti hanno un Servizio da fare, e da quindici anni Gianna sa qual è il suo. Lei non è come quelle che vanno a pulire le case degli avvocati. Quelle le chiamano «domestiche». Le ha sempre sentite le mogli degli avvocati parlare nei negozi di Jerzu mentre si misurano i vestiti: la mia domestica qui, la mia domestica lí. Chi nasce a Lorrai non sa cosa diventa, e l'unica cosa che Gianna sapeva del futuro quando era ragazza era che non voleva diventare una domestica. Nemmeno nel modo in cui lo fa Maria Angelica Sanna, che non lavora in casa di una signora, ma alla Casa Famiglia in campagna e per fare il suo mestiere a volte impiega fino a sera. Rifare i letti devastati, pulire i cessi sporchi di decine di ragazzini senza educazione di mamma, il refettorio con il pavimento di linoleum unto, le scale, i lunghi corridoi, i finestroni altissimi e all'indomani ricominciare come Sísifu col masso. Non è un Servizio, quello. Il lavoro di Gianna invece sí, e per esserlo non occorre che sia un compito difficile: si monta alle sei del pomeriggio quando tutti gli altri hanno finito e si passa stanza per stanza rapidamente, come un ago in un tessuto. Si svuotano i cestini, si spolverano le scrivanie, si sistemano le sedie, si fanno per bene i bagni, giú un colpo di scopa, su un colpo di straccio e se si è visto qualcosa lo si è dimenticato: quello è suo il Servizio. Il Poligono non è un posto sporco. I militari negli uffici passano poco tempo, sono sempre là fuori, all'esterno. Lí è piú sporco, di sicuro. Ma l'esterno non è di Gianna. L'esterno del Poligono è il Servizio di qualcun altro.

Ieri Salvatore è tornato piangendo da scuola e non voleva dire il perché. Per farlo parlare le ci sono volute due ore. Alla fine è riuscita a farsi dire che i compagni lo hanno preso in giro. All'uscita gli hanno gridato «Sei contaminato». Mamma, cosa vuol dire contaminato. Niente, non vuol dire niente, non li ascoltare, non sanno cosa dicono. La gente fuori non capisce, Gianna lo sa da tempo che non bisogna cercare di spiegare nulla a quelli di fuori. A Lorrai lo sanno tutti che è tempo perso. Il Poligono da fuori non lo puoi capire.

Questi si dimenticano, o non lo hanno mai saputo veramente, che quando non c'era il Poligono a Lorrai non c'era niente, c'erano solo quelli di Lorrai. Non che quelli di Lorrai fossero niente, era pur sempre gente che nasceva e moriva; ma il mondo intorno non era fatto piú solo di gente che nasceva e moriva. Fino a un certo punto nascere e morire era bastato anche lí, ma già quando Gianna era bambina ci volevano altre cose per dire che si stava al mondo senza vergogna. La macchina. La casa fatta in un certo modo. I figli a studiare a Cagliari. Una vita da gente civile, come a Jerzu, come in città. E invece a Lorrai non c'era niente. Oggi fanno presto tutti a parlare di paesaggio, di bel mare, delle sorgenti dell'Ogliastra e della concentrazione di boschi piú ampia dell'isola. Ma il paesaggio non ti manda i figli a scuola, non ti compra la macchina e i vestiti, non ti costruisce la casa di mattoni. Il paesaggio va bene per chi viene in vacanza, per lo sfizio di quelli che il mutuo da pagare non lo hanno mai avuto. Per chi nasceva a Lorrai nel 1956, dire che c'era il mare, il bosco o la sorgente era come dire che non c'era niente. Poi per fortuna è arrivato il Poligono.

«Non siete voi che avete scelto me, ma io ho scelto voi». Don Vanni ha letto questo nel Vangelo domenica scorsa nella messa delle sette del mattino, quella dove vanno le donne che hanno da fare anche di domenica, mentre le famiglie ancora dormono nei letti tiepidi. Mentre Gianna lo sentiva leggere ha pensato che era proprio vero. Chi ha scelto mai niente di quello che ha? Sono le cose che ci scelgono. Di nascere a Lorrai nessuno ha chiesto niente, anzi nessuno ha chiesto neppure di nascere da qualche altra parte. Succede e te lo tieni. Ti abitui, diventa tutto familiare, anche i tuoi famigliari, che non ti sei scelto neanche quelli. La vita è far diventare il mondo casa tua con tutto quello che c'è, anche se quello che c'è è il Poligono. È questo che la gente di fuori non capisce. È il Poligono che ha scelto Lorrai, non il contrario, e il Poligono fa parte della vita. I botti di mortaio sono come colpi di tosse oltre il muro del vicino, i fischi dei missili come sassi lanciati nell'aria da una fionda tesa di ragazzo. Le esplosioni sotto il mare fanno tremare i vetri delle finestre, non il cuore di chi vive a Lorrai: quei suoni sono struttura comune, accompagnano le ninne nanne e le grida, il sonno e il canto. Il Poligono è un immenso polmone d'acciaio dentro al quale Lorrai respira con i suoi ritmi: pensare che non ci sia è come dire «non voglio essere nato». Forse è un pensiero che hanno tutti a quindici anni, ma non si resta adolescenti per sempre. Chi cresce lo impara presto che nemmeno gli apostoli hanno votato per Gesú Cristo. «Sono io che ho scelto voi». A leggerselo il Vangelo ogni tanto non fa male.

Salvatore non va a giocare dietro casa da qualche settimana. Nessuno dei bambini del vicinato lo fa piú da quando hanno cominciato ad arrivare i giornalisti. Gianna li odia. Sono sciacalli, fanno domande anche alle creature innocenti, si fanno dire cose che possono dire solo i bambini e poi scrivono i loro schifosi articoli sui giornali continentali. Le mogli degli avvocati italiani li leggeranno nei loro salotti e diranno inorridite tra loro: Che orrore, vedi che questi si ammalano di leucemia per le esercitazioni. E penseranno che menomale che la Sardegna è lontana dal continente. Che se nell'aria di Lorrai, o nell'acqua, o nella terra c'è qualcosa, non riuscirà mai a varcare il mare o le montagne per arrivare sino ai resort della Costa Smeralda. Siamo al sicuro, penseranno sollevate le mogli degli avvocati chiudendo i giornali per andare a fare spese al centro delle loro città piene di smog. A Lorrai non c'è lo smog. L'aria è pulita e chiara, nessuno va in giro con la mascherina. La cosa piú velenosa che c'è a Lorrai sono i giornalisti continentali.

Il magistrato ha messo sotto sequestro il mare davanti al Poligono. Dicono che è perché i pescatori di Porto Corallo si sono lamentati che con le reti tiravano su pezzi di missile e bombe inesplose, ma Gianna sa che non è vero, che non è quello il problema. Sono anni che i missili cadono in mare, e dove devono cadere? Li sparano per fare le prove, sono addestramenti, mica li possono usare contro le città. È ferro, in fondo. Arrugginisce, ma di piú non può fare nel mare. Gianna fa Servizio nelle stanze di lavoro degli ufficiali. Vede. Sente. Sa che il dubbio del magistrato non è quello che c'è sotto il mare: è quello che c'è sopra.

Sono stati i veterinari della Asl a far scoppiare la tempesta su Lorrai. Hanno fatto i furbi: hanno detto che venivano per fare le analisi agli animali, ma mentre visitavano le pecore guardavano anche i loro padroni. Il comandante Sinoli ha urlato al telefono per piú di un'ora con qualcuno a Roma. Alla fine ha chiuso la telefonata e ha fatto un sorriso irritato. «Vede, Gianna, cosa succede quando uno vuole fare il chirurgo dei cristiani e alla facoltà a numero chiuso non lo prendono? Finisce che diventi veterinario, vuoi metterti a visitare le persone come se fossero animali e infanghi la gente perbene!» Gianna sa che ha ragione. I veterinari nei loro rapporti hanno detto che nascono molti agnelli strani, con le pance aperte, senza gli occhi, con le zampe deformi. Ma hanno detto anche che i pastori che li pascolano si ammalano troppo piú del resto dell'isola. Dodici su diciotto hanno un tumore, è questa la stima dei dottori degli animali. In un posto normale gli avrebbero detto: se sai curare le pecore, cura le pecore e lascia i cristiani ai dottori veri. Invece i giornali sardi hanno deciso che era una notizia, e ne hanno parlato per giorni. Sono venuti giornalisti da tutti i posti dell'isola a cercare gli agnelli storpi e i pastori malati, ma a Lorrai nessuno ha voluto rilasciare dichiarazioni. Tanto da dire non c'era niente. Nessuno qui ha mai visto pastori malati. Certo, qualcuno che si ammala c'è, ma come dappertutto. Non è che ogni volta che uno ha un tumore bisogna pensare che c'è qualcosa nell'aria. Le malattie vengono per tante cose. Al marito di Gianna gli è venuto perché fumava, per esempio. Quando è morto, dottor Scanu ha detto: «Glielo dicevo sempre a Mario di smettere».

Il sindaco è l'unico che ha parlato con i giornalisti. È un uomo tutto d'un pezzo, il sindaco. Faceva il militare dentro il Poligono ed è arrivato fino al grado di sergente prima di congedarsi. Non si fa mettere i piedi in testa dal primo giornalista che passa. Ha detto che tutti in paese vogliono la verità, ma che bisogna evitare inutili allarmismi. Che il Poligono è un'industria come quelle chimiche di Portovesme e di Ottana, e come tutti gli altri sindaci dei poli industriali anche lui chiede condizioni di sicurezza, ma non lo smantellamento dell'industria. «Aspettiamo l'esito delle indagini, ma non permetteremo strumentalizzazioni: dobbiamo tutelare la salute e anche il lavoro, che sono due facce della stessa medaglia». A chi gli ha chiesto se è vero che dentro l'area del Poligono si sparano proiettili all'uranio impoverito, ha risposto che non è vero niente, che è tutta una montatura, che queste voci inutili stanno rovinando l'economia, la pace sociale e l'immagine di Lorrai. Che qualcuno pagherà. Un giornalista continentale gli ha chiesto se è vero che a Lorrai ci sono molti malati, e allora il sindaco si è veramente incazzato e gli ha detto che non si doveva permettere, che esiste un registro dei tumori che dice chiaramente che a Lorrai si muore di tumore meno che a Cagliari, che i genetisti di tutto il mondo vengono qui a studiare la longevità della gente del Sarrabus, e che in pochi posti al mondo si vive bene come a Lorrai. I giornalisti lo hanno scritto, ma si sa come è la gente: il timore che i veterinari abbiano ragione sta fermando le arance, il pesce, la verdura e la carne di Lorrai alle porte dei mercati. Nessuno li vuole piú.

Gianna fa Servizio ogni notte al Poligono. Prima era per sei ore ed era quasi uno stipendio intero. Da un anno a questa parte invece gliele hanno ridotte a quattro e le danno meno soldi, ma con la pensione di reversibilità di Mario alla fine del mese stando attenti ci si arriva. Se dovessero mancarle pure quelle sarebbe un guaio, perché lei non è piú tanto ragazzina, e certe sere l'ultimo giro con il secchio le sembra pesante come non è stato mai. Giovedí si è dovuta sedere in corridoio con la schiena contro il muro per far passare il peso alle gambe, e finché non si è ripresa sono passati venti minuti. Un po' sarà l'età, ma anche la preoccupazione. Salvatore a scuola non ci vuole piú andare, dice che l'altro giorno gli hanno attaccato alla schiena un biglietto dove c'era scritto: «Rimandatemi a Chernobyl». Anche se il sindaco dice che qualcuno pagherà per tutto questo, Gianna capisce che per cose come quella non esistono risarcimenti.

Il magistrato ha trovato quattro discariche a cielo aperto di rottami di missili e altre cose di guerra. Pezzi dei carri armati usati come bersaglio. Capsule di bombe esplose e frammenti di razzo. Altre cose di cui non si capisce bene l'uso originario. Le ha sequestrate, dicono che farà cercare tracce di uranio impoverito. Ma se ci fosse, lo sanno tutti a Lorrai, i primi a dirlo sarebbero i militari che ci vivono, che uno non rischia la vita cosí, senza dire quello che succede. Quindi il giudice di Lanusei non troverà niente. Non c'è niente da trovare. Tutti se lo ripetono in continuazione: al bar, nei crocicchi agli angoli di strada, nell'intimità delle case. Non c'è niente che non va, niente da trovare. Pochi lavorano al Poligono, ma molti sono impiegati nell'indotto che gira intorno alla base. La vita e il lavoro qui sono lo stesso bene, lo ha detto anche il sindaco. Gli uomini dicono che se ci fosse qualcosa di strano lo si saprebbe, e Gianna si fida molto piú di chi vede le cose con i suoi occhi che di due veterinari antimilitaristi mandati a Lorrai chissà da chi e con quali scopi. Come in mezzo ai lupi, ecco come bisogna muoversi quando si ha a che fare con gente simile. Lo ha detto don Vanni domenica scorsa nel Vangelo: «Vi mando come pecore in mezzo ai lupi». Gianna in chiesa ha pensato alle pecore con la pancia aperta e senza gli occhi e le è venuto da vomitare. A fare la comunione non c'è andata. Ma non era alle pecore che bisognava pensare, era ai lupi.

Era in casa sua Gianna, la seconda volta che le è mancata la forza nelle gambe. Stava togliendo un piatto dal tavolo, nulla di pesante. Un occhio alla tv, un orecchio a Salvatore che piú in là giocava coi videogame sul divano, e un secondo dopo era seduta per terra in mezzo ai frantumi del piatto, con un fianco dolorante per lo spigolo preso tra le costole e la sensazione di aver perso la sua gravità. Salvatore si è messo a piangere. Mamma, chiama dottor Scanu. Ma è il dopopranzo, non si disturba un dottore quando riposa, i dottori fanno un Servizio importante, non li si butta giú dal letto per un calo di pressione. Gianna ha aspettato finché non è passata la sensazione di non avere piú sangue nelle gambe, poi lo ha chiamato. Il vecchio l'ha visitata con cura, visita sempre tutti con cura: Ignazio Scanu è il dottore di Lorrai da quando Lorrai ha un ambulatorio suo e non bisogna piú andare a Lanusei per ogni mal di denti. Sei stressata, Gianna, lavori troppo. Ma se lavoro due ore in meno a sera! Appunto, adesso per finire in tempo devi correre di piú. E poi c'è questa situazione dell'inchiesta che ci angoscia tutti, sai quanti ne ho visitati in questi giorni che hanno l'ansia di perdere il lavoro... Riposati. Non devo fare analisi, allora? Macché analisi, è un calo di pressione, hai ragione. Ti do qualche giorno a casa e starai meglio. Se vuoi fare una cosa utile, manda Salvatore a stare un po' da tuo fratello a Cagliari. Cosí tu non devi preoccuparti di stargli appresso di continuo e lui cambia un po' ambiente, che dici?

«Io non sono venuto a portare la pace, ma la spada». Le donne in chiesa dicono il rosario in un lento mormorio di sottofondo, scorrendo i grani tra le mani mentre don Vanni legge il Vangelo ad alta voce. Gianna invece lo ascolta. Ci sono tante consolazioni nella Parola di Dio, la gente non la legge abbastanza. Anche ai pacifisti farebbe bene ogni tanto leggersi il Vangelo e sentire qualcosa di scomodo, per esempio scoprire che Gesú non è l'antimilitarista che pensano loro. Sono venuti il giorno prima a fare la manifestazione davanti ai cancelli del Poligono, urlando a sfinimento «Fusiles e cannones, a foras de callones». Comunisti, indipendentisti, verdi e pacifisti con l'arcobaleno e gli alberelli verdi sulle bandiere. Sono arrivati con gli autobus noleggiati e i pranzi al sacco, per non comprare neanche una mela al negozio di Lorrai. I militari non hanno aperto i cancelli e i carabinieri fuori hanno controllato che nessuno si scaldasse troppo; intanto i giornalisti scrivevano che «qualcuno finalmente sta cominciando a ribellarsi alla presenza del Poligono». Però si sono dimenticati di scrivere che nessuno di questi ribelli è di Lorrai. I ribelli alla fine della ribellione sono saliti sugli autobus, hanno lasciato le loro immondizie a terra davanti al Poligono e se ne sono tornati a casa loro. Allora la gente di Lorrai è uscita dalle case e in silenzio ha ripulito le strade dai sacchetti di plastica e dai cilindri a tubo per infilare le bandiere. Ciascuno si è spazzato il suo pezzo senza commentare neanche, che non c'è niente da dire davanti a certe cose. I militari hanno cancellato le tracce del pacifismo davanti al Poligono e tutto è tornato al suo posto.

Anche Gianna è tornata al suo posto. Il Comandante ha detto che la sua mancanza si era proprio sentita e che la ragazza che l'ha sostituita non aveva la sua cura e la sua discrezione. Gianna ha pensato che la differenza tra una domestica e una Donna di Servizio la può vedere solo uno come il Comandante, che ha il senso del Servizio. Hanno parlato della possibilità di aumentare le ore di lavoro per non dover fare tutto il reparto ufficiali con la fretta, magari male, stancandosi di piú e per meno soldi. Il Comandante ha detto che ci penserà, ma che i fondi sono quelli che sono e che i tagli hanno colpito anche il settore militare. «Il costo del lavoro è alto». Gianna lo ha guardato bene mentre parlava, e ha capito che il Comandante senza dirglielo le stava dicendo che era già molto se un lavoro lo aveva ancora, anche se con due ore in meno. Lo ha ringraziato ed è tornata in Servizio.

Il benzinaio ha picchiato un giornalista. Quello ha detto che era lí per fare qualche domanda «sulla sindrome di Lorrai» e il benzinaio si è messo a urlare che non esiste nessuna sindrome di Lorrai, che siamo stanchi di essere fatti passare per appestati, con i figli presi in giro e le casse di frutta a marcire nei campi. Gliele ha suonate con un bastone, scassandogli la macchina fotografica, un braccio e due costole. Ha fatto male il benzinaio, perché adesso arriveranno altri giornalisti a scrivere che è stato picchiato un giornalista, e la catena ricomincerà. Ma Gianna lo capisce il benzinaio. Non si può sopportare sempre tutta la falsità del mondo senza dire una parola. I poliziotti hanno arrestato il benzinaio e il sindaco ha organizzato una fiaccolata in suo sostegno a cui ha partecipato tutta la popolazione. Gianna non è andata. Non si sentiva tanto bene. Niente di grave, ha detto dottor Scanu. Il solito calo di pressione.

– Come vanno le cose lí?

– Male, Giò. Il magistrato ha messo i sigilli ai capannoni, dicono che hanno trovato un paio di casse con dentro roba radioattiva. Ma il Comandante ha detto che era materiale ordinario in casse di contenimento stagne, che non c'è niente da temere. Intanto però l'attività civile nel Poligono è sospesa, e anche il mio lavoro.

– Te ne stai a casa a riposare per un po', non è un male.

– Lascia stare, ho riposato anche troppo in questi mesi. Se non fosse per la memoria di Mario il Comandante mi avrebbe già potuto licenziare, sono ormai piú i giorni che non vado a lavorare di quelli che ci vado... Però dimmi di mio figlio. Come va a scuola?

– Molto bene, è sveglio, aveva ragione Ignazio a dirti di spostarlo da Jerzu. A Cagliari i bambini nemmeno lo sanno dove sta Lorrai, figurati se sanno quello che sta succedendo. Veniamo a trovarti a fine mese, riposati e cerca di non farti il sangue amaro per le cose che scrivono i giornali.

– Se riesco, Giò, se riesco...

Gianna non va piú in chiesa, non ce la fa. Ascolta Radio Maria da casa, ma non è la stessa cosa. Questo padre Livio non sa niente di Lorrai, parla per gente che non vede e non conosce. Non è come don Vanni, che quando legge sa dove sta facendo cadere i semi. Il Vangelo sembra quasi un'altra cosa sentito alla radio. Gianna non ha piú il lavoro, adesso c'è un'impresa che ha vinto l'appalto nuovo, ma fanno le pulizie e basta, non è il Servizio che faceva lei. Il Comandante glielo ha scritto che non poteva farci nulla, che i tagli al personale sono decisi a Roma, che il costo del lavoro è quello che è e bisogna stare sui prezzi del mercato. Gianna ha capito. Non si poteva pretendere. Con tutte quelle assenze per malattia alla fine doveva succedere. Non è colpa del Comandante se lei da qualche tempo soffre di pressione bassa e non riesce quasi piú ad alzarsi. Suo fratello dice che non è normale tutta questa debolezza, che dovrebbe farsi le analisi.

– È per la tua sicurezza. Sai, sono frequenti questi cali di pressione, sarebbe meglio controllare. Tanto poi non è niente, è pieno di gente che ne soffre anche qui.

– Ignazio dice che non devo allarmarmi. Se fosse da preoccuparsi, me lo avrebbe detto lui...

– È vero, non dico che le devi fare con urgenza, ma giusto per capire. Poi magari si scopre che hai qualcosa e Scanu non ti ha fatto fare le analisi…

– Che cosa dovrei avere? Sono sempre stata un pesce.

– Ma niente, figurati. Solo che sai, con quello che si sente su Lorrai…

Gianna glielo ha appena accennato la cosa delle analisi a dottor Scanu, ma lui le ha detto che non c'è da scomodare un laboratorio per una cosa che si capisce anche a occhio; è una tara di famiglia, di quelle che capitano quando per generazioni ci si è sposati tra parenti. Che bisogna tenersela e avere pazienza. Gianna di pazienza ne ha, e ha anche la radio, ma la ascolta sempre meno volentieri. Il Vangelo preferisce leggerselo da sola. Ci sono passi che le piace andarsi a cercare e rileggere anche molte volte al giorno. Le parabole della misericordia. Gesú con i mercanti nel tempio. Maria ai piedi della croce con il discepolo Giovanni. Ma soprattutto quel discorso, quello che leggeva spesso don Vanni la domenica mattina dal Vangelo di Matteo: «Perciò vi dico: per la vostra vita non affannatevi di quello che mangerete o berrete, e neanche per il vostro corpo, di quello che indosserete; la vita forse non vale piú del cibo e il corpo piú del vestito? Guardate gli uccelli del cielo: non seminano, né mietono, né ammassano nei granai; eppure il Padre vostro celeste li nutre. Non contate voi forse piú di loro? E chi di voi, per quanto si dia da fare, può aggiungere un'ora sola alla sua vita?»

Gianna dalla finestra del soggiorno guarda gli uccelli nel cielo di Lorrai. Li guarda proprio come il Vangelo dice di guardarli, e le sembrano uguali a tutti gli altri uccelli del mondo. Non sono liberi, che tanto nessuno è libero davvero sotto il cielo. Ma quando è un cielo cosí che sceglie per te, forse nemmeno importa, perché è un cielo bellissimo quello del Sarrabus. Qualunque cosa dicano i giornali questo è un angolo di paradiso, adesso lo avrà capito anche il magistrato che ha archiviato l'inchiesta perché non ha trovato niente. A Lorrai lo sapevano tutti che non c'era niente da trovare, ma la Giustizia non ha Fede, e la gente di giustizia vuole sempre mettere il dito nella piaga per vedere se davvero Cristo è risorto. Gianna quando è troppo stanca a volte si addormenta pensando cosí, con la faccia rivolta al sole oltre la finestra e i vetri che tremano per i lanci dei razzi del Poligono.

Angela

Quanto lontano si può scappare senza muoversi di un passo? Angela non lo sapeva, ma stava scappando da due ore. Correva lungo il fiume con accanto il suo cane e canticchiava a mezza voce il ritornello dello spot pubblicitario di un formaggio molle. È incredibile, pensò tra una nota e l'altra, quanto facilmente ti entrino in testa queste musiche da due soldi. Notò che le foglie dell'autunno non erano ancora del tutto marcite sul piccolo sentiero sotto gli alberi, ma già le nuove stavano rispuntando sui rami in un annuncio di primavera precoce. Non c'era stato niente in mezzo che si potesse chiamare inverno. Niente neve, temperature basse, piogge o tramontane. Lassú qualcuno doveva essersi stufato di sentir dire che non c'erano piú le mezze stagioni e cosí ne aveva uccisa una intera di botto, a sfregio. Forse era questo che commentavano tra loro i vecchi di spalle sulla panchina, ma era piú probabile che sbirciassero in silenzio i turgori delle ragazze che passavano di corsa con gli occhi attenti al cardiofrequenzimetro. Il fiume era vivo in modo molto diverso da quello in cui era viva la città. A trenta metri dalle sue acque scure scorrevano auto e persone a centinaia, incuranti della presenza di quell'immensa massa d'acqua orizzontale e silenziosa. Non capivano la portata esatta del suo movimento e forse credevano di essere loro a scorrergli accanto. Angela invece il fiume lo temeva. Non c'era niente di quieto in quella cosa: era una tregua non venire travolti, trascinati in fondo alla sua vena torbida.

– Rastelli, ci spieghi tu la differenza tra nuda proprietà e usufrutto?

La voce le arrivò come un elastico in faccia, facendole distogliere gli occhi dalla finestra per voltarli di scatto verso la classe. I ventidue compagni della V B la fissavano divertiti, il professore molto meno.

– Son due ore che guardi la finestra e sei altrove. Vuoi far cambio con chi è al fiume?

Vorrei far cambio col fiume, pensò fissandolo, ma non lo disse. Conservò l'esondazione.

Il posto è la notte

– Il mio è un lavoro che è meglio non cominciare nemmeno a farlo.

È la prima cosa che mi dice Antonio quando gli chiedo di raccontarmi quello che fa per vivere. Parla due lingue straniere, e non usa il tono artefatto di tanti suoi colleghi. Ha una moglie e due bambini, uno nato tre mesi fa; a queste condizioni, difficile trovare un lavoro meno adatto del portiere di notte. Ha pensato di chiedere il congedo parentale per godersi i primi mesi dopo il parto, ma il datore di lavoro ha già un altro dipendente assente per maternità e chi rivendica questo tipo di diritti è visto come uno che non prende sul serio il suo mestiere e vuole incasinare gli altri.

Il rischio della notte è quello di vivere una vita che non si incontra mai con le altre; per questo la legge sul lavoro notturno specifica che ad ogni tre notti di veglia consecutive devono seguire tre giorni di riposo, compreso lo smontante. Però negli hotel piccoli a gestione semifamigliare nessuno rispetta questa alternanza, perché implicherebbe sostenere il costo dello stipendio di due persone che si avvicendino.

– Non mi lamento, comunque. Trovare lavoro qui è già una fortuna. Ho fatto le stagioni per anni a Livigno, so cosa vuole dire stare lontani; per questo non stai a discutere su tutte le condizioni che ti danno, se hai il lavoro vicino casa.

Mentre mi prepara un caffè, sostiene che è meglio lavorare sei notti alla settimana e stare svegli anche nel giorno di riposo, «altrimenti non ci si abitua mai».

Quando ha iniziato a fare il portiere Antonio era convinto che il suo posto di lavoro sarebbe stato il banco della reception, di legno e pietra arenaria. Invece il portiere – piú che in un luogo – lavora in un tempo: è la notte il suo posto.

Ventitre-zerosette, due numeri che fanno la differenza anche sullo stipendio alla fine del mese, perché non tutto il tempo ha lo stesso valore.

– Figuro come receptionist, la differenza me la dà fuori busta, altrimenti dovrebbe assicurarmi per un importo molto piú alto. A me sta bene cosí, l'importante è che mi restino i soldi.

Ride quando gli dico che nell'immaginario popolare il suo è un mestiere affascinante, tema di canzoni e romanzi. Invece di notte lui fa poche cose e quasi tutte noiose: porta fuori la raccolta differenziata, timbra le schede di registrazione, ma non fa nulla di amministrativo. Soprattutto legge.

– Comincio dopo che sono tornati tutti, quando lascio accese solo le luci essenziali. Leggo anche quattro quotidiani, ma a volte capita che faccio degli incontri, i clienti sono gente imprevedibile.

Scendono le scale con la scusa di una camomilla e finisce che ti raccontano quello che nemmeno sapevano di voler dire. Come il vecchio medico in pensione a cui la figlia non rivolge la parola da dieci anni.

– Quando ha finito di dirmi il perché, erano passate sei ore e mi ha ringraziato della chiacchierata con cento euro di mancia. E di cosa mi ringraziava? Ha parlato solo lui.

Di mance ne riceve parecchie; l'hotel serve un golf club vicino e sono in molti a passare la notte arenati al banco del bar come delfini spiaggiati, rispondendo a domande personali che sei sicuro di non avergli mai fatto. È proprio perché eviti di farlo notare che la banconota vicino alla tazzina vuota appare cosí di frequente. Ci sono anche notti che non scende nessuno e il silenzio è rotto solo dai suoni dei frigoriferi che attaccano e staccano.

– Quelle sono le migliori, leggo in pace e il tempo mi vola via.

Ogni tanto Antonio vede cose che sarebbe meglio non vedere, mente a mogli che chiamano per avere informazioni riservate, nega risposte a datori di lavoro altrui. Il portiere ideale – mi dice sorridendo sornione, come fosse un aforisma – è quello che ha ottimo spirito di osservazione e pessima memoria; perciò guai a chiamarle bugie:

– Le bugie sono tali se le dici gratis, se ti pagano è segreto professionale.

La sua memoria labile riguarda soprattutto ragazze dell'Est in compagnia di clienti italiani affezionati. Cosí affezionati che non serve nemmeno chiedere i documenti. La cosa piú difficile è imparare a dire di no. All'inizio pensi di avere il dovere morale di fare tutto quello che il cliente ti chiede, se è in tuo potere farlo. Non sempre lo capisci subito, dove sia il confine tra il servizio e la servitú.

– È perché siamo sardi. Per la nostra educazione l'ospite è sacro, è difficile ricordarsi che il fatto di avere tutte le chiavi non fa di questo posto la mia casa.

Prima di imparare a distinguere tra un ospite e un cliente, Antonio ha trascurato decine di volte di dire che l'hotel non prevede servizio in camera la notte; ha custodito sotto la sua responsabilità oggetti preziosi di natura spesso ignota; ha persino prestato l'auto a un cliente – che gliel'ha riportata fuori orario, e ammaccata.

– Il cliente pensa che gli sia dovuto tutto, che se dici di sí è perché evidentemente rientra nelle tue competenze, per cui non si sente nemmeno in dovere di essere grato. Tu fai parte del servizio. Quando l'ho capito, dire no è diventato molto piú facile. Alla fine si sta tutti meglio se si fa solo ciò per cui si è veramente pagati.

Ma di solito custodire la notte per gli altri non è nemmeno interessante, e molti si limitano a corteggiare l'arrivo dell'alba tra televisione e internet. Soprattutto internet, tanto che alcuni colleghi faticano a staccarsene anche quando non lavorano. Puoi metterci un bel po' di tempo a capire che c'è qualcosa di sbagliato se non hai mai sonno o fame e trascorri in chat la maggior parte delle tue ore. Chi fa un lavoro notturno isolato è infatti tra le categorie a maggior rischio di dipendenza, da quando l'*internet addiction disorder* è stato identificato come una patologia.

– Per un po' ci sono cascato. Poi arrivano i figli, e capisci che certi sbagli rischi di farli pagare agli altri.

Me lo confessa candido, dice che adesso fa solo giochi con le carte, di quelli gratis che sono già nel pc.

Il maggior pericolo che si corre a fare il portiere non viene dallo schermo del computer. Se gli alberghi piú grandi hanno la guardia giurata, in quelli piccoli come questo ci si deve arrangiare, sperando non capiti mai la situazione in cui arrangiarsi potrebbe non bastare. Non è infrequente che dalla porta spunti uno sbandato, un ubriaco o qualcuno con problemi mentali e una certa confidenza con la notte. Mandarli via non è sempre facile: a volte basta un invito energico, altre volte ci vuole un piccolo aiuto. Cosa intenda Antonio con «piccolo aiuto» non è chiaro, il cenno al cassetto chiuso sotto la scrivania della reception lascia solo intendere. Quando glielo chiedo esplicitamente, estrae dal cassetto un insospettabile randello di legno di pero. Mi spiega:

– Lo preferisco, perché la scacciacani non la volevo nemmeno per scherzo, se uno vede una pistola pensa che sei disposto a usarla e lí può davvero succedere di tutto.

Comunque quando sono tornati tutti lui blocca la porta scorrevole: se vogliono entrare devono suonare, e li vede prima. La misura di sicurezza non serve quando la persona molesta è ospite pagante dell'hotel. È soprattutto per questo, piú che per gli orari, che non ci sono molte donne a fare questo lavoro. I direttori del personale cercano qualcuno che all'occasione possa riportare un cliente in camera, non necessariamente sulle sue gambe; qualcuno che i clienti maschi non considerino un potenziale invito alla molestia per il solo fatto che è femmina.

– Quella che c'era prima faceva venire il marito a farle compagnia perché aveva paura, le capitava ogni tanto che i clienti ci provassero. Ha fatto lo sbaglio di lamentarsene con il direttore e da allora non prendono piú donne. Se non sai cavartela è meglio che non lo fai questo lavoro.

L'imprevisto può avere la faccia di un cliente abbastanza ubriaco da considerarti suo amico, ma anche quella di una stanza allagata alle quattro del mattino, di una coppia che ha anni di rancori da far sentire alle camere vicine, di un lavandino otturato da un oggetto prezioso che non deve andar perso. In otto anni Antonio ormai ha imparato cosa deve fare perché la notte torni ad essere il tempo del sonno degli altri.

Ha cominciato che ne aveva ventitre e gli serviva un tranquillo lavoro notturno per finire gli esami di Giurisprudenza. Poi l'università è finita senza finire e il lavoro è rimasto, perché nel frattempo sono arrivati i bambini e lavorare ha smesso di essere una scelta.

– Ma è meglio di no, mi creda. Se torno indietro non lo rifaccio, mi laureo e mi faccio assumere in un'assicurazione come liquidatore per i sinistri, come ha fatto il mio amico.

Me lo dice con naturalezza, mentre solleva la cornetta e chiama in sequenza il fornaio e la pasticceria. Fuori comincia a fare luce, le sagome delle auto assediano il piazzale come un esercito di automi spenti.

– Si guadagna di piú? – Mi pento quasi subito di averlo chiesto.

– No. Prendo piú io –. Sorride, forse cercando di non farmi pagare quella domanda inutile. – Ma quello che cedo vale di piú. Non è solo per via del sonno. È che la notte poi cambia anche il giorno, ti abitui a stare solo, al silenzio, alle abitudini scandite dalle ore. Gli altri non sempre lo capiscono… Mia moglie dice che questo mestiere mi ha cambiato, che la gente mi piace meno. Credo sia vero, ma cerco di non farlo pesare ai miei figli.

Gli domando se accetterebbe di fare il receptionist di giorno. Ci pensa qualche istante.

– Sa cosa mi secca di farlo di notte? Che non impari niente, non costruisci niente. La maggior parte del tempo sei pagato solo per esserci. Se non riscatti quelle ore facendo qualcosa per te stesso, è una marea di tempo sprecato. Non importa se è pagato, il tempo buttato via non te lo paga nessuno veramente, perché non puoi ricomprartelo, è andato...

In silenzio dà inizio a quello che sembra un rituale prima di smontare: rassetta il piano della reception e fa scattare l'interruttore delle luci esterne, spegnendole. Per la hall non cambia nulla, è un posto dove non sembra fare giorno né notte, per via della luminosità costante e artificiale. Si avvicina alla macchina lavastoviglie, sfilando bicchieri caldi per asciugarli con un gesto esperto.

– Vuole un altro caffè?

– No, è già luce, adesso vado in camera a dormire. Non so come ringraziarla di avermi raccontato queste cose.

Sono in imbarazzo e credo se ne sia accorto. È questo il momento in cui un altro cliente lascerebbe la mancia.

– Sa una cosa, signora? Potevo anche non risponderle, non fa parte del mio lavoro –. Sorride e sappiamo entrambi che ha ragione. – Ma quando mi ricapita un cliente che ascolta me e non il contrario?

Leva la tazza sporca dal piano e io faccio morire la tentazione di estrarre il portafoglio, perché di errore ne ho fatto già uno.

– Allora buongiorno, Antonio.

– Buonanotte a lei, signora.

Hanif

È bella la notte per pensare al giorno, e la notte prima di un giorno di giustizia è tra tutte la piú bella.

Hai mai visto un vetro d'automobile che si crepa al contatto con il proiettile di un AK-75? Hai mai misurato quanto in fretta si disegnano le fessure della sua ragnatela rigida nella struttura del silicio o quanto è largo il diametro del buco chirurgico che ci rimane? Sai immaginare l'attimo esatto in cui il cristallo curvato ti rifletterà deforme e tu dovrai trovare il coraggio di sparare contro il tuo stesso volto sapendo che al di là c'è quello del tuo bersaglio? Non importa chi era, anche se forse lo vedrai per un istante dal foro del proiettile nel vetro, quando avrà già smesso di interessarti, perché non sarà già piú il tuo bersaglio.

Meglio però che il tempo di vederlo tu non lo abbia, perché in quell'istante il mondo si fermerà urlando il suo nome e se vorrai restare vivo non dovrai avere la tentazione di starlo a sentire. Riesci a vederle queste cose? Se la risposta è no, non provare neanche a farle. Le cose che non sai sognare non sono tue amiche e quando le incontrerai non le riconoscerai e non ti riconosceranno. Non saranno cose sbagliate da fare, ma saranno sbagliate per te: lascia che a farle sia un altro. Non lo insegna forse il Profeta che le cose giuste nascono nell'animo? Ogni cosa germina dentro di noi, viene cullata e misurata come un bimbo, e solo se sognata può fare il suo passo nel mondo. È per questo, Hanif, che nessuna donna mai ti apparirà bella come Tasneem quando l'hai riconosciuta vedendola per la prima volta, dopo averne mille volte cesellato il viso nei pensieri notturni. Lei è la prova che le cose accadono solo se sei stato capace di sognare il tuo mondo.

Ma se invece credi di poterci riuscire, se ciò che devi fare ti appare chiaro nella mente, allora fa' che siano tuoi anche i minimi dettagli. Conta il numero di metri che ti avvicineranno alla sua auto. Annusa l'odore di gomma bruciata degli pneumatici dopo che frenerà al suono del kalashnikov. Ubriacati del sudore della gente intorno che si accalcherà spaventata. Ascolta nel tuo orecchio il rumore della mitraglietta: cinque colpi a raffica saranno ritmo puro sul finestrino infranto, poi partirà l'armonia stridente delle grida e lei si accascerà come un sacco bucato sul sedile posteriore mentre lo sguardo disperso delle guardie armate le calerà addosso tardi, come un sudario.

Allah
non consentire che sia io il carnefice
che sgozza gli agnelli
né l'agnello
nelle mani dei carnefici.

Tu sarai lí Hanif, e tutto questo ti scorrerà in pochi istanti oltre la visiera del casco, mentre la tua moto accelererà rabbiosamente aprendosi una via in mezzo al panico. Dovrai immaginarti addosso l'elettricità feroce che ti farà stringere le mani sul manubrio in una morsa senza tremori, ma dovrai anche vedere te stesso vigile, vederti freddo e stabile per far sí che la tensione non ti impedisca di riconoscere il movimento rapido con cui Seyed alle tue spalle ritirerà il kalashnikov ancora caldo. Sentirai il metallo duro contro la schiena e il tuo compagno stringertisi addosso senza una parola, mentre l'accelerazione del mezzo vi spingerà entrambi verso i margini del grande parco recintato dove il comizio si sarà appena concluso.

Dovrai essere capace di vederti morto se vuoi restare

vivo, Hanif. Dovrai chiamare per nome tutti i modi in cui puoi spegnerti prima di aver finito tutto quello che sei andato a fare. Mentre correrai veloce devi immaginare Seyed che scalcia con violenza i corpi che intralciano la vostra corsa nella calca, perché è quello l'unico modo che avrete per evitare che le singole rabbie si tramutino in un organismo cieco e vorace che non vi farebbe prigionieri. Non dimenticare cosa è successo a Karachi, dove Amin è morto cosí, lasciando lei ancora viva. I centrotrenta morti che ha fatto senza volerlo sono il frutto di quell'inutile dispersione del danno che solo i volontari senza preparazione adeguata sono capaci di mettere in atto. Morti senza significato, esattamente come la sua. Non sia cosí la vostra. Se vuoi morire, che il tuo sacrificio sia un compimento della missione che ti sei dato, non l'errore stupido di un principiante con piú zelo che lucidità.

Tu e Seyed siete professionisti, ed è in momenti come quello che ti renderai conto di come l'addestramento faccia la differenza. Renderà il tuo sguardo piú saldo mentre la polvere si alzerà dal terreno sotto i passi di mandria della gente, mentre saliranno le alte grida delle persone spaventate e risuoneranno i colpi dei mitra sparati in aria per allarmare le guardie ai cancelli. Fa' che per te sia già tutto previsto, un film già trasmesso che ti lascerà freddo. Allora anche attraverso la plastica rigata della visiera del casco ti sorprenderai a notare che il cielo sopra Rawalpindi è azzurro cenere, innaturalmente chiaro prima del tramonto, magnetico da guardare come una gemma opalescente. Pensi di aver visto tutti i cieli, Hanif, solo perché i tuoi occhi hanno visto le albe del Medio Oriente e qualche tramonto europeo, ma la volta celeste del Punjab del Nord in quel momento avrà per te un colore diverso da tutti gli altri, duro e impenetrabile, senza la crepa di una nube. Sarà il coperchio di una pentola arida sul cui fondo tutto brucerà, anime e terra. Non avrai bisogno di vederla per sapere che lungo le strade oltre il recinto del parco ci sarà la concitazione del fine giornata di una metropoli con piú di due milioni di abitanti. Lo sentirai nell'aria l'odore del loro rientro, la stanchezza odorosa dell'anima degli uomini, la loro fretta di essere al posto giusto per l'imminente preghiera del Maghrib. Non è stata scelta per caso l'ora per fare tutto, persino lei dovrà finire il comizio prima della chiamata del muezzin alla preghiera. Cosí ogni cosa sarà perfetta e al suo posto anche dopo gli spari, perché per la successiva decina di minuti Rawalpindi sarà nelle mani di Allah, voi due di voi stessi e lei, quella donna, non sarà piú di nessuno.

Allah
non consentire che sia io il carnefice
che sgozza gli agnelli
né l'agnello
nelle mani dei carnefici.

Non era quello che avrebbe dovuto mormorare Hanif la sera prima del suo ultimo giorno, ma era proprio quello che gli salí alle labbra, denso come latte di fico. Le parole del poeta erano un'eco di infanzia, la voce di suo nonno alla sera sulla soglia della porta, la linea lungo la quale cammina l'uomo libero dalle mani senza macchia. Prima di quella notte non le aveva mai comprese fino in fondo, ma ora le portava sulle labbra come una preghiera, mentre sulla coperta Seyed al suo fianco dormiva senza sogni, familiarizzando con la morte nell'ultimo sonno di cui poteva essere certo. Era bello Seyed; la morbidezza del ragazzo non gli aveva ancora lasciato del tutto la linea della mascella, ma i tratti dell'uomo che stava diventando apparivano sottili e felini sotto la pelle ambrata, e l'arcata sopracciliare aveva l'inclinazione delicata di un volo di libellula. Non aveva una donna ed era stato lui a chiedere di andare insieme l'indomani. Hanif inutilmente aveva cercato di dissuaderlo. Era colpa di lei, di quella vipera, se un giovane desiderava la giustizia fino a sacrificarle la pietà per sé stesso. Il ritorno di lei in Pakistan aveva reso tutti tesi e molti fanatici, ansiosi di martirio, ma Hanif sapeva che lo sprezzo della propria vita è l'ultima delle virtú quando si persegue la morte di un altro. Aveva già ucciso altre volte e anche se Seyed giurava di aver fatto lo stesso, lui non gli aveva creduto. Lo aveva visto sparare con il kalashnikov al campo di addestramento, gli aveva visto gli occhi neri brillare di gioia sul bersaglio statico, senza l'ombra di un timore. Anche uno sciocco sa che chi non ha paura non ha neanche misura, ma forse era per questo che era bene che fosse Seyed a sparare, dopotutto. Uno deve colpire, l'altro deve capire. E non era certo un caso se era a lui quella notte che spettava di essere sveglio, puntando il cuore all'alba lontana.

Non aveva pensato che sarebbe finita cosí, Hanif. Aveva atteso a lungo quelle elezioni, sperando riportassero finalmente ordine e interezza nella vita sociale del paese. L'indipendenza del Pakistan dall'India gli sembrava non avere valore se non serviva per vivere nella fede perfetta e nel rispetto del Libro che per troppi anni era stato compromesso con le visioni occulte dell'Occidente. La sovversione dei precetti era continua, c'erano fratelli che non erano piú capaci di distinguere tra ciò che è *farz* e ciò che è *haram*, le donne agivano senza rispetto della loro condizione e i bambini sognavano l'abbandono del paese per un mondo senza valore, imperfetto e malato. Hanif si considerava un privilegiato perché le sue orecchie potevano sentire alle porte del paese il ruggito del ritorno alla purezza. Il leone tornava a casa, i suoi cuccioli avevano il pelo elettrico.

Ma era tornata anche lei.

Sarebbe dovuta rimanere a Dubai divorando fino a strozzarsi le spoglie di quel che lei e suo marito avevano predato quando avevano messo le mani sul paese vent'anni prima. Corrotta e degna delle pietre, ma lontana dalla mano del giusto. Anche cosí i mullah l'avrebbero voluta veder morta, ma tra il desiderio e il progetto c'era l'equilibrio del confine tra il Pakistan e gli Emirati. Statista, la chiamavano in Occidente. La figlia del destino, si faceva chiamare lei senza vergogna, vestendosi di ineluttabilità. Ma non era figlia di alcun destino, lo era solo di suo padre, il frutto marcio di un albero marcito, l'eredità maledetta di un sangue misto e senza fede. Hanif non poteva capire fino in fondo cosa l'avesse spinta a tornare, ma riusciva ad immaginarlo, perché le persone non sono che di due tipi: o bocca per mangiare e parlare, o mano per afferrare e colpire. Lei la bocca l'aveva piena da quando era nata, ma all'avvoltoio dalle ali spezzate non importa nulla di mangiare. Era il volo alto che cercava, il potere di tornare a governare sul popolo come ai tempi del PPP, quando a trentacinque anni per uno strappo imprevisto degli eventi riuscí a vincere ogni giustizia e a dirsi presidente per qualche tempo. Tra generare figli o generare infamie, quella donna empia aveva scelto da tempo la sua gravidanza, senza esitazione. Negli anni del suo dominio lui era poco piú di un bambino, ma i vecchi sanno insegnare la storia a chi sa ascoltare, anche se giovane.

Hanif si alzò dal giaciglio accanto a Seyed con un movimento fluido, senza rumore.

Allah
non consentire che sia io il carnefice
che sgozza gli agnelli
né l'agnello
nelle mani dei carnefici.

La notte era umida come spesso lo sono le notti in Punjab in quella stagione, ma Hanif non si era tolto di dosso i vestiti dalla sera prima, e non se ne curò. Accarezzò il piatto gonfiore che gli circondava il ventre con un gesto delicato, quasi amorevole, mentre continuava a ripetere il verso a fior di labbra, lentamente, muovendosi nella stanza buia dell'albergo con la circospezione di chi non è familiare al luogo. Si accostò alla finestra seguendone la luce, e nel silenzio avvertí chiaramente Seyed muoversi tra le lenzuola.

– Sei sveglio? – mormorò l'amico nel buio, identificandolo dalla sagoma in penombra.

– Sí, – replicò Hanif asciutto.

– Hai dormito almeno un po'?

– Un po', – mentí stupendosi della facilità con cui gli veniva la menzogna alle labbra.

Seyed si alzò dal letto con i movimenti lenti di chi ancora è impigliato nei sogni. Hanif lo sentí passarsi le mani nei capelli ricci, ripetutamente.

– Sei preoccupato?

– Tu no?

L'amico sorrise appena.

– Sí e no. Non chiedermi perché, ma sento che torneremo, che vedremo il frutto delle nostre azioni di oggi.

Hanif non contrastò quella certezza. Cercò invece l'accendino nelle tasche dei pantaloni e si accese lentamente una sigaretta. Seyed gli vide i lineamenti al lampo rapido della fiamma, poi la piccola brace fu l'unica luce nel buio della stanza.

– Tu non credi che torneremo, vero?

Hanif lo guardò dritto in faccia e nell'oscurità sembrò a Seyed di essere visto davvero, visto fino in fondo.

– Certo che torneremo. Io ho Tasneem, le ho promesso che non sarebbe stata vedova.

– Io non ho nessuno, ma vorrei tornare comunque. Voglio vedere lo Stato in mani sante e buone dopo la morte di quella cagna.

Le volute di fumo si spargevano nella piccola stanza illuminate spettralmente dalla luce al neon del lampione esterno che filtrava tenue dalla finestra sulla strada. Nel silenzio della stanza Seyed si vestí mentre Hanif finiva la sigaretta e il canto del muezzin si levava ritmico, battendo sul tempo il sorgere del sole. Si lavarono secondo la prescrizione, poi in piedi verso la città santa recitarono all'unisono la prima sura. Le voci baritonali erano lente, ma non uguali. Quella di Seyed era densa e appassionata, quella di Hanif inespressiva e piana. Il sorgere del sole li illuminò inginocchiati a terra con la stessa inclinazione del corpo, mentre nella stanza risuonavano gutturali le parole di lode del Profeta all'Altissimo.

Subhana Rabbi l-'Azim
Sami' Allahu li-man hamidah
Rabbana laka l-hamd
Subhana Rabbi l-A'la

Troppe volte Hanif l'aveva ripetuta per sbagliarla, e infatti non perse una sillaba dell'orazione santa, mentre in testa altri versi risuonavano potenti, disegnando agnelli e carnefici sotto la nenia modulata della lode. Sentiva il corpo di Seyed accanto al suo muoversi come un giunco flessibile al ritmo delle parole, posando la fronte a terra e fissandola intensamente mentre pregava, quasi l'Altissimo vi fosse seppellito e lo udisse da lí. Al termine stettero immobili per qualche secondo prima di alzarsi senza altre parole. Lasciarono l'albergo a mezza mattina, spostandosi con la moto fino al luogo dove era atteso il comizio.

Lo spazio era stato indicato pomposamente come «parco», ma non c'era un filo d'erba né un albero, solo un ampio slargo in terra battuta in attesa di essere dichiarato edificabile per venire incontro al crescente sviluppo demografico di Rawalpindi. I sostenitori della donna erano già sul posto e montavano il palco, sistemando piccole bandiere di pezza colorata intorno, lacere e non pulitissime, probabilmente le stesse a ogni comizio. Erano mesi che girava di città in villaggio, la cagna. Parcheggiarono la moto e attesero con pazienza ai margini dello spiazzo, mentre intorno a loro il terreno si riempiva di gente man mano che passavano le ore. Nel vociare videro che molti avevano con sé le mogli e i bambini con il cibo in piccole sporte di tela, come andassero a uno spuntino in campagna. Quando il muezzin chiamò tutti alla preghiera poco prima del pranzo anche Seyed e Hanif la recitarono in disparte, ma non tanto da poter dare nell'occhio nella folla che piano piano si radunava sotto il sole. Continuò ad aggiungersi gente fino al primissimo pomeriggio, poi lei arrivò.

Se ne accorsero dal fremito della folla, che si mosse come teleguidata nella direzione da cui entrava la sua auto. La gente compatta si aprí festante in due ali al passaggio della vettura chiusa con i vetri oscurati, un modello tedesco costoso e difficile da trovare in Pakistan. Lei era dentro e le guardie del corpo si muovevano a piedi intorno alla vettura che si spostava a passo d'uomo; Seyed non si curò di capire dove fosse l'altra auto su cui sarebbero saliti quegli uomini una volta finito il comizio e abbandonata la situazione di pericolo dell'affollamento. A meno di un centinaio di metri dal passaggio aperto dalla folla Hanif osservava la linea di ingresso dell'auto, misurando la probabilità che potesse ripetere il tragitto al contrario poco dopo. Sembrava l'unica possibile. Si strinse addosso il giubbotto spesso da cui non si era mai separato, tenendolo chiuso sul ventre. Seyed aveva invece una tunica lunga e ampia che nascondeva accuratamente il mitragliatore legato alla vita in attesa del canto finale. La donna salí sul palco schermata dalle guardie, mentre la via che si era aperta per farla passare si richiudeva subito come a un comando. Non era vecchia, ma nemmeno giovane come veniva raffigurata nelle foto ufficiali. Aveva in testa un velo bianco, ma non le copriva i capelli ancora scuri, folti, tenuti sciolti sotto la tela. Hanif vide che non era devota, ma vanitosa e truccata come l'aveva immaginata. La voce era potente e roca, arringava la folla con arte studiatissima: pause e grida si alternavano a parole rassicuranti e utopiche, un linguaggio populista e semplice che ben si adattava all'uditorio che le si accalcava innanzi. La donna parlò per un'ora e quaranta minuti, interrotta molte volte dalle grida e dagli applausi. Le donne tenevano i bambini in braccio e indicavano il palco, come a mostrare cosa meritevole di sguardo. Gli uomini, molti dei quali anziani, sembravano rapiti e docili, anche le loro grida di assenso sembravano guidate dalla voce della donna, magnetica e scandita. Seyed stette vicino alla moto tutto il tempo, mormorando a mezza voce parole che Hanif non udiva bene. Lui stava zitto, attendeva il momento buono. Ce ne sarebbe stato solo uno, lo sapeva perfettamente.

Quando terminò ci fu una ovazione fortissima, e si trattenne sul palco qualche minuto in silenzio mentre la folla urlava cose che alle orecchie di Hanif parvero degne di un branco di lupi. La tensione che avvertiva nelle mani era frenetica, gli occhi saettavano rapidissimi dal palco alla gente, dall'auto parcheggiata sottostante alla loro moto, pronta ad accendersi in un colpo di chiave. Appena la donna scese le scale inforcò la Kawasaki e Seyed si sedette alle sue spalle. La gente urlava e acclamava, la confusione era quella prevista. Ogni cosa era quella prevista, pensò Hanif. Rilasciò il freno e il rumore del motore accelerato lanciato in direzione dell'auto si udí appena nella confusione. Invece furono visti da una delle guardie di retrovia, perché troppo fuori del comune erano quelle due figure su una moto accesa a poche decine di metri dall'auto, con i caschi in testa a renderne invisibili i volti. L'uomo gridò forte ai colleghi e due di loro si mossero lesti facendo entrare la donna nell'auto, ma la folla impediva che la vettura potesse muoversi con la rapidità che sarebbe stata necessaria in quel momento. La folla si accorse che qualcosa non stava andando nel modo giusto quando la moto di Hanif si fece strada tra le famiglie costipate senza il minimo riguardo a quello che investiva. Seyed scalciava in ogni direzione, tenendosi con un braccio al ventre gonfio di Hanif mentre l'altro stava nascosto sotto la tunica, pronto. Le urla della gente mutarono dal giubilo all'allarme. La macchina scura si mosse piú rapida mentre la moto la raggiungeva, affiancandosi perfettamente alla linea retta dei finestrini posteriori. Non si scorgeva l'interno, ma non per questo Seyed esitò. Il kalashnikov emerse dalle pieghe della veste come un serpente dal fieno e sparò cinque colpi a raffica diretti esattamente all'interno dell'auto, verso i sedili su cui l'avevano vista salire. Hanif vide il proprio casco e quello di Seyed riflessi sul vetro lucido solo per un istante prima che il finestrino si infrangesse in una ragnatela rigida con al centro un buco perfetto, il ventre nero del ragno che l'aveva tessuta. Era già troppo tardi per scorgere altro, le urla di terrore della folla non lasciarono il tempo di fermarsi a capire se il colpo era andato a segno.

Hanif accelerò scartando l'auto, mentre le guardie del corpo si muovevano concitate intorno all'auto. La gente alternava comportamenti insensati, dalla fuga alla rabbia scomposta, ed era per loro il momento piú pericoloso. Seyed gridò.

– Viaaa, via!

Hanif non rispose, la tensione ai polsi era mirata a tenere il manubrio sotto controllo mentre l'amico scalciava nel tentativo di farsi un varco tra la gente. Hanif scelse con cura la direzione, puntando al centro della folla ancora incapace di diradarsi nell'orrore del momento. Seyed lo strinse in vita.

– No, di là! Cosa fai!

Hanif non lo ascoltò né si voltò a guardare la direzione che il compagno gli indicava, una via certa di fuga dove le guardie disorientate e la folla confusa non sarebbero state di intralcio o di pericolo. Non lo ascoltò, mormorando a fior di labbra una poesia che Seyed, terrorizzato dall'improvvisa consapevolezza di quello che stavano per fare, non poteva sentire:

Allah
non consentire che sia io il carnefice
che sgozza gli agnelli
né l'agnello
nelle mani dei carnefici.

Nel punto dove la vita della gente era piú densa e terrorizzata, appena sotto il palco dove si era tenuto il comizio, Hanif Bashir alzò per un istante gli occhi al cielo freddo e azzurro, arido, del Punjab, e non ricordò di averne visto prima uno simile a quello. Poi tornò con lo sguardo a terra e fece quello che sapeva che avrebbe fatto sin dal primo istante, quello per cui era stato mandato lí: concludere la missione fino in fondo. Mentre Seyed cercava inutilmente di staccarsi dall'abbraccio con cui si reggeva ancora in sella alla moto, Hanif allontanò una mano dal manubrio e la mise in tasca, premendo l'unico pulsante sul piccolo telecomando che gli era stato dato. Nessuno di loro due udí il boato che squassò la piazza.

Il 27 dicembre 2007 due attentatori in moto uccisero Benazir Bhutto dopo un comizio a Rawalpindi. Si fecero esplodere poco dopo uccidendo altre venti persone. L'attentato fu rivendicato dall'organizzazione al-Qaeda.

Spadoneri

Guizzava altissimo il disgraziato, e Tantínu diventava matto d'ansia all'idea che qualcuno potesse sentire quei tonfi nell'acqua. Aveva atteso con pazienza la notte di luna nuova per muoversi senza dare troppo nell'occhio, e adesso gli ci mancava solo che l'allarme ai barracelli del padrone lo dessero i pesci, saltando fuori dal pelo dell'acqua come rane impazzite. Tenendo la fiocina in mano, Tantínu per entrare nello stagno si era messo intorno alla vita una grossa camera d'aria nera, a cui aveva appeso un paio di reticelle che dovevano servirgli per mettere al sicuro il pescato fino al momento di uscire. Se lo avessero sorpreso, avrebbe fatto in tempo a legare i sacchetti a qualche canna sulla riva, e sarebbe tornato a recuperarli una volta fuori pericolo. Di solito il muggine di notte era facile da pescare, perché dormiva e stava fermo. Bastava puntare nell'acqua la pila per scorgere il baluginio di un ventre chiaro, o il riflesso argenteo della luce sulle squame di un dorso. Allora il braccio con la fiocina scattava come una molla, e il pesce si svegliava con quattro punte nella schiena, troppo tardi per scappare. Tutto diverso dalla pesca di giorno, ma di giorno a cambiare non era solo la pesca: era diverso anche Tantínu. Pescatore senza padrone, aveva due vite che si alternavano con la luce del cielo. Al sole pescava sul fassone, quattro ore come uno scemo a tirare per tutto lo stagno una barca di erba spugnosa, pregando di prendere qualcosa prima che si inzuppasse e diventasse troppo pesante da muovere con il remo. Il pesce preso cosí bastava appena per due cene a casa, e il padrone lo sapeva benissimo, perché lui no che non era scemo, e se lo sognava di farti fare concorrenza al suo pesce al mercato. Per questo Tantínu si dava da fare anche al buio; nelle notti piú discrete, prima aspettava che le ultime pettegole ritirassero la sedietta dalle chiacchere serali sulla porta, poi si infilava lo scafandro e la cerata e saltava sulla bici per andare in riva allo stagno. In tre ore se era fortunato prendeva piú pesci di quanti non ne vedesse sul fassone in una buona giornata di lavoro. Certo, i rischi c'erano. Se ti sorprendevano, nel migliore dei casi tornavi a casa con le ossa rotte, e come un ladro ti mettevano in giustizia. Nel peggiore invece, alla giustizia nemmeno ci arrivavi. Tantínu lo sapeva e stava attento, muovendosi nell'acqua come si sarebbe mosso nel letto della moglie di un altro.

Un grosso esemplare di muggine, certo una femmina con le uova dentro, brillò a pelo d'acqua al raggio della pila. Il brivido di Tantínu fu simultaneo allo scatto della fiocina, ma mentre ancora il pesce si agitava inchiodato ai rebbi dell'arnese, dalla riva piú avanti si udí un grido d'allarme.

– Spadoneri a mari!

Non bestemmiò Tantínu, ché non conviene offendere il cielo quando non hai altri avvocati. Slacciò lo scafandro dalle bretelle e con un guizzo da muggine saltò fuori dalla camera d'aria in uno schiumare di schizzi. Abbandonò il pesce e non si curò di mettere il prezioso armamentario in salvo perché, con i guardiani cosí vicini, in quel momento il rischio peggiore non lo correva di sicuro lo scafandro. Piuttosto corse con l'energia dei vent'anni, come avesse appresso tutti i diavoli di Mar'e Pontis. I passi dei barracelli risuonavano sulla spiaggia di conchiglie dello stagno facendo un rumore croccante di ossa infrante. Tantínu, assordato dal battito folle del suo cuore, lo sentiva a stento mentre si muoveva agile tra la vegetazione alta della riva, cercando di raggiungere il punto in cui aveva nascosto la bicicletta. La vide posata a terra, ma per arrivarci avrebbe dovuto sacrificare la posizione da dove vedeva senza essere visto, mentre quelli erano sempre piú vicini.

– Maradittu siat, innui s'adessi cuadu…

Le voci erano vicine non piú di un centinaio di metri, e sembravano fiutarlo come cani. Tantínu obbedí all'istinto, invocandosi al san Pietro dei pescatori ladri. Infilando una mano nell'acqua melmosa immerse le dita sul fondo per estrarne un pugno di fango scuro. Se era imprecisa la palla che ne fece, fu invece piú che preciso il lancio con cui agitò le frasche cinquanta metri in là da sé.

– Alloddu! – gridarono i barracelli idrofobi, seguendo il rumore delle erbe agitate dal lancio mirato.

Il tempo che serví loro per entrare in acqua bastò a Tantínu per uscirne e lanciarsi ad inforcare la bicicletta. Alla prima pedalata già quelli avevano scoperto il diversivo, ma chi capisce le cose quando non servono piú è stupido come chi non le capisce mai.

– Su santu chi ddh'at criadu! Castiai ch'est fuendisí, cussu fill'e bagassa!

Corsero, ma lui maledetto corse di piú, e il paese dormiva ancora quando Tantínu entrò in casa di nascosto. Per quella notte era andata cosí, pensò chiudendosi la porta alle spalle con la rassegnazione di un amen.

Odabella

Quando avevo nove anni mia madre aveva ancora una bella voce chiara e cantava per me canti da sposa, intrecciandomi fiori tra i capelli come fa la primavera con gli alberi di pesco. Le piaceva predirmi sogni d'incanto, tempi in cui il mio sposo sarebbe stato bello e alto, forte e generoso, mi avrebbe amata come gemma preziosa e protetta con fedeltà anche in tempo di pace. Io al suono di quelle fiabe danzavo sul prato lasciando ondeggiare le trecce scure, ma sapevo già che nulla di quello che diceva mi sarebbe accaduto davvero, perché non era mai accaduto a lei.

Mio padre era tutto quel che sapevo degli uomini ed era alto e forte di sicuro, ma anche l'ultima delle serve conosceva la misura esatta della sua fedeltà. Bello lo era come una tempesta di marzo, ma la sua generosità veniva sempre dopo lunghe assenze, vuoti di tempo e di cuore in cui l'immagine del suo volto si appannava nella mia memoria fino a sbiadire. Mia madre sulla riva del fiume non cantava dunque il mio futuro, ma i suoi rimpianti; io l'avevo capito già che il cuore di una donna non è una corona di gigli intrecciati, ma un esercito in perpetuo assetto da battaglia, anche quando i suoi piedi possono permettersi di danzare nudi in terra di pace.

Le altre bambine ridevano felici e incaute e credo che molte di loro siano arrivate a vedere fili d'argento tra i capelli senza aver mai compreso il mistero del proprio cuore. Che il mio fosse un guerriero io però l'ho sempre saputo e l'ho addestrato guardingo per questo, per quando tutta la sua forza mi sarebbe stata necessaria. Ho continuato ad affilare la spada dell'anima contro il confine di roccia chiara che gli dèi mi hanno posto come orizzonte, convinta come ero che avrei dovuto affrontare prima di ogni altra cosa quella calda voracità che gli uomini chiamano amore: forse è vero come dicono, che una donna non può essere solo di sé stessa, ma io avrei lottato a lungo prima che un armistizio mi conducesse al talamo di un uomo e al silenzio che sempre ne deriva.

Fosse stata quella la battaglia della mia vita, so che l'avrei vinta dieci volte e dieci altre ancora, non importa contro chi. Mi sono sempre saputa scegliere i nemici e Foresto, colui che mi pareva degno di una resa concordata con onore, era già vinto e docile al mio cuore, devoto ma non sciocco, forte senza fantasia e dunque utile assai piú che pericoloso. La moglie di un uomo simile non avrebbe mai scorto il panorama di una vetta, ma neppure il fondo degli inferi. Mia madre sorrideva di quell'amore moderato, di quel cuore domestico, pregando tra sé che non conoscessi altro fuoco che quello del focolare comodo in cui mi preparavo con pazienza ad imperare. A volte me lo sussurrava come una maledizione, quasi che a non affrontarlo perdessi qualcosa di vero. E io sfrontata affermavo di non temerlo. Anche a quello credevo di essere pronta.

Non cosí, non cosí è andata per me.

Il fuoco che mia madre temeva non è giunto mai e ad accerchiarmi è stato invece il gelo.

Fiamme ne ho viste, sí, e quante se ne sono alzate tra i muri della mia città! Ma in mezzo a quell'incendio di rapina io ho avuto freddo come neppure negli inverni piú severi. Migliaia di scintille sono scoccate intorno a me dall'incrocio del ferro contro il ferro, ma il gelo non riscalda neanche quando brucia come fiamma. Il volto del gelo per me ha barba folta, la spada insanguinata e due occhi verdi senz'altra intelligenza che quella della morte. Attila è quel fuoco, Attila è quel gelo, Attila è l'orizzonte su cui la spada della mia anima ha rotto il suo filo e si è accasciata come uno stelo di giglio reciso.

Quando lo vidi per la prima volta ero in catene come un animale ferito e lui sedeva su un trono di scudi e di ossa, assiso sui corpi dei vinti mentre la sua gente rapace chiamava vittoria l'eccidio di un popolo senza colpa: il mio. Un leone che sbrana una gazzella conserva la sua grazia regale anche col pelo intriso del sangue della vittima, ma quell'uomo era avvoltoio, non leone, un uccello di rapina con lo sguardo sbieco di chi sta rubando anche quando mangia dal proprio piatto. Cosí mi ha guardata quando gli sono stata portata innanzi, cosí mi ha osservata dai piedi ai capelli. Davanti al coraggio delle mie parole ha visto non me, ma quel che era convinto di essere lui: libero e senza timore. Invece mi ha amata mentre ero schiava e vinta e si è creduto munifico staccandosi dal fianco la spada per donarmela, come un pegno.

In quel gesto il mio odio si è plasmato, in quello sguardo ho conosciuto il fuoco che nessun amore mi aveva dato mai, una fiamma fredda che forgia senza scaldare, rendendo la carne metallo e il cuore una gabbia senza serratura. Colui che chiamavano figlio di Wodan aveva affrontato mille eserciti lasciandoli a terra, ma non si era trovato mai davanti al guerriero che vegliava nel mio animo. Compresi subito che c'era una vittoria per me nei suoi occhi, un trono di scudi e ossa su cui sedere a mia volta, e la sua spada tra le mani era l'anticipo di un mondo al contrario, dove la vittima avrebbe brandito l'arma del suo carnefice e i pianti di sconfitta sarebbero mutati in canti di gioia. Gli lasciai credere quel che voleva, come si fa con gli sciocchi e i bambini, giocando da donna al gioco degli uomini.

Foresto non comprese il mio gesto, e del resto come avrebbe potuto? Colui che di arma conosce solo il ferro può essere disarmato con facilità e non immagina nemmeno l'ebbrezza di avere un cuore tagliente piú di una lama. Egli, che quell'arma mia non aveva mai saputo impugnarla, una volta di piú non seppe nemmeno comprenderla. Per questo a fermarmi non bastò il giudizio dei suoi occhi di uomo, ciechi a tutti gli orizzonti che lo sguardo non riesce a scorgere. A volte ho pensato che se avessi trovato un compagno vero al suo posto, il mio cuore di spada si sarebbe forse fatto solco fertile e al suo seme avrei permesso di divenire radice e fare fronda. Ma là dove sarebbe potuto essere il mio solco, Foresto vedeva solo una crepa, incapace di comprendere che aperto non significa diviso. Chi può rimproverarmi se al suo amore rachitico predilessi la fedeltà all'odio senza misura che un altro poteva offrirmi con cosí generosa mano?

Foresto mi voleva sposa secondo il suo giudizio, ma era l'animo di Attila il rapace l'unico trono su cui avrei potuto sedermi regina secondo il mio. In quegli occhi feroci, che avevano fatto morire uomini, violentare donne e sfracellare i loro neonati contro la roccia ovunque si erano posati, scorgevo la vertigine dei miei stessi abissi, profondità oscure dove i venti del Nord mi chiamavano per nome. Complice di un veleno io non potevo esserlo mai. Quale onore avrei avuto nell'accettare di vederlo avvelenato come uno stagno riempito di euforbie? Morto non mi bastava, perché colui che aveva ucciso mio padre non sarebbe mai stato morto per me se non fossi stata io stessa a ucciderlo. Attila, tanto pieno di sé da non poter nemmeno immaginare che qualcuno potesse non amarlo altrettanto, di certo si sentí nobile nel suo essermi grato e regalarmi il talamo. Ma quando l'abbraccio è un carcere, non esiste differenza tra prigioniera e sposa.

Intanto progettavano battaglie di metallo gli uomini traditi, e il possesso perduto di terra e donna era il mantice del loro rancore. In quel mondo tutto fatto di contorni non c'era posto per me, che non ero abbastanza morta da essere martire né abbastanza riottosa da essere vittima: nel loro mondo senza sfumature io ero fedifraga e fedele al suo carnefice. Solo il destino di Giuditta poteva riscattarmi ai loro occhi e nel gesto che compii alla fine di tutto non furono capaci di vedere niente di piú che la sua ombra.

Per questo al termine chiamarono vendetta quel che feci: gli uomini sono creature semplici che comprendono solo le logiche del furto e del riscatto. Nessuno di loro vide che io affondai la spada in Attila come in me stessa, certa che assomigliargli fino in fondo sarebbe stata per sempre la mia condanna. Sopravvivere a quel momento e chiamarla vittoria non fu resurrezione, ma nel tripudio dei canti alla patria nessuno udí il lamento lieve della vedova dell'avvoltoio.

Sposa una volta sola, una volta di troppo, gigli di campo tra i capelli Odabella non ne indosserà mai piú.

Vertigini al contrario

Molto piú del coraggio, io amo le fobie. La loro totale irrazionalità mi conforta sull'inconoscibilità dell'universo e del mistero dell'uomo: lascia aperte tutte le domande che contano. Mi annoia chi sostiene di non avere paura di nulla, perché in certi timori c'è invece del genio. Non in tutti, però. L'aracnofobia per esempio è troppo motivata per essere affascinante; il ragno è un mostro in miniatura, averne paura è banale. Le sole fobie realmente suggestive sono quelle verso le cose del tutto inermi, in cui non si intravede nessuna possibile motivazione di timore, e non vi è memoria ancestrale che abbiano mai nuociuto all'uomo. Ho un'amica che uccide i ragni a mani nude, ma è terrorizzata dalle inoffensive rane nostrane. Un'altra perde il controllo alla vista di un gatto piccolo, e se la bestiola ha ancora gli occhi chiusi, lei trema al solo sentirne il verso. È inutile provare a dissipare queste paure irrazionali. Ciascuno ha timore di quello che ha dentro, non davanti.

Io per esempio soffro di vertigini al contrario. Potrei salire sull'Empire State Building guardando giú senza un sussulto, ma non potrei mai da terra puntare gli occhi verso l'alto per scorgerne l'estremità. La certezza che il mondo verticale mi crollerà addosso, provocato dal mio osare, è troppo violenta per sfidarla. Ringrazio Dio ogni giorno di vivere in un mondo di case di appena due piani, e nel farlo sorrido, perché c'è qualcosa di buffo nel pregare col terrore di guardare verso il cielo.

La direttrice d’orchestra

C’è buio tutt’intorno, ma io guardo davanti. Alle spalle ho duemilatrenta persone sedute e sento il fiato trattenuto di ciascuna, dal piano della platea all’ultimo dei loggioni da dove mi vedono minuscola. Ora che l’ultima eco dell’applauso di ingresso si è posata sento venire da ognuno dei presenti un silenzio rigido d’attesa, una richiesta plurale di perfezione cosí solida che se fossi piú ingenua potrei credere di appoggiarmici di schiena senza cadere. Invece si cade eccome da questo podio, e il peso di quell’aspettativa senza indulgenza ha spezzato l’animo di direttori assai migliori di me. Non accadrà con il mio. I sopravvissuti non sono cosí facili da spezzare, difendersi lo sanno fare già e la sfida che mi attende io la conosco bene. Quando ho rotto le pieghe del velluto di quinta per andare verso il centro del palcoscenico, l’ho sentita proprio lí dove mi aspettavo che fosse: a ogni passo di tacco sul legno della passerella ho percepito la curiosità per la bestia rara, lo scandalo bonario per la donna che dirige al posto degli uomini, l’indulgenza paternalista per la piú giovane d’Italia a tenere la bacchetta in mano. *Il podio rosa. Il maestro è una signora. Armonia femminile.* Il peso di ogni titolo di giornale cade da anni su chi sono e mai su quello che so fare. L’esito è esiziale e nessun uomo ne ha conosciuto mai il prezzo, che pure è evidente: io sono qui, non ho imperato ancora una nota, ma tutti in questo teatro hanno già misurato la lunghezza e il colore del mio vestito, l’acconciatura che porto, i gioielli che ho scelto, il portamento, la forma del mio corpo e la rotazione irrequieta del polso nel passo. La pretesa d'armonia su di me comincia prima di ogni nota e so che in fondo fare quei pochi metri fino al podio è già metà del concerto. Se arrivi ancora forte all'ultimo di quei passi resta solo l'altra sfida ed è l'unica vera, la sola di cui mi importi sul serio: l'orchestra. Dimentico le attese nel buio e guardo solo loro. Li ho innanzi, centoventi maestri di strumento, e conto le membra tese e gli occhi fissi a me come spilli ordinati. Non è scaltro davanti agli spilli aprire le braccia come ali di farfalla, ma è quello che faccio e che voglio fare. La linea della bacchetta nella mano destra segnerà il tempo uguale per tutti. La mano sinistra marcherà invece lo spazio di ciascuno e che altro è il potere alla fine, se non la facoltà di condurre qualcun altro nel tempo e nello spazio? Sono potente e non c'è un altro motivo perché io sia qui. Se mi chiamano farfalla è solo perché l'unica potenza che sanno riconoscere è quella dei predatori. Ce n'è un'altra, però, e da questo teatro stasera non uscirà nessuno senza averla vista.

La partitura in concerto è di quelle da far impallidire chiunque faccia il mio mestiere: è la *Sesta sinfonia* di Tchaikovsky, il testamento spirituale di un uomo geniale che ha musicato la propria morte prima di viverla davvero nove giorni dopo. Lo amo come pochi altri, Tchaikovsky, e credo sia anche per la sua strana parabola di vita, tragica e scintillante insieme come a volte lo sono le catastrofi. Meritava di morire nel suo letto anziano e amato, invece se lo è portato via il colera appena cinquantenne dopo una vita cosí difficile che tra gli esperti c'è ancora dibattito sul fatto che abbia bevuto l'acqua contaminata dal virus per incidente casuale e non invece per volontà di suicidio. Ma ha davvero importanza scoprirlo? Quando un compositore come quello scrive il proprio requiem, il resto della sua vita sembrerebbe una simulazione anche se durasse in eterno. Da sempre trovo in lui ispirazione, ma non solo per la genialità della musica. Misantropo, depresso e omosessuale in un paese e in un tempo in cui queste cose non rientravano nemmeno nella categoria delle simpatiche eccentricità, Tchaikovsky è uno di quei «geni nonostante tutto» che tolgono ogni tentazione di dare la colpa alle circostanze per non essere riusciti a mostrare per intero il proprio talento. Il suo lavoro è una lezione di buon senso e disciplina e insegna che non ci sono limiti a quello che puoi fare, se non sei tu a volerli. Io di limiti rispetto solo quelli scritti sulla partitura e il resto è spazio aperto che occupo come ritengo. Anche per questo non mi metto i pantaloni sul podio, ma vesto come piace a me e poco importa che i puristi storcano il naso. C'è una legge non scritta che vige ovunque nei mondi in cui il potere e il prestigio si agiscono insieme: se una donna commette la malacreanza di occupare un posto di comando che storicamente è stato degli uomini, deve almeno avere la delicatezza di ingegnarsi per somigliare a un uomo il piú possibile. È cosí dagli anni Ottanta e anche se io non ero ancora nata negli anni Ottanta, la moda di allora mi è sempre sembrata raccontare piú di sociologia che di tessuti e tagli. Nei film del periodo le donne che uscivano di casa per andare a fare lavori finalmente di prestigio indossavano tailleur con brutte giacche da uomo arrangiate al femminile che le dichiaravano in carriera, competitive e «con le palle», clavicole allargate dalle spalline di gommapiuma e forme nascoste nelle pieghe dei revers. A tutt'oggi non mi viene in mente una sola donna che abbia ricoperto una leadership politica nel mondo occidentale senza accettare di travestirsi da maschio. Angela Merkel, Margaret Thatcher e Hillary Clinton non sono mai state viste in circostanze ufficiali con un vestito, come se ci fosse nell'eleganza delle donne potenti qualcosa che mina la loro autorevolezza. Ma gli anni Ottanta non sono i miei e io oggi non negherò la mia forma per il timore che qualcuno neghi la mia sostanza. Di non essere maschio non intendo scusarmi, meno che mai sul podio, dove la debolezza è disarmonia e la disarmonia non conosce sesso.

La bacchetta è sollevata in aria e non ha ancora dato il via all'esecuzione del primo movimento, ma so che se volessi potrei anche non usarla. La direzione dell'orchestra non si fa con le mani, ma col carattere. Il mio maestro me lo ha ripetuto fino allo sfinimento mentre studiavo i gesti cercandone di miei. Per migliaia di ore negli anni del conservatorio ho guardato le registrazioni dei grandi direttori, ma erano tutti cosí distinti nella loro gestualità da farmi pensare che davvero avesse ragione il maestro: per farsi seguire dall'orchestra le qualità sono altre. La prima volta che vidi un direttore d'orchestra ero bambina e replicavano alla tv un vecchio *Requiem* di Mozart del 1962. Su podio c'era un Von Karajan già vecchio che dirigeva i Wiener a occhi chiusi, senza bacchetta, con gesti minimi al limite della non interpretabilità e le labbra che seguivano le parole, praticamente tutto quello che quando studi direzione ti dicono sarebbe meglio non fare. Col collo proteso e la testa candida che svettava dal colletto alla coreana, Von Karajan sembrava invece un rabdomante che avesse fiutato la linea carsica dell'acqua, una creatura dotata di potere magico che avvertiva l'armonia per istinto, fidandosene come degli occhi che non usava. C'era in lui qualcosa di magnificente e affidabile allo stesso tempo e non facevo nessuna fatica a comprendere perché i coristi e i musicisti lo guardassero senza sosta. Non sapevo ancora dare un nome a quel carisma, ma da quel momento lo avrei sempre riconosciuto, fuori e dentro al podio. La lezione piú intensa però me la diede Riccardo Chailly senza neppure saperlo, in un video che circola ancora in rete, sbalorditivo per la natura del suo contenuto, giacché non avrebbe nemmeno dovuto registrare quello che conteneva. Era una ripresa della prova generale di un concerto di Mozart per pianoforte realizzata nel 2009, il numero 20, e la solista che lo eseguiva con l'orchestra era Maria João Pires. Per un equivoco di comunicazioni tra l'agenzia dell'artista e il teatro, João Pires era venuta preparata su un concerto diverso da quello che si stava per eseguire e l'attacco della prima nota l'aveva colpita come un fulmine insieme alla consapevolezza dell'incubo in cui si stava trovando: essere sul palcoscenico con il pubblico in sala, l'orchestra in buca e in testa tutt'altra esecuzione. È stato guardando le immagini del suo viso scioccato che ho compreso che «esecuzione» può voler dire tante cose su un palcoscenico e una contempla non un concerto, ma una condanna a morte. Un direttore d'orchestra con meno carattere, una volta capita la delicatezza della situazione, avrebbe interrotto la prova, ma Chailly, che con João Pires aveva fatto lo stesso concerto appena un anno prima, non ci pensò nemmeno a fermare il movimento delle mani. Sorridendo, senza smettere di dirigere e con una placida sicurezza di sé che non ho mai piú dimenticato, incoraggiò la pianista a ricordare il concerto esatto e a sentirsi sicura nel farlo. *You can do it! You can do it!* Maria João Pires, che era quasi catatonica dallo spavento, lo guardò, si fidò e gli obbedí. Chiudendo gli occhi pose le mani sul pianoforte e a memoria suonò come se avesse lo spartito davanti, eseguendo alla perfezione il concerto in corso. Straordinaria professionista lei, commentavano i miei compagni al conservatorio guardando il video nei corridoi. Quale incredibile direttore lui, pensavo invece io diciottenne, incantata da quell'infusione di sicurezza. Con un golfino e una salvietta intorno al collo come uno che passeggi in un parco, Chailly dominava con gesti regolari i cento maestri dell'orchestra, ma con gli occhi e la voce aveva contemporaneamente ammansito il terrore della solista e le aveva trasmesso la calma necessaria a fare quello che credeva di non poter fare. È lí che ho capito che i direttori d'orchestra non dirigono strumenti, ma persone. Per questo i tempi e i modi della partitura spesso corrispondono ad atteggiamenti umanissimi, rivelatori di un umore che appartiene tanto alla musica quanto a chi l'ha scritta e a chi la suona. Adagio, piano, pianissimo, forte, fortissimo, allegro, andante, moderato sono caratteri dei viventi; se però dovessi sceglierne uno per me, sarebbe «ostinato». Ostinato è una bella parola che non compare spesso in una partitura e anche le persone, se possono decidere, preferiscono definirsi determinate, costanti o progettuali, perché ostinato è un termine che ha qualcosa di percussivo e insistente a cui nessuno vorrebbe essere associato. Tchaikovsky non ha avuto questa paura quando ha composto la sinfonia per il suo funerale e menomale, perché la morte che presentisce è ostinata e la vita che le resiste non lo è meno. Nel primo movimento della sinfonia questa lotta intestina tra forze monumentali e opposte è resa da un intreccio di legni, archi e ottoni che è stato a lungo la mia ossessione, perché in qualche modo misterioso ho sentito sempre che mi somigliasse. Ogni musicista ha passione e costanza, ma quel che faccio io richiede di sentire proprie quelle di ciascuno e comporle in una figura melodica interiore moltiplicata per tutti gli strumenti insieme, incessante quanto serve che lo sia, quindi ostinata. Sei ostinata, mi ripeteva la mia professoressa alle medie quando mi incaponivo in matematica su qualcosa che non veniva come io volevo, e sapevo che non era un complimento. Ci sono voluti ventotto anni perché quello che era un difetto personale diventasse un potere collettivo, orchestrabile fino alla massima perfezione possibile, in un equilibrio di percezione e controllo. Se fossero le parole chiave della sola direzione d'orchestra, sarebbe poco male. Ma la percezione e il controllo sono chiavi della stessa vita che la musica imita e temo sia a causa di queste due parole che ci sono pregiudizi sulle donne nel mio lavoro, perché pensate insieme ne significano una sola e quella parola è potere. Non sei potente se comandi, ma comandi in modo potente se capisci e controlli. Nessuna orchestra ti rispetta solo perché hai la bacchetta in mano e questo l'ho capito dalla prima direzione, quando il mio maestro mi mise d'improvviso davanti al golfo mistico e mi disse: Oggi dirigi tu. Nuotare o bere, guidare o seguire, governare o perdere il controllo. Non ci sono vie di mezzo quando sali sul podio.

Però forse non è vero che questo l'ho capito alla prima direzione. Forse l'ho capito molto prima.

Quando avevo otto anni c'era un vicino di casa che aveva un cane, un grosso mastino nero che stava libero nel suo giardino. Si sentiva forte oltre lo steccato e abbaiava con furia a chiunque passasse lungo il marciapiede, seguendo i passanti per tutta la linea del confine mentre ansava fino a non aver piú fiato per latrare. Molti cercavano di farlo tacere minacciandolo, ma dentro il suo spazio il cane non obbediva a nessuno e moltiplicava l'aggressività. Altri piú saggiamente cambiavano lato della strada per non dover subire lo stress di quell'assalto, davanti al quale lo steccato sembrava una protezione debole, una formalità piú per il padrone che per il cane. Quando andavo a scuola mi terrorizzava. Abbaiava esattamente all'altezza della mia testa e lo vedevo a spicchi tra un'asse e l'altra, mezzo cane e mezzo incubo, fissarmi con gli occhi marroni spiritati. Premevo le mani sulle orecchie, camminavo piú veloce che potevo e solo quando avevo superato il giardino tiravo il fiato e riprendevo lentamente a respirare. A volte lo sognavo di notte. Un giorno però mentre uscivo di casa ho visto fare una cosa a una donna, una signora con una borsa della spesa, che mi precedeva sul marciapiede: quando il cane sentí il passo invadere quello che riteneva il suo territorio cominciò ad abbaiare con violenza come al solito, ma lei in risposta non accelerò e non distolse gli occhi. Con un sospiro si fermò invece esattamente in corrispondenza del punto dove l'animale le latrava addosso e senza una sola parola lo fissò. Non aveva una postura minacciosa, non alzò le mani e non fece nemmeno il cenno di avvicinarsi di piú allo steccato per imporre la sua altezza alla bestia che, per quanto mastino fosse, cane era davanti a un essere umano e cane restava. Si limitò a guardarlo placida e lui lentamente smise di abbaiare. Non si accucciò spaventato e non rinculò, ma rimase zitto davanti a quella tranquillità silenziosa, come se avesse capito che non c'era ragione alcuna di minacciare chi in quella situazione aveva sia la percezione che il controllo. Mi sembrò un miracolo. Non provai mai a fare lo stesso, ero solo una bambina e la sola idea di fissare negli occhi quella fiera tra le linee dello steccato mi sembrava folle, ma averlo visto fare a un'altra persona, una donna serena e determinata, mi lasciò la certezza che si potesse fare, bastava solo crederlo possibile. Anni dopo, davanti a certe platee scettiche o a un'orchestra con pregiudizi (piú di una ne ho incontrata), riprovai lo stesso terrore della bambina che ero stata e a darmi la forza di alzare la bacchetta fu l'immagine ferma di quella donna che sedava con la calma la mia piú grande paura.

Ora la mia piú grande paura, il cane che ringhia dietro le sbarre orizzontali della partitura, è la tragicità del primo movimento della *Sesta*, con la sua bellezza lugubre e cupa, annuncio di una fine che non ammette fretta né approssimazione. Se si può morire eleganti è perché Tchaikovsky ci ha spiegato come fare, impartendo una lezione indimenticabile a tutti quelli venuti dopo, da Stravinsky a Debussy, da Prokofiev a Ravel, e a noi con loro. Non esistono altre sinfonie come questa nella storia della musica classica e questo è vero per vari motivi. Il principale è che è la prima che termina con un tempo lento che non strappa l'applauso, ma lascia interdetti e muti, privati del crescendo che renderebbe gloriosa e memorabile anche la peggior fine. Quando ero bambina mia nonna mi faceva pregare la Madonna perché venissimo protette dalla morte improvvisa. Non capivo il perché avremmo dovuto pregare per scongiurare qualcosa che invece mi sembrava cosí desiderabile: morire sul colpo senza soffrire, senza nemmeno accorgersi, come in un sonno o in un lampo, perdere la coscienza tutta intera. C'è voluta la musica, questa musica, per capire che la fine improvvisa è una dissonanza senza compimento che in chi rimane determina un trauma insanabile e priva chi scompare del tempo necessario per mettere a punto il piú prezioso degli alfabeti: quello dell'addio. La morte giusta non dovrebbe durare meno di una sinfonia di Tchaikovsky. Ho sempre uno strano disagio quando il pubblico applaude al termine del lungo silenzio che questa composizione richiede. Siamo esecutori virtuosi, è giusto e bello essere apprezzati, ma al termine della *Sesta* esprimere il plauso con l'applauso rivela una povertà di codici espressivi, uno stato senza luogo opportuno, come ridere a crepapelle a un funerale, piangere dolorosamente a un matrimonio, maledire a un battesimo o dormire a una festa. La cosa sensata sarebbe portarsi tutti via insieme quel silenzio cosí faticosamente costruito, conservarlo perché non sia turbato e rispettare il suo peso sul cuore come se la sua esecuzione fosse compiuta davvero solo quando anche l'ultimo dei presenti abbia scelto di non metterci sopra troppo in fretta qualcosa d'altro. Invece in quell'applauso che non vede mai l'ora di esplodere avverto ogni volta il sollievo di una civiltà impaurita che combatte la morte a scongiuri, il demonio con le acque sante e la propria scomparsa a colpi di selfie. Qualche volta è un peccato che il direttore comandi solo i movimenti dell'orchestra.

Non dura mai abbastanza questo attimo di pensieri, non piú del respiro che incamera il fiato prima del battere, eppure ci scorrono dentro molte cose. L'istante che precede il primo gesto è una sintesi di intenzione. Una parte di me, nella ricerca della lentezza d'inizio, è già proiettata al secondo movimento della sinfonia, ai suoi illogici toni lieti e aperti segnati da quell'allegro con grazia che tanto somiglia al lampo di bellezza sublime a cui certe donne sui cinquant'anni accedono misteriosamente dopo essersi lasciate alle spalle le incongruenze della gioventú. È una morte che ha ancora il tempo di sognare la vita, quella di Tchaikovsky, impastandosi della sua dolcezza ma sentendoci già dentro i suoni minacciosi di un dolore vicinissimo. Ho diretto tante volte l'opera, per una toscana cominciare con Puccini è persino banale, ma la sinfonica è qualcosa di davvero ulteriore, un atto di immaginazione pura dove non esiste libretto a condurre la logica, né costumi e scene a distrarre chi ascolta dai funambolismi dell'orchestra. Il tempo rarissimo dei 5/4 di quel movimento – anche questo mai usato prima in una sinfonia – fuoriesce come un valzer dagli strumenti, costringendo tutto il teatro a ballare mentalmente una danza macabra con scheletri annunciati. I conservatori ti preparano alla tecnica della musica, ma nessuno ti prepara all'emozione che ne deriva e alla quantità enorme di disciplina che richiede. La prima volta che ho diretto ero troppo preoccupata di non sbagliare un movimento e non deviare nemmeno un istante dalla strada sicura della partitura. Avevo assistito a cosí tanti concerti in cui i direttori si prendevano libertà inspiegabili rispetto alle intenzioni dei compositori che mi ero ripromessa che quando sarebbe toccato a me avrei saputo tenere sotto controllo la libidine dell'anarchia, la voglia delirante di far suonare Verdi come me, Puccini come me, Mozart come me. Ero convinta che fosse lí, dentro allo spartito assegnato a ciascuno, che la disciplina andasse maggiormente esercitata. Mi sbagliavo, ma per capirlo ci sarebbero volute molte altre direzioni, una piú difficile dell'altra, fino a quella in cui sali sul podio e per la prima volta non senti piú la paura di sbagliare la tecnica e puoi lasciarti andare all'emozione. È lí che si nasconde la vera trappola: in te. Quando arriva quel momento la musica che credevi di conoscere benissimo ti si rivela magmatica e insidiosa e il cuore che fino a un istante prima era solo una pompa idraulica comincia d'improvviso a comportarsi come un criminale sconosciuto che era rimasto nascosto in un anfratto in attesa dell'agguato al passante distratto. Dicono le statistiche che sia sulla strada di casa che succedono gli incidenti piú gravi, perché chi guida crede di essere al sicuro su un tracciato che conosce perfettamente. La prima volta che l'emozione mi ha assalita è andata proprio cosí: mentre le note che sapevo alla perfezione e i tempi che avevo studiato fino a farli totalmente miei mi facevano sentire al riparo, dai precordi e dal silenzio apparente degli organi interni ha cominciato a spandersi un'energia inattesa, sfrangiata e frizzante. Il movimento, forte degli automatismi acquisiti, non ha cambiato mai la sua armonia cinetica, ma il mio stato d'animo era in completo subbuglio. C'erano passaggi in cui volevo piangere e altri in cui il sorriso voleva salire ebete al viso rompendo la tensione della concentrazione. Per non fare l'una né l'altra cosa dovetti fare appello a tutto il mio autocontrollo e quando l'ultima nota sospesa si spense nel teatro io avevo in cuore un tamburo frenetico e il fiato corto di una corsa segreta. Credo capiti qualcosa di simile quando il destino ti fa lo scherzo di farti innamorare di un amico, smontando in poche mosse tutta la retorica hollywoodiana del colpo di fulmine. Chi lo ha provato conosce bene lo straniamento generato dal guardare la persona che conosci da anni come se la vedessi per la prima volta. Ci hai mangiato e bevuto, magari eravate compagni di liceo o vicini di casa, complici di mille segreti irrivelabili. Può essere qualcuno di cui hai visto scorrere gli amori e ne hai accolto gli alti e bassi in confidenza. Qualcuno a cui hai prestato la spalla per piangere e qualche volta hai pianto tu sulla sua. Quando credi di sapere tutto di lui e di non dover piú temere guizzi, accade l'imponderabile: un gesto minimo compiuto distrattamente squarcia il velo della quotidianità e ti mostra qualcuno che, credendo di conoscere, avevi in realtà solo supposto. Di solito non sono eventi eclatanti a generare questa epifania, al contrario. È il modo in cui una palpebra si chiude per un riverbero, una vena mai vista prima pulsa silenziosa su una tempia, o magari il gesto di una mano che a tavola spezza un grissino e frantuma insieme la sua crosta croccante e tutte le tue sicurezze acquisite. Tanto si è armati davanti all'attrazione per un estraneo, tanto si è nudi davanti all'emozione che sorge inattesa per una persona creduta familiare, quando le armi sono state deposte e la sorpresa ha lasciato da tempo il posto alla fiducia. Cosí accade con le partiture note, amiche intime di tecnica, ma inattesi colpi di fulmine di emozione che possono rivelarsi detonanti quando meno te lo aspetti. Quando è accaduto ho avuto paura, non mi vergogno a dirlo, perché il mio lavoro è fatto soprattutto di controllo e lasciarsi sovrastare dall'emozione improvvisa può fare brutti scherzi. Ma alla fine di tutto, una volta sola nel camerino, mi sono guardata allo specchio e ho capito che il turbinio segreto che mi era capitato era un privilegio. Ho compreso in un attimo perché certe direzioni d'orchestra non mi erano piaciute anche se non gli si poteva fare un solo appunto tecnico. Avevo assistito a esecuzioni immacolate senza sentire alcun bisogno di lodarle e credevo dipendesse da una mia deformazione professionale, dalla perdita della verginità dell'ascolto che rende cinico davanti alla musica chiunque la faccia per mestiere. Non era cosí, evidentemente. Solo lí realizzavo che esistevano due tipi di direttori d'orchestra: quelli per cui la disciplina e il controllo erano la stessa cosa e gli altri, gli uomini e le donne per cui la disciplina valeva ancora nel suo senso etimologico: riportarti alla condizione del discepolato, quella in cui continui a imparare anche se tutti ti chiamano già «maestro». Non c'era immaturità o caos nelle emozioni che mi si erano scatenate dentro proprio nel momento in cui credevo di avere raggiunto il massimo dell'autocontrollo tecnico possibile. C'era invece qualcosa da imparare e anche se non saprei dare il nome a quel qualcosa, so che senza averlo imparato la *Sesta* di Tchaikovsky non la si esegue, al massimo la si riproduce. Cosí so già che il terzo e quarto movimento mi arriveranno come onde d'impeto, uno con la nevrosi del suo allegro molto vivace, senza piú la grazia che lo arginava nel secondo, e l'altro con la sua tristezza lugubre di fagotti e flauti congiunti, finalmente espressa senza piú filtri. Nessuno strumento ha emesso già suono e la mia bacchetta è ancora una molla tesa che aspetta il rilascio, ma tutto quel potenziale è già lí, la regola e l'emozione, la matematica e la poesia, quel che conosco e quello che è ancora misterioso.

Per onorare l'intenzione di requiem che Tchaikovsky ha messo in questa partitura ho indossato un vestito rosso, il piú antico tra i colori del lutto, quello con cui ancora si celebrano i funerali di un papa. Glamour, diranno gli ammiratori. Esibizionista, diranno i detrattori. Fuori luogo sul podio in ogni caso lo penseranno forse tutti, perché se quello che indossi si nota piú di quel che fai vuol dire che hai sbagliato a indossarlo. Invece nulla è fuori luogo di questa prima volta. Io qui sono al posto giusto tanto quanto lo è il rosso su di me e la bacchetta nella mia destra, perché c'è una prima volta per un silenzio in un finale, per un 5/4 in una sinfonia e anche per una donna giovane in rosso che sa governare la musica. Non tutti capiranno, ma non importa. Non è pensata per tutti l'armonia complessa creata da un infrattore di regole, uno che sa comporre gli accordi melodiosi che può amare chiunque e conserva le dissonanze per i pochi che sanno farsi scompigliare le aspettative. Dietro di me in questo teatro ci sono gli uni e gli altri e a ciascuno di loro io devo il meglio che posso.

Ora tacciono.

Ora è il momento di iniziare.

La vedova nera

– Ti ho preso una cosa.

Mio marito mi posizionò sotto il naso un pacco lungo e sottile che poteva contenere indistintamente un kalashnikov o un paio di sci. La mia faccia sbalordita doveva essere molto eloquente e in effetti non sapevo se essere piú stupita del dono o del fatto che lui si fosse ricordato che era il nostro anniversario di matrimonio.

– Un regalo…

È sempre nei momenti in cui dovrei dire le cose piú intelligenti che mi escono di bocca quelle piú stupide e lui trovava molto divertente prendermi in giro per quella mia debolezza.

– Ovviamente no, dopo dovrai pagarlo. Ma per ora ce l'hai in comodato.

Risi nervosamente e presi in mano il pacco, scoprendolo molto leggero a dispetto delle dimensioni.

– Dimmi che non è una scopa elettrica, giuro che se mi hai regalato un elettrodomestico te lo infilo dritto per… – mi interruppe con un gesto netto.

– No. Niente elettrodomestici. È un salvavita.

Sempre piú curiosa cominciai a manipolare il pacco lentamente. Facevo sempre cosí sin da bambina, anche a Natale, il che mandava in bestia tutti i parenti desiderosi di udire i miei urletti deliziati davanti al frutto del loro impegno nella scelta. Se avessero intuito quante volte sono stati capaci di deludermi con i loro regali micragnosi, dozzinali o fuori luogo credo che avrebbero apprezzato maggiormente il piacere che mi prendevo nel rimandarne lo svelamento. Succedeva lo stesso anche con mio marito, l'altro, prima che morisse. Considerato però che quel pacco era l'unico regalo che il mio secondo marito mi avesse mai fatto per una ricorrenza, speravo davvero che almeno stavolta non fosse cosí.

– È bello voluminoso... – mormorai scartando con cura la scatola di cartone i cui contorni sentivo chiaramente sotto le dita.

– Per forza: deve affrontare nemici potenti.

Non so perché, ma a quelle parola nella testa mi passò rapidissima l'immagine della faccia rubizza del nostro vicino di casa, il classico stronzo arrogante che cammina impunito per strada solo perché l'omicidio è ancora un reato punibile. Faceva il camionista e ogni sera parcheggiava di prepotenza il rimorchio del tir a filo del nostro vialetto, costringendomi a manovre da contorsionista per uscire con l'auto la mattina presto. Accarezzai l'ipotesi che dentro alla scatola ci fosse davvero un fucile di precisione, ma naturalmente non poteva essere. Ero sempre piú incuriosita. Dalla carta lacerata apparve all'improvviso l'immagine stampata di un gigantesco ragno peloso, satinato e molto realistico. Istintivamente allontanai le mani dalla confezione, subito accompagnata dalla risata di scherno di mio marito.

– Stai tranquilla, non ci sono ragni.

Poco convinta, continuai a lacerare l'involucro con piú circospezione. Continuavano a comparire ragni di varie dimensioni stampati sulla confezione. Quando strappai anche l'ultimo pezzo di carta colorata, sul frontespizio era comparsa anche una grande scritta verde e viola: SPIDER-CATCHER. Cattura-ragni. Fissai mio marito senza indulgenza.

– Che diamine mi hai comprato?

– Un'arma di legittima difesa, tesoro. Ti servirà quando i ragni giganti ti assalgono e io non sono presente.

Non avevo idea di cosa fosse uno *spider-catcher*, ma il pacco mi respingeva. Se l'oggetto che conteneva era stato pensato per gli aracnofobici sarebbe stato meglio che la ditta cambiasse esperto d'immagine: nessun nemico dei ragni avrebbe mai comprato un prodotto con tutte quelle tarantole a grandezza reale impresse sulla confezione. Ma mio marito dei ragni non aveva mai avuto paura, proprio come quell'altro.

– Non fissare la scatola cosí: aprila! Vedi come è fatto, è divertente...

Divertente non era l'aggettivo che avrei usato per descrivere la situazione. Sotto il suo sguardo sollecito aprii la scatola con diffidenza sempre maggiore e in un trionfo di cellophane mi apparve quello che sembrava essere un incrocio tra una pistola giocattolo a canna lunga e uno scopino per pulire il cesso. Lui se ne impossessò con prontezza, privandomi del gusto di compiere l'ennesimo lentissimo spogliarello dell'ultimo strato di imballaggio. Liberò la pistola senza preamboli e ne allungò la canna fino alla sua massima estensione, mostrandomi che era telescopica.

– Vedi? Raggiunge la lunghezza di un metro e ottanta, cosí puoi prendere i ragni senza mai arrivarci vicina. Una figata!

Premette il grilletto verde menta della pistola e lo scovolino di plastica in cima alla canna si spalancò improvviso come un fiore carnivoro, diventando prensile. Rimasi delusa. Avevo sperato che partisse come un proiettile infilzando il ragno al muro sul colpo, invece era una specie di innocua manina che lo afferrava senza nemmeno schiacciarlo. Realizzai d'un tratto che per il nostro quinto anniversario di matrimonio l'uomo che avevo sposato mi aveva appena regalato un afferra-ragni di plastica a forma di pistola. Io e Nora avevamo preso per il culo Silvia per mesi quando Giorgio le aveva regalato la macchina da cucire, ma a confronto dello *spider-catcher* una macchina da cucire era un solitario di Cartier.

– Non li uccide neanche, – commentai asciutta.

– Non è detto che chi ha paura dei ragni voglia ucciderli. Questo coso li prende vivi, poi decidi tu.

– Io li voglio morti. Che me ne faccio di un ragno prigioniero? Apro un campo di concentramento per ragni?

Il tono di voce mi si era sollevato. Non era cosí che avrei dovuto reagire, me ne rendevo conto, ma a quanto pare nemmeno gli anni di educazione all'ipocrisia davanti ai regali intelligenti da bambina secchiona erano bastati a prepararmi a ricevere un afferra-ragni per l'anniversario di matrimonio, specialmente da uno che aveva la dichiarazione dei redditi a sei zeri. Il fesso, che forse si era aspettato maggiore riconoscenza per la fantasia, davanti alla mia reazione dava segni di frustrazione.

– Devo ricordarti che la settimana scorsa mi hai fatto uscire prima dall'ufficio perché venissi a uccidere il ragno in bagno? Devo descriverti la scena di te in lacrime che urlavi rannicchiata sul piatto doccia mentre quello camminava sereno sull'accappatoio per terra?

Scandiva le sillabe puntandomi il dito contro e per un istante ebbi l'impressione che fosse dotato di un indice telescopico che mi si proiettava addosso. Diventai anche io piú ostile.

– E se avessi avuto questo coso in casa cosa avrei fatto, secondo te? Sarei uscita dalla doccia, avrei scavalcato l'accappatoio, avrei preso il tuo stupido scopino e sarei tornata in bagno ad affrontare il ragno?

– Forse non l'avresti fatto, è vero. Ma avresti potuto!

– Ah. Avrei potuto. Beh, questo cambia tutto, in effetti.

– L'avresti afferrato e lo avresti portato in giardino a distanza di sicurezza, poi…

– *Non esiste* una distanza di sicurezza con i ragni!

Quando mi resi conto di aver gridato era tardi. Mio marito mi guardava ammutolito. Aggiunsi qualcosa per disinnescare la tensione.

– Tesoro, so che volevi aiutarmi, ma un'aracnofobica non ha paura del ragno che ha davanti: ha paura di quello che ha nella testa.

– È illogico...

– Certo che è illogico! È per questo che si chiamano fobie.

Il coso acchiappa-ragni giaceva sul tavolo in mezzo alle spoglie della sua scatola, inutile come la creatura che l'aveva progettato, probabilmente un altro marito benintenzionato a far felice la moglie fobica. Lui e mio marito per un attimo mi sembrarono fatti della stessa materia color pastello, allegra e insensata. Mi intenerirono entrambi.

– Potresti provarci, – disse lui piano, – non dico con tutti, ma almeno quelli negli angoli in alto...

– Ci proverò, se sono nella posizione giusta. Ma dopo cosa ne faccio?

Negli occhi gli si riaccese una luce di speranza.

– Preparo in giardino una tavoletta con del collante vischioso, cosí li appoggi e muoiono da soli. Che ne dici?

Un ragno non si lascia mai morire lentamente. Grida per ore il suo lamento in ragnesco e poi arriva la sua mamma. Non ero pronta ad affrontare la mamma incazzata di ogni ragno che avrei acchiappato con quel coso, ma non ero pronta neanche a dire a mio marito che avevo paura della mamma del ragno.

– No, rischi che ci resti incollato qualche passero. Prepara piuttosto un secchio con acqua e acido muriatico. Voglio che muoiano in fretta.

Mi guardò per un istante, scambiando la mia affermazione per uno scrupolo di coscienza. Sorrise piú rilassato.

– Hai ragione, che stupido... cosí non hanno neanche il tempo di soffrire.

Gli sorrisi a mia volta. Eravamo sposati da cinque anni e quell'uomo di me non aveva ancora capito niente, proprio come quell'altro. Mi ravviai i capelli con un gesto morbido e mormorai dolcemente:

– Perché causare inutile sofferenza a una bestia inconsapevole... – Mi avvicinai a lui aggirando lo *spider-catcher* con un gesto sinuoso del fianco.

– Sei bellissima e cosí dolce... – sussurrò accogliendomi tra le braccia.

Lo diceva sempre anche quell'altro.

– Cento di questi giorni, – sussurrai io affondandogli il viso nella spalla.

Mosca cieca

Chiara.

– Siediti qui. È il letto.

Mi guida lentamente, fino a farmi toccare la sponda con le ginocchia. C'è un condominio di aromi suoi nell'aria della stanza, sudori di fatiche diverse che potrei chiamar tutte per nome.

– Nicola, lo sento che è un letto. Sono cieca, non deficiente.

Rido e mi siedo lentamente, senza posare le mani sul copriletto. Gli oggetti sono prevedibili, sarà per questo che la gente ci si affeziona piú facilmente che alle persone.

– Scusami… non è quello. È che io non saprei come muovermi, mi sentirei perso…

– Una stanza non è il posto peggiore dove perdersi.

– Non sei mai stata qui, è tutto nuovo.

– Non è mica sempre un male perdersi. Di che colore è il copriletto?

Al tatto è soffice, sembra pile. Non so come possa essere cosí morbida una cosa che deriva dal petrolio. Avvolgersi nella chimica pura per dormire è uno strano modo di sentirsi protetti.

– … È rosso –. Si è preso una pausa per rispondere. Vuol mentirmi sul colore del suo copriletto? – … Colore della Ferrari.

Lascio scorrere la mano fino al cuscino, lo tiene fuori dal risvolto. Un mezzo invito. Chissà se se ne rende conto.

– Nell'altra camera era a scacchi… Posso distendermi? – L'ho già fatto, comunque.

– Certo, mettiti comoda. C'è altro –. Ci riflette un attimo. – Chiara, perché mi chiedi sempre di che colore sono le cose? Mi spiazzi, non so mai se mi stai prendendo per il culo...

– Se ti dico che ti sto prendendo per il culo ti senti rassicurato? – È piacevole distendersi, il materasso è compatto e accogliente, nessun cedimento strutturale che possa rendere il sonno precario. È uno a cui piacciono le cose stabili, Nicola.

– No, è che non sempre capisco il tuo umorismo... Voglio dire, chiedere il colore come se...

Si muove per la stanza, lo avverto.

–... come se facesse differenza, tanto non li vedo, dici. Hai ragione, dal tuo punto di... vista –. Comincio a divertirmi. – Secondo te perché te lo chiedo?

– Perché ti piace mettermi in imbarazzo. Perché sei stronza.

Amo quando ride cosí, quando vuole farmi credere che non pensa le cose che dice e invece le pensa davvero. In tre anni almeno questo non è cambiato.

– Sempre pronto a pensare il peggio, come sempre. Quando lo chiedo a mia madre, mi dice che sono come uno scemo che vuol farsi spiegare una barzelletta. Intendi la stessa cosa?

– Che merda. No, non volevo dire questo, ovviamente.

– Ammettilo, ha ragione lei. Pensi che mi manchino gli strumenti, come agli stupidi per capire. Solo che lo stupido ha il vantaggio che non è obbligato a rendersene conto.

Me lo merito questo silenzio, me lo sono guadagnato con cura. Lo godo finché non lo spezza.

– Sei ancora arrabbiata.

Non se lo aspettava. Forse non sono solo gli stupidi ad avere manie di adeguatezza, dopotutto.

– Ti sbagli. Lo ero, è vero, ma è passata.. Ti ho perdonato –. Chiudere gli occhi è un atto dovuto, per via di quella stronzata che siano lo specchio dell'anima. Chissà se vale anche per gli specchi rotti. – Vieni a sederti qui, Nico... dài –. Gli faccio spazio e lo percepisco piú vicino.

– Speravo che con il tempo avresti capito perché è successo...

È deliziosamente guardingo, sento affossarsi di poco il materasso all'altezza del mio fianco.

– Speravi male. Ho capito subito. Lui ha detto basta e tu gli sei andato dietro. Dopotutto eri amico suo, no? – Cambio registro. – Di che colore sei vestito?

– Chiara... – Il sorriso lo posso sentire nel suono del mio nome in bocca a lui.

– Sí, Nicola?

– Ho una camicia azzurra e un paio di jeans scoloriti... – Ride ancora e rido anche io, il materasso sussulta al movimento piú rilassato che compie. Bene. Benissimo. – Sei proprio stronza, confermo.

– Mi sopravvaluti. Voglio capire se i colori che vedi tu sono gli stessi che sento io. Non penserai mica che sia una questione di vista.

Si muove e sono odori sovrapposti dal letto e da lui. Refoli improvvisi, qualcuno fresco di pochi istanti, altri persi come semi caduti, a germinare ricordi. Mi sollevo dal letto il tanto per guadagnarmi una prospettiva migliore su quel parco di aromi inconsapevoli. Li spande con tutta innocenza, brutto bastardo.

– Facciamo finta che ho capito cosa intendi? Per me i colori sono cose che si vedono, Chiara. Dirti che sono vestito di azzurro che senso ha, dato che tu non hai mai visto niente di azzurro in vita tua?

– Sei noioso. Non diciamo cose come «parole amare» o «sguardi duri»? Eppure uno è attinente al gusto, non all'udito, e l'altro al tatto, non alla vista –. Chiara la maestrina non è la sua Chiara preferita. – I colori che non vedo li assaggio, li tocco e li annuso.

– Non è la stessa cosa.

– Non lo so se è la stessa cosa... Tu potresti chiudere gli occhi e vedere la differenza –. Se gli sfiorassi la mano, la ritrarrebbe?

– Non è vero. Io i colori li ricordo anche se chiudo gli occhi, non ho bisogno di vederlo per sapere cosa è il rosso –. Non la ritrae. Ha cambiato anche colore, l'azzurro si è perso per strada.

– Cosa è il rosso?

Chiedo quello che so e anche quello che non posso sapere, la mano è tiepida, le dita lunghe, la domanda perfetta.

– Chiara, che cazzo di domanda è? Il rosso è rosso, non è una cosa che si può descrivere...

– Tu provaci.

Nicola.

Mi sento vagamente cretino. Sta giocando come il gatto con il topo oppure sono paranoico io? Faceva cosí anche tre anni fa, con lui.

– Il rosso è... è il colore delle fragole, delle ciliegie. Della Ferrari e di certi vestiti di Valentino. Di un tramonto... Chiara, ma che diamine! Non è possibile dirtelo senza riferirmi a cose che comunque non vedi.

Di nuovo quel sorriso, quello sguardo come se mi vedesse. Dentro, però. No, non ti faccio guardare dentro, Chiara mia. Non stavolta.

– Hai poca fantasia, Nicola. Ti accontenti dei colori che vedono tutti... Io voglio sapere come sono i colori per te.

– Se dico che non ti capisco mi prendi per idiota?

Stringe la mia mano tra le sue, lievemente. Ha le dita piccole di una bambina, le unghie mangiate di una bambina. Facile credere che sia una bambina.

– Non l'ho mai fatto.

Touché. Che freddo il suo dito sul palmo.

– Nico, ti fidi di me? Mi fai fare un piccolo gioco?

– Che cosa hai in mente?

– No, sulla fiducia. Ti fidi o non ti fidi. Alla cieca –. Ride di quella battuta, non posso fare a meno di ridere anche io. Ma non è divertente.

– Alla cieca. Spara.

– Abbassa la tapparella fino a far buio. Se non è tutto buio ti metti una cosa sugli occhi.

– Vuoi giocare a mosca cieca? – Stavolta tocca a me la palma della domanda piú idiota.

– Voglio farti sentire i colori. Ma dobbiamo giocare ad armi pari, Nico. Diventa cieco per me.

Dio mio, come lo dice. Come rotola il mio nome in quella bocca piccola. Un suono di caramella succhiata. Allenta la presa sulla mano e mi lascia alzare per obbedirle.

– Diventa cieco per me.

– Non sarebbe nemmeno la prima volta, Chiara mia.

La luce scompare e restano i contorni sfumati delle cose familiari, frugate dalle lame di sole sfuggite alle fessure della tapparella. Non scende mai fino in fondo.

– C'è ancora luce, vero?

– Un po', sí. Ma proprio poca, molte cose non le vedo quasi.

– Quasi non è come non vederle. Quasi è un pezzo di completamente. Bisogna che tu non veda nulla o non capiresti. Prometti che tieni gli occhi chiusi.

– Prometto.

– Se menti, me ne accorgerò.

Non so come, ma so che è vero.

Chiudo gli occhi ed è buio sul serio. Le palpebre tremolano, sembrano troppo leggere per stare abbassate senza un atto di volontà preciso; obbediscono a una gravità diversa dalle altre cose, opposta. Mi siedo cosí, cercando a tastoni il posto di prima, sfiorandola appena. La sento muoversi leggermente, alla ricerca di un equilibrio nuovo sul letto.

– Adesso siamo pari. Ti mostro cosa sono i colori per me. Perché i colori non sono mica cose che si vedono.

Le dita che trovano la mia mano vanno a colpo sicuro, non mi cerca incerta come farei io.

Strano, alla luce la sua pelle sembrava piú fredda.

– Sono curioso… ma se non capissi, spero capirai tu me.

– Oh no, Nico. Vedrai che capisci.

Dove mi porti, Chiara mia, in questo buio dove tu sei a casa e io di passaggio? La sento chinarsi verso di me, mi solleva la mano al suo viso. La incontro cosí, con le dita arrese tra cui filtra il fiato tiepido e sottile, come quello di un piccolo animale.

Quando tace sembra buio anche il silenzio.

– Lo senti il mio respiro?

Chiara.

– Lo senti il mio respiro?

Voglio che lo dica. Quando lo dici, diventa piú reale. L'altra volta non ha detto una sola parola.

– Sí…

– Se dovesse avere un colore, come lo vedresti?

Gli frugo la mano con il fiato, la bocca e il naso a pochi centimetri. Abbastanza per percepirli vicini, non abbastanza per toccarli. Non ancora.

– Rosa, credo…

Mi viene da ridere. È piú facile di quanto credessi. Stupiscimi, ti prego, con le tue mani odorose di libri sfogliati e di polvere di ematite sotto le unghie corte.

– Nicola, offendi la mia intelligenza. Tu senti che il mio respiro è color dei confetti e dei fiocchi di nascita delle bambine… Hai gli occhi chiusi bene?

– La tua intelligenza è troppo permalosa. Certo che li

ho chiusi, se ti dico che li tengo chiusi... Hai ragione comunque. Non è rosa.

Accosto le labbra al suo palmo e il respiro mi torna indietro al volto, riflesso dalla sua pelle.

– Bene... e di che colore è? – Parlargli nell'incavo della mano dà un suono diverso alle parole. Anche gli ordini sembrano promesse.

– È un tipo di verde. Lo vedo come un verde scuro, ma non cupo...

– Da rosa a verde. Hai le idee chiare. Sicuro che sia verde, il mio respiro?

Parlo sulla sua mano, gli semino sulla pelle il fiato caldo perché germogli pensieri e sensazioni. Lo so cosa sta pensando, lo sento nell'odore che cambia piano. Un pensiero già pensato. Non è capace neanche di non farmelo capire. Lui non li fa i pensieri come quello. Li commette.

– Non sono sicuro, Chiara, certo che no... cambi di continuo intensità...

Uno sfiorare lievissimo di labbra, troppo poco per essere un bacio. Ma al buio tutto sembra piú grande, piú netto, piú violento. Te lo ricordi, Nicola?

– Mi piace questa cosa che il colore cambia...

– Cristo, Chiara! Che cazzo fai!

– Di che colore era questo?

Bisogna chiedere dolcemente. Il morso è stato brevissimo, alla punta dell'indice inerme.

– Mi hai fatto male, ecco di che colore era!

– Bene. Cosí mi dici di che colore è il dolore per te –. La mano che aveva ritratto torna a rilassarsi. – Chiamarlo dolore è dargli troppa importanza. Il dolore è un'altra cosa, Nicola.

– Questo gioco comincia a non piacermi...

Non gli piace.

Non ricordo in che punto della conversazione ho detto che doveva piacergli.

Nicola.

– Non ci stai provando seriamente, ecco perché non ti piace. Di che colore era il dolore del morso?

Ha la voce ridente, riesco a immaginarla mentre sorride in quel modo un po' carogna.

– Altroché se l'ho sentito –. Rido, nonostante tutto. – Era bianco. Il colore dei flash delle macchine fotografiche e delle ginocchia appena sbucciate, quando il sangue non è ancora salito alla superficie –. Realizzo che la carne umana è carne bianca, come il pollame. Come erano le sue cosce dischiuse, tre anni fa.

Quando non ti puoi distrarre con gli occhi, come ti difendi dai pensieri come questo?

– Vedi che ci riesci! Anche per me il dolore è bianco. A volte.

Sento di nuovo il suo fiato sulla mano, il peso che si sposta lungo il materasso verso di me. Scorre facile, scorre veloce. È vicina tanto in fretta che non potrei spostarmi nemmeno se lo volessi.

– Sono curiosa di vedere che colore dai a questo.

L'orecchio è invaso da quel fiato caldo, non so perché non riesco ad aprire gli occhi. Ha la voce cantilenante di una bambola a carillon mentre mi sfiora il padiglione con le labbra. L'odore del muschio bianco deve essere il suo bagnoschiuma. Cazzo, quanto è vicina.

– Allora?

– È rosso, Chiara. Hai un respiro dannatamente rosso. Come i draghi.

– Mi piace avere il respiro dei draghi. Tu hai un odore blu, invece. Sei blu come tutti i maschi dopo un'ora dalla doccia.

Non si sposta, sento la mano sul petto che sfiora la camicia. Il suo peso contro il fianco è leggero, insistente.

– Lo prenderò per un complimento.

– È vero… I maschi hanno spesso odori simili, specie tra parenti.

Lo ha detto davvero?

Sto zitto.

Ma solo per un po'.

– No, le persone hanno odori inconfondibili. Non si può prenderne una per un'altra, se conosci l'odore.

– Te la sei detta spesso questa stronzata, Nico?

– Chiara…

Mi accosta una mano al viso, la sento contro il naso e la bocca, il palmo contro il mento. Per un istante assurdo penso che mi voglia far del male. Poi arriva l'odore. Una volta basta per ricordarlo per sempre. E io una volta l'ho sentito già.

– A cosa somiglia, Nico?

– A niente. È l'odore di una cosa sola.

– E di che colore è, lo sai?

Colore furtivo e cangiante. Alabastro e onice, tutto screziato di donna. L'odore di un opale.

– Nero.

– Maledetto bugiardo.

Se avesse detto che mi ama non potrebbe suonarmi piú dolce. Sa scegliere il veleno, me lo passa dalla bocca all'orecchio.

– Non è nero. Come non è nero il tuo.

Lo sapeva. Sono davvero stato tanto stupido da convincermi che non lo avesse capito. Lo ha sempre saputo.

– Glielo hai mai detto, Nico?

– No…

– Perché?

– Lo sai perché.

Chiara.

Lo so il perché. Lo stesso per cui non glielo ho detto io. Perché ci sono pensieri che si assolvono commettendoli.

Risposte che uccidono le domande e chi le fa. Lo sapevo che eri tu e non lui, quella sera di tre anni fa. L'ho capito nell'attimo esatto in cui la porta si è aperta e sei entrato. Credevi forse mi fosse rimasto il dubbio. Nel buio non ci sono mai dubbi, perché non esistono le ombre.

– Puoi aprire gli occhi.

Alla pari

Le vittime piacciono alla gente, bisognerebbe farsene una ragione.

È per questo che ci fanno i programmi televisivi apposta. Non passeresti anche tu delle ore davanti alla tv a guardarli? In casa mia ne vanno pazzi. Accendono sempre il Tg a pranzo, che se non vedono la vittima del giorno gli sembra che non è nemmeno ora di mettere in tavola. Ma guarda la figlia segregata in cantina, il bambino rapito e gettato in un pozzo, l'operaio arso vivo nella fabbrica, la studentessa stuprata, il down sfottuto su YouTube, la moglie incinta ammazzata di botte, pensa che è morto anche il bimbo nella pancia, e adesso è una vittima anche lui, povera creatura, passami le zucchine.

Ho scoperto che piacciono molto di piú se sono tutte indifese, le vittime; fragili inermi senza via di fuga che a pensarsi al loro posto uno si sente montare dentro una rabbia che vale un voto. Basta con le vittime, hanno detto il presidente, il ministro, il sindacalista e anche il Consiglio europeo.

Ma glielo dici tu poi alla gente che in tv all'ora di pranzo non ci saranno piú le vittime della società, del terremoto o del lavoro? Che non mangeranno piú i sofficini in compagnia delle vittime della mafia, della guerra e della droga? Che mondo noioso sarebbe mai senza le vittime del caldo, del sabato sera e della violenza negli stadi, creature davanti alle quali è un sollievo collettivo sentirsi di volta in volta giudici, sopravvissuti o fortunati bersagli ancora mobili.

Credo che la gente vada pazza anche solo per la parola «vittima» proprio perché è un altro modo per dire «morto». In fondo le vittime sono tutte persone con una morte addosso, scampata o meno non ha importanza, e la morte resta un evento interessante come pochi altri nella vita, visto che a nascere si nasce tutti nello stesso modo meccanico. Respira, spingi, respira, taglia, cuci, è nato. Che lo chiami Maria o Mario, è nato e basta, punto. Invece il morto, vuoi mettere. Uno non è mai morto e basta, specialmente se è una vittima. È morto sgozzato, o seviziato. Magari sprangato, soffocato, investito, sparato. Ci sono mille participi che nella morte diventano soggetto, tutti utili a dire che la fine brusca della vita è un atto di immensa creatività, cosa importa se non è quella del morto, non esiste comunque nessuno al mondo che voglia perdersi lo spettacolo.

Lui il meccanismo della vittima non l'ha mai preso veramente sul serio, è quello il suo problema. Dipenderà dal fatto che è da quando aveva ventun anni che la morte per lui ha il gusto stantio della consuetudine.

Lungo sopravvivente.

È questa la definizione precisa per i sieropositivi ai quali la terapia ha evitato la morte precoce; tutta gente con una sentenza di morte già scritta, firmata senza data di esecuzione, come si fa con certi assegni da incassare solo quando ce n'è. Che poi se ci pensi bene è la stessa precisa condizione di tutti i viventi, ma quando è l'Aids a emettere l'assegno postdatato, i medici non la commettono la leggerezza di dire che sei vivo nello stesso identico modo in cui sono vive tutte le altre persone. Lui è infatti un miracolato a termine, e può sfoggiare lo status di non-morto, quella sospensione del lutto che si porta appresso una sola certezza: che ogni passo, ogni respiro e ogni desiderio sono atti da sopravvissuto, la sfida del calabrone che vola contro tutte le leggi dell'aerodinamica. In quanto miracolato, lo sapeva benissimo che poteva decidere da che parte della commiserazione stare. Scegliendo di vivere la malattia come una presenza avrebbe avuto un futuro certo, una sistemazione in un mondo di pranzi rituali con la vittima, davanti a una schiera di superstiti con le bocche aperte a mangiare i sofficini e gli occhi spalancati a mangiar lui e la sua imponente dignità di fatto provvisorio, perfetta giustificazione per ogni potenziale mediocrità. Sarebbe stato comodamente esentato dal meritarsi stima sociale per doti sue; molto meglio per le vittime non avere velleità di eccellenza, e meno che mai di normalità, che la performance in qualunque sua forma mal si combina con le esigenze spicciole del caso umano. È un mondo a parte quello che gli si sarebbe aperto, un posto fatto apposta per i perdenti, fuori dal quale chiunque abbia anche una sola probabilità di vincere non otterrà di partecipare. Vanno benissimo la tenacia, l'allenamento, l'eroismo, purché coronino dignitosamente un fallimento. Non ti venga in mente di provare a competere alla pari.

Il vero problema è stato lui dal momento in cui ha deciso che quella malattia non era affatto una presenza, ma un'assenza fino a prova contraria. Niente che impedisca di laurearsi alla Bocconi, e pazienza se con la gente poi non scatta piú l'effetto simpatia. Io me lo vedo bene, a guardarsi allo specchio dei suoi vent'anni e chiedersi quanto tempo resta. Cinque anni? Dieci? Fosse anche uno e basta, non ha nessuna importanza, tanto lui la vittima non la sa proprio fare. Lo immagino perfettamente quanto poco gli ci deve essere voluto a decidere che i suoi sarebbero stati anni di salti verso ogni limite alla sua portata, perché nessuno può mettere un freno a chi si sveglia già ogni mattina con la sua sentenza, e l'ultimo desiderio è avere ancora un altro desiderio. Quell'assenza ha un nome che indebolisce il sangue, ma che sa anche fare silenzio, concedendoti il vantaggio di esserne l'unico custode consapevole. Intorno a lui del resto nessuno è stato mai in grado di accorgersene, e tutto ha funzionato come doveva.

Funziona, si è ripetuto decine di volte, basta volerlo e funziona.

E allora è stato naturale fare subito la domanda a La Banca, il sogno segreto di ogni padre operaio per suo figlio: posto fisso, giacca scura e quel rispetto timoroso che viene dal fatto di poter dire ad un altro: Ti presto i soldi per ristrutturarti la casa, ti accendo il mutuo, ti raddoppio il fido, oppure no.

Funziona, si sarà ripetuto quando lo hanno preso, e continuava a funzionare quattro anni dopo, quattro anni di impegno senza risparmio, sufficienti perché il funzionamento del suo lavoro facesse di lui un funzionario richiesto dalla filiale di Londra. Quattro anni, e vada al diavolo chi dice che non c'è meritocrazia. Lui era bravo, bravo sul serio, tanto che se c'è un ufficio che funziona è il tuo, gli dicevano i colleghi. Allora nessuno piú di lui a Londra può essere funzionario, uno che fa funzionare le cose, uno che permette a una catena di persone competenti di svolgere il proprio compito al meglio delle loro potenzialità. Londra al Customer Care, mica lavoro da routine. Non sportello, non contare soldi, ma la cura del cliente, il settore piú delicato, quello in maggiore espansione, quello che tutti vorrebbero adesso che si è capito quanto le relazioni possano diventare business piú dei servizi stessi: gentili clienti, il Nostro Core Business è il Mondo che Cambia. Noi Siamo La Banca che ti ascolta, questi sono rapporti di Fidelizzazione, che poi vuol dire fedeltà, come nei matrimoni, come nei patti tra amici, un piccolo furto di linguaggio ai danni del mondo della gratuità, ma è a fin di bene, in fondo stiamo lavorando per la Vostra Soddisfazione.

Ci ha creduto sin da subito che avrebbe funzionato. Per i due anni seguenti il suo segreto sembrava talmente insignificante che non gli è sembrato nemmeno il caso di custodirlo piú di tanto. Sono malato, avrà detto una o due volte ai superiori, ma solo un po'; potrei stare male, diceva forse di sfuggita, ma come tutti del resto. Niente che incidesse sulla qualità del servizio, dove i risultati crescenti hanno certificato oltre ogni possibile dubbio che se c'era qualcosa in lui che non funzionava, non incideva per nulla sulla qualità della sua funzione ne La Banca. Certo, c'era la questione del riconoscere il limite tra l'essere funzionario e l'essere funzionale. «Si è identificato nell'organizzazione aziendale», hanno scritto i superiori nel rapporto del 2005 lodando i suoi risultati, come se identificarsi nell'organizzazione aziendale fosse uno stato a cui aspirare, un complimento di quelli grossi.

Identificato.

Come quella volta che passando per strada ho letto sul necrologio di un uomo appena morto le parole «finanziere in pensione», proprio accanto al suo nome. Mi ha stupito che non ci fosse scritto qualcosa come «adorato padre», o «tenero nonno», ma proprio finanziere in pensione. Non ci vedi niente di inquietante tu nel fatto che gli eredi di quell'uomo abbiano preferito qualificarlo attraverso una professione che quando è morto nemmeno faceva piú? Quasi che essere un finanziere in pensione dicesse qualcosa di piú attinente alla sua essenza di quanto non potesse fare l'essere stato padre, nonno o marito.

Identificato nell'organizzazione aziendale.

Identico a quello che faceva, e alla struttura per cui lo faceva.

Chissà cosa avrebbero scritto nel suo necrologio una volta che fosse morto lui. Bancario in pensione. No, forse non in pensione, forse semplicemente bancario. Morto sul lavoro o vivo sul lavoro, alla fine non c'è poi tutta questa differenza se sei identico alla tua funzione, come una cellula nel suo tessuto, come un enzima nella sua struttura chimica. Tutto al suo posto, tutto perfetto. Un corpo unico, tu e La Banca. Uno di quegli organismi che non si ammalano, che non gli va a puttane il sistema immunitario, che sanno riorganizzarsi sempre ed espellere la minaccia con prontezza e decisione. Le persone si ammalano, non

Le Banche. Le Banche al massimo si riorganizzano, e tu chissà quante altre volte glielo avrai visto fare davanti al problema di turno: La Banca del Mondo che Cambia sa come affrontare i cambiamenti problematici, e non avviene niente di diverso il giorno in cui si accorge che il cambiamento problematico sei tu. Non a caso era proprio «Riorganizzazione» l'oggetto della richiesta del suo rientro a Milano da Londra dopo sei mesi di assenza ordinaria per malattia. Sei mesi, i primi mai chiesti dall'inizio della sua storia con La Banca, un periodo apparentemente lungo, ma non piú di quello concesso ad altri, quando è loro servito. Come quando uno si rompe un osso di quelli importanti. Come quando uno chiede congedo per avere un figlio, solo che di solito quando fai un figlio o ti rompi un osso poi non ti trasferiscono d'ufficio. Rimpatrio per non meglio precisati motivi, ma in fondo non c'è nessuna necessità per cui La Banca debba rendere noti i suoi disegni elevati ad ogni singolo ganglio della struttura. Si fanno le valigie senza storie e va bene cosí, del resto lui lo ha visto fare anche con altri colleghi. Non ha protestato perché quando sei cosí abituato a considerare gli interessi de La Banca esattamente identici ai tuoi interessi, è normale sentirsi almeno un po' in colpa per avere smesso di essere funzionale a La Banca per cosí tanto tempo. Proprio lui, che con il suo apporto era tanto utile, lodato in ogni rapporto, si era rivelato debole, inutile laddove anche l'inutilità è un danno oggettivo. Ha capito facilmente le ragioni de La Banca, perché su un malato non si può mica contare come su uno sano. Magari poi risuccede che uno si assenti, e questo non è funzionale. Magari è meglio Milano, che anche se uno sta male, almeno è in Italia. Stare ancora male del resto era tutt'altro che una prospettiva remota, e tornava a porsi anche la solita scelta, identica a quando aveva ventun anni: fare o non fare il tour della vittima? Legge 104, agevolazioni, privilegi per pareggiare gli svantaggi di partenza; innescare la procedura per essere riconosciuti come un difetto per non dover ogni volta sentirsi in difetto. Ma lui non ha cambiato idea nel frattempo; la voglia di competere alla pari non era lo sfizio del neolaureato bocconiano con l'ansia della performance. Chi se ne frega della possibilità di farsi riconoscere una invalidità permanente dovuta alla malattia cronica. Lui non è affatto invalido, è validissimo e l'unica cosa permanente che desidera gli venga riconosciuta è il lavoro. Lo sa fare e lo ha già dimostrato, ci vuole solo un po' piú di considerazione del suo stato, dopotutto i suoi capi gli hanno detto di saperlo bene che lui è «malato da anni». Ma se lo sanno, allora cosa significa quello storno in busta paga degli incentivi da funzionario in missione degli ultimi sei mesi a Londra? Di quelle buste paga negative, all'ufficio personale non sanno nemmeno cosa dire; qualcuno guarda per terra, un altro guarda il computer, quello alla scrivania davanti a lui si guarda il tappo della penna. Il piú anziano trova il coraggio di dirgli che non ha mai visto un trattamento del genere, ma La Banca dice che ha capito male lui, che quei soldi gli sono stati dati indebitamente. Che non se li è lavorati. È una di quelle circostanze dove chiunque altro avrebbe messo l'azienda a ferro e fuoco, avendo le forze per farlo. Ma lui forze non ne ha, e nemmeno determinazione, perché quella l'ha rivolta tutta agli obiettivi da raggiungere, gli obiettivi de La Banca. Non è abituato a pensare a La Banca come ad un potenziale aggressore. Meglio accettare, molto meglio mostrarsi condiscendenti nonostante l'errore ai suoi danni, perché certamente si tratta di un errore. Ha poco senso alzare barricate proprio mentre è in attesa che gli assegnino il nuovo incarico che dovrà ricoprire a Milano, che certamente sarà prestigioso, adeguato al suo livello di professionalità e di impegno. Un incarico consono.

Ma l'incarico ci mette molto ad arrivare. Passano tre mesi. Poi altri tre. Ancora altri tre. Compilare i bollettini è il compito piú complesso che si è visto affidare nel frattempo, e alla fine sono dodici i mesi che passano prima che gli assegnino un incarico, un anno intero per riavere la facoltà di firma. Comincia a venirgli il dubbio che ci sia qualcosa che non funziona, in quel meccanismo che sembrava perfetto. Ci sarebbe da protestare, certo. Ma con delicatezza. In fondo lui vuole lavorare, non sbattere le porte e andarsene. Lui è parte dell'organismo Banca, lavora dodici ore al giorno là dentro, senza risparmio perché lavorare per La Banca e lavorare per sé è la stessa identica cosa. Lui è l'anticorpo, non il virus. È una cellula operaia, una sinapsi fondamentale per la trasmissione del pensiero aziendale. Quello che gli sta succedendo intorno, gli altri funzionari che si riuniscono senza di lui, i colleghi che fanno finta di non vederlo nel corridoio in pausa caffè, non è semplicemente possibile, perché un organismo perfetto non si ribella contro le sue stesse parti, ma le cura e le ascolta per migliorarne le prestazioni. Partner Care, la dovrebbero chiamare. Solo in un corpo umano malato è pensabile che le cellule si possano ribellare contro le cellule sorelle come fanno quelle cancerogene, che le attacchino, che arrivino gli anticorpi come dinanzi a una infezione. Non è possibile che ne La Banca scatti il sistema immunitario contro il proprio stesso sangue, perché Le Banche non si ammalano, Le Banche riconoscono le cellule amiche. Per capire cosa fare per tornare a essere parte accettata dell'organismo, basterebbe comprendere che cosa fa iniziare un processo di eliminazione cellulare. Che cosa fa decidere all'organismo che quella singola parte è di troppo? Cosa fa rimbalzare le tue proteste, cosa fa sí che i colleghi con i quali hai lavorato serenamente ti trattino come un paria, quale misterioso processo fa in modo che persino i sindacati decidano che il tuo caso non è una ingiustizia per cui protestare? Tu sai solo che non sei piú funzionale, e quindi non sei nemmeno piú funzionario, della funzione ti resta solo il nome, come una scatola vuota con la scritta FRAGILE su un lato. Possibile che il problema sia la malattia? Hai altri colleghi malati, nessuno viene trattato cosí. Alla collega che si è operata di cancro al seno hanno fatto la festa aziendale al rientro. All'impiegato che si è rotto il braccio hanno messo tutti la firma sul gesso. Per te si è fatto finta di nulla, la tua malattia non si può nemmeno nominare in pubblico, perché si porta dietro il sospetto che sia il risultato di una colpa, qualcosa che ti sei cercato tu, con i tuoi vizi, con i tuoi desideri contro natura, con le tue voglie importune. Ti sei avvelenato da solo. La tua assenza è una colpa non casuale, la tua mancanza è una leggerezza imperdonabile, il tuo stato è quello che ti meriti, senza commiserazione né pietà.

Non hai un cancro, tu. Non hai un osso rotto. Sei tutto rotto, sei tutto un cancro.

Ogni cosa intorno a te ripete questo come un'eco ultrasonica, senza che mai le parole siano pronunciate. Bastano gli sguardi, bastano le proteste rispedite al mittente, con quel linguaggio burocratico in cui Le Banche sono specializzate, quello che si usa a volte per dire che non c'è niente da dire. Per uno che per tutta la vita ha trattato la malattia come un'assenza, come altra cosa da sé, c'è qualcosa di paradossale nello scoprirsi malato del rifiuto altrui. Sono tutt'altri i sintomi, altri i malesseri non previsti, niente che si possa curare con i farmaci che prendi già, nulla di gestibile con la tua sola volontà.

È una malattia telepatica, il mobbing, sono gli altri a decidere quando fartela venire. Esattamente come l'Aids, è una malattia da contatto umano, sospesa esattamente a metà tra l'invalidità civile e una civiltà invalida. Una delle due te la riconosceranno, ma tu non l'hai mai nemmeno voluta chiedere.

Casa

La casa dei miei ricordi non è la casa dei genitori, ma quella della nonna, dove io e mio fratello trascorremmo la maggior parte dell'infanzia in attesa che mamma e papà tornassero dal lavoro. Quando avevo dieci anni mia nonna ne aveva settantacinque e la sua era una casa rurale passata di mano in mano da tre generazioni, con tutte le stratificazioni di un secolo che aveva visto scorrere molti cambiamenti. Nel letto padronale della camera centrale siamo nati tutti noi bambini ed è morto ciascuno dei nostri anziani, perché quelle erano case in cui si poteva ancora considerare la morte come cosa di famiglia. Credo che vivere gli anni Ottanta in una casa campidanese dell'Ottocento abbia segnato per sempre il mio senso degli spazi e delle relazioni. È lí che ho imparato che chi progetta strutture abitative progetta in realtà comportamenti. In quella casa c'era il bagno fuori come si usava una volta, ma anche un bagno dentro, piú moderno e caldo, ricavato da una delle innumerevoli stanze da letto degli ospiti di cui erano ricche le antiche case campidanesi. Mia nonna fino alla morte si fece un vanto di aver sempre continuato a usare il vecchio, attraversando il giardino. L'orto era pieno di odori e vi trovava posto anche un pollaio, dove ogni mattina dovevo sfidare il terrore del gallo per prendere le uova ancora calde per la colazione. Ricordo una pianta di limoni con le spine lunghe sotto alla quale avevo il divieto assoluto di giocare e un camino piccolo e radente al terreno che scaldava i piedi e cuoceva le patate sotto alla cenere quando alla sera si raccontavano le storie. C'erano poche finestre, perché le case di una volta non avevano il culto moderno della luce: il calore in Sardegna è sempre stato un nemico spietato da cui proteggersi a suon di fessure e ai bambini si minacciava come spauracchio la Mamma del Sole. In compenso nelle ore meno calde tutte le porte della casa venivano aperte e la strada e il soggiorno erano ambienti considerati confinanti anche nella socialità. Da bambina la via dove sono cresciuta mi sembrava un enorme soggiorno comune dove le case erano poco piú che vani accessori, modesti disimpegni dove sbrigare le cose meno importanti. La privacy, virtú principale della nostra modernità individualista, era un concetto sconosciuto: quelle antiche case rurali erano fatte per incontrarsi, non per evitarsi. Forse è per questo che, memore di quella lezione, da adulta ho scelto di vivere open space.

La testimone di nozze

I due fidanzati si tengono per mano davanti all'obiettivo, ma non si guardano quasi mai. Lui ha una camicia nuova di lino, una di quelle con il collo alla coreana che si comprano taglia media nei negozi alla moda dall'altra parte del mare, e lei ha unghie lucide di perfezione chimica, celesti e turgide come confetti, probabilmente fatte apposta per l'occasione. Sono giovani da tanto, di quella gioventú sospetta che si ottiene rimandando all'infinito le scelte che cambiano la vita. I segni per capirlo sono minimi, piccole cose, qualche filo bianco sulla zazzera di lui, la tonicità incerta del collo delicato di lei, ma sono piú che sufficienti per riconoscerli dispersi in quel decennio artificiale, parallelo alla vita vera, in cui si è troppo freschi per la soglia dei quaranta e troppo poco perché un trentenne creda davvero all'inganno di esserti coetaneo. Quella donna e il suo uomo sono entrambi al bivio definitivo, quello in cui non scegliere ancora è diventato troppo complicato.

Paola non li ha mai visti prima eppure sa che li ha visti già; a decine ne ha incontrate di coppie cosí, uomini e donne che vanno a sposare invece che a sposarsi, dritti verso gli altari non perché ci sia una ragione per farlo, ma perché non riescono piú a trovarne una per non farlo. In apparenza arrivano soli, ma dietro a loro si avverte in sottofondo il mormorio complice di un coro di madri e padri, di nonni e di nonne, di amici e di amiche già da tempo maritate, custodi feroci della convinzione che il compimento di sé, se esiste, sia una parola al plurale.

Paola quel vociare lo detesta con tutte le sue forze, eppure sa che senza quel rumore di fondo, senza il ritmo ipnotico di quella dolce marcia coercitiva, ogni corteo nuziale si fermerebbe prima, molto prima dell'altare. A Ventotene i cortei nuziali però non si fermano mai ed è lí che anche questa coppia mira a giungere, adorna di riso e fiori. Paola non ha mai capito cosa li attiri tutti a sposarsi in un'isola come quella, bella come lo sono solo le solitudini radicali, terra di confino senza riscatto. Forse dipende dal fatto che lei in fondo non è nata lí, ci lavora solamente; ma è facile dimenticarselo guardando il suo colorito d'ambra fatto di sole vero, senza le finzioni lampadate delle donne di città. Sono in molti a domandarsi perché una donna di trent'anni si accontenti di fotografare la felicità degli altri, ma Paola non la chiama felicità la marea che sospinge le persone sin lí come delfini spiaggiati senza rotta, pronti a giurare di amarsi anche quando non hanno alcun amore da giurarsi.

Guarda di nuovo la coppia alla ricerca di una crepa, l'annuncio segreto di un cedimento, ma i pensieri visibili dietro quelle unghie smaltate di fresco e quella camicia scartata da poco non sono promettenti. Qualunque cosa vedranno quei due nelle sue foto a fine giornata molto difficilmente li indurrà a cambiare idea. La scelta della donna Paola potrebbe persino avere la tentazione di capirla, perché non c'è modernità che salvi le bambine dal rischio di nascere già invitate al proprio matrimonio. Nessuno si premura di dir loro che la cerimonia le attende, perché non c'è bisogno di farlo; lo capiranno in fretta con i primi regali di compleanno, con Barbie Magnifica Sposina, con l'abito mini nuziale della prima comunione, con le riviste di gossip che annunciano il matrimonio dell'anno di qualche attrice o calciatore, con i film e i romanzi dove per ognuna c'è la promessa di una passione per sempre, un amore cosí arrogante da poter andare davanti a un altare per sfidare Dio a chi ama di piú. Lui però Paola lo capisce meno. Gli uomini sono verbi all'infinito presente, nulla li obbliga alla coniugazione. Forse per questo sono loro, nelle rare occasioni in cui il corteo si ferma prima dell'altare, a dire basta alla nenia di voci che ne ritma il passo.

Che a muoverli non possa essere l'amore non è in discussione per lei. Le è bastato il sorriso con cui le hanno detto «immortalaci come si deve» per capirlo. Immortale è l'aggettivo per gli amori eterni e immortalare è il verbo dei fotografi di matrimonio. Tutti e due i termini hanno dentro la parola morte e nessuno dei due ha dentro la parola amore. Forse è per questo che Paola l'amore di quei due non riesce a fotografarlo, come per molti altri che vengono a concordare il servizio per le nozze. Si è chiesta spesso se il problema in fondo non sia solo suo, di quel fottuto cinismo che le impedisce di far entrare nello scatto quello in cui non crede. L'alternativa è che non sia abbastanza brava, perché bisogna essere davvero capaci per cogliere la consistenza di qualcosa che tutti nominano solo per dire che non ce n'è abbastanza. Potrebbe essere, e tuttavia Paola sente che stavolta non è cosí, che davvero in quella coppia di trentacinquenni diretti a sposare non c'è alcun bagliore reciproco che meriti di essere guardato due volte, meno che mai svegliarglisi accanto per il resto della vita.

Eppure questi due lo sanno perché sono venuti. Chi va da lei lo sa sempre: Paola Libralato fa servizi fotografici di matrimonio solo se le fanno fare da testimone. All'inizio i futuri sposi non la capivano quella strana richiesta. «Come sarebbe a dire? Il testimone a me lo fa mio fratello, mia sorella, il mio migliore amico...» Davanti a quelle obiezioni Paola ha sempre pensato che avesse ragione Virginia Woolf, che di nemici, non di amici, abbiamo bisogno in certi momenti, ma non si è mai presa la briga di spiegare agli aspiranti coniugi che il termine giusto per la figura che si metteranno accanto mentre avranno già il prete davanti non è «testimone»: chi accetta di far cose simili è già complice. Un testimone è una cosa diversa. Condivide i fatti, non necessariamente le intenzioni.

Non importa quello che si spera: il testimone attesta solo quello che si vede.

Del resto, chi piú di un fotografo può far da testimone? Non è un caso se il suo strumento si chiama obiettivo: *obicere* in latino vuol dire «porre davanti» ed è proprio quello che fa Paola, ma alle sue condizioni, che non sono dure. Facciamo una gita, dice, passiamo un giorno insieme. Prima di sposarvi venite con me a Ventotene. Fate una passeggiata, mangiate uno spaghetto alle vongole, godetevi la campagna, fate come se io non ci fossi, come se non stessi fotografando ogni istante, ogni sguardo, ogni momento che trascorrete insieme. Dimenticatevi che non siete soli. Non dovrebbe essere difficile, dopotutto: siete innamorati, no? Gli altri non dovrebbero essere altro che sfondo, io piú di tutti. Sorride mentre lo chiede e sa che sembra piccola la sua richiesta in apparenza, giusto una spiata concordata e preliminare, come se fosse una cosa da niente portarsi appresso un occhio estraneo mentre si cercano orizzonti da guardare insieme.

È alla fine della giornata che il peso del gioco si rivela per quello che era. È solo allora che Paola apre il suo soggiorno sul mare, mette davanti ai fidanzati dieci delle foto fatte durante la giornata, esce dalla stanza e li lascia soli. Non sono foto brutte, sono solo scatti presi di nascosto, senza pose, rubati nei momenti in cui entrambi si erano dimenticati di non essere soli. Il patto è chiaro e comodo: se dopo aver visto quelle dieci foto la coppia esce dalla stanza decisa a sposarsi lo stesso, Paola il servizio di matrimonio glielo fa gratis. È una sfida a cui pochi resistono, un po' desiderosi di tirare al risparmio e un po' presi dal gioco temerario di farsi rivelare il loro stesso spettacolo. «Dimmi che destino avrò», dice lo sciocco alla chiromante, e di sciocchi Paola ne ha visti davvero tanti in quegli anni. Il rischio che il sipario sollevato dall'obiettivo si apra su un'assenza reciproca non lo contemplano mai, eppure succede quasi sempre.

Cosa accada davvero dentro la stanza delle dieci foto Paola non lo sa, perché non è di quello che deve essere testimone, però le ricorda tutte le donne col mascara colato che sono venute fuori da quel piccolo salotto di verità in primo piano, e gli uomini, giovani e non piú giovani, che ne sono usciti con le labbra strette e la fretta di andar via di chi ha fatto l'incontro sbagliato. Molti non si fanno piú vivi e Paola non sa dire se si siano sposati comunque, magari affidando il servizio a un fotografo piú compiacente. Sa solo che in cinque anni ha fotografato cinquantadue coppie, ne ha accompagnate all'altare sedici, ha incontrato un solo vero amore e purtroppo non è quello che ha davanti.

Sceglie gli scatti da mostrare a quei due con una cura ancora piú attenta del solito. In una foto li ha fermati appoggiati al muretto di un belvedere mentre si scambiano un bacio furtivo a labbra strette sullo sfondo di Santo Stefano. In un'altra li ha sorpresi su una panchina, lei con gli occhi chiusi che si lasciava accarezzare i riccioli dalla mano distratta del fidanzato, lui che con l'altra navigava sullo smartphone in qualche lontanissimo altrove virtuale. In una li ha fotografati camminare in fila a troppa poca distanza per non essere insieme, ma con pose e sguardi che conservavano intatto in ciascuno di loro qualcosa di irrimediabilmente estraneo all'altro. C'è uno scatto dove lui parla con la cameriera del ristorante per fare le ordinazioni e lei, inconsapevole e sola nella sua verità interiore, lo guarda con un'espressione di incontrovertibile disprezzo. Quella foto farà male e Paola ha la tentazione di gettarla, invece alla fine è proprio per quello che la sceglie. Tutta la sequenza degli scatti ha qualcosa di violento, un'arma impropria e scorrevole sullo schermo digitale davanti ai divani dove i futuri sposi aspettano di sedere per illudersi di rivedersi.

Li fa entrare e si prepara a lasciarli soli per tutto il tempo che servirà.

Posa la macchina fotografica sul tavolo e si affaccia alla finestra da dove ogni giorno fa colazione ammirando il mare, l'arroganza dei gabbiani e la foschia che in certe mattine regala al profilo dell'isola il fascino inviolato delle promesse ancora da deludere. A volte si chiede se verrà mai per lei un amore davanti al quale posare l'obiettivo e sorridere, per una volta soggetto e non progetto, complice e mai piú testimone. Non lo attende, ma certe tempeste non vengono su invito e Paola quel fortunale non sa se sperarlo o temerlo. Magari una volta vorrebbe provare, ma soltanto una, quella che basta per sapere se è vero che la vertigine del turbine vale il prezzo delle macerie.

La porta della stanza alle sue spalle si apre d'improvviso e i due fidanzati ne escono insieme presi per mano. Mentre si volta per guardarli incontra in loro uno sguardo di sfida che glieli dichiara nemici senza resa.

– Ci sposiamo comunque, – dice la donna parlando per entrambi.

L'uomo al suo fianco le stringe la mano e le unghie di lei, lunghe e turgide, si affacciano come turchesi dall'intreccio delle loro dita.

Comunque.

In quella parola Paola capisce che una verità là dentro c'è stata, ma che non è sulla verità che vengono prese certe decisioni. Nei loro occhi c'è un sentimento oscuro che lei spera non le capiti mai, perché non è la scelta di farsi l'uno destino per l'altro, ma il patto con cui hanno deciso di mantenere segreto il potere di farsi paura a vicenda.

– Se questa è la vostra decisione io vi fotograferò… – risponde con un sorriso che le pesa, prima di aggiungere con ironia:

– … Comunque.

Elena di Troia

Mentre dormi sei come un bambino, Paride.

Mentre dormi io posso guardarti come realmente ti vedo, senza che tu riconosca nel mio sguardo quel che davvero penso di te. Gli occhi bassi delle donne non li impone il pudore, ma la prudenza, marito mio. Quando si abbassano le nostre ciglia in pubblico nel gioco muto della seduzione, voi ci credete preda di turbamenti davanti alla brama con cui ci indagate il corpo e l'animo. È un bene questo inganno, credimi. Salva orgogli, vite e regni. Per questo mai ho smentito un uomo nella sua convinzione di avermi fatta arrossire per il suo desiderio, né gli ho lasciato capire che a scrutarlo fossi io. Negli anni hanno sorriso tutti in quella danza di sguardi e nessuno di loro ha compreso che cercando fino in fondo alla tana del pudore avrebbe trovato la lancia del giudizio. Dormi dunque, Paride mio, che nel sonno sei come un bambino. La tua pelle nel buio del giaciglio mi appare pervasa da una vaga luminescenza, quasi che quel che di giorno è pallore la notte rivelasse lampi di madreperla sotto l'epidermide trasparente, confessando un cosmo elettrizzato di nervi, vene e arterie, col sangue brillante ad accenderle a una a una. Mentre la coscienza assopita brilla dentro te come una tempesta lontana, la tua peluria fulva però nel buio è quieta, senza lo scintillare acuto che al sole ti vela le braccia di polvere aurea, monili riconoscibili tra mille vasi di terracotta. Cosí mi apparisti il giorno in cui giungesti a Sparta a cercare accordi per la tua casa: un giovane d'alabastro e oro che valeva piú di quanto chiedeva. Se il vello della Colchide ha mai brillato tanto, chi potrà giudicare Giasone per averlo rubato?

Non so cosa vedesti tu guardando me, perché abbassai gli occhi come sempre, come con tutti, e non te lo chiesi mai. Ho temuto sempre la risposta e da quel primo silenzio necessario sono giunti tutti gli altri, anche quello che ora ti fa riposare al mio fianco, ignaro e rilassato. Mentre dormi sei come un bambino, Paride, ma quando sei sveglio non sei molto altro.

Eppure stanotte questo silenzio mi pesa come un sasso sul cuore. Ti vorrei sveglio, Paride, sveglio come forse non sei stato mai. Domani andrai a batterti contro Menelao e potresti non tornare. Forse per questo tutte le risposte che non ho voluto in questi pochi anni a Troia mi appaiono invece non piú rimandabili. Se domani morissimo – ché morte sarebbe per me la tua morte – diventa essenziale sapere adesso cosa hai visto quando mi hai guardata. Anche tu, come tutti, hai veduto per prima cosa la bellezza, non ne dubito. Ma in cosa questo ti renderebbe diverso da ogni uomo che mi ha voluta prima di te? Quando posasti gli occhi su di me io sperai nel segreto che non fossero solo i miei capelli a imbrigliarti lo sguardo, non solo la pelle chiara delle donne che in Ellade si considerano di pregio. La ricordo bene quella prima sera, quando venisti come il figlio di Priamo. Mentre parlavi con Menelao e i suoi consiglieri alla tavola che era stata preparata per accoglierví, ti feci credito di qualcosa che in un uomo non avevo mai sperato. Tra le carni arrostite e il vino che scorreva senza risparmio io sognai di essere capita, un lusso che nemmeno il denaro di mio padre e la generosità di Menelao mi avevano mai potuto comprare. Le donne belle sono patrimonio di tutti, ma non possiedono niente di proprio. Mentre da bimba le balie mi pettinavano stringendomi in trecce e vezzi nessuna mi disse che il prezzo del mio splendore sarebbe stata la solitudine, che troppo brillava il mio sole per tollerare altri astri nella propria orbita. Eclissa ogni altra, diceva mio padre, fiero che ognuno guardandomi perdesse la capacità di vedere tutto il resto. Non è questo che fanno le eclissi nel cielo? Svegliati, Paride, e giurami che non è cosí che sei caduto anche tu, accecato per aver guardato troppo e troppo a lungo!

Voi siete buona, questo mi dicesti tra le poche parole che scambiammo quella sera. Voi siete buona. Non lo so perché lo hai detto. Certamente non potevi sapere che per ogni giorno della mia vita io ho cercato disperatamente di essere buona, qualunque cosa voglia dire essere buoni crescendo a Sparta, dove ogni indulgenza è debolezza. *Kalòs kai agathòs* è una sentenza ineludibile sulla bellezza, perché sottintende sia qualcosa che bisogna farsi perdonare. È un furto la luce del corpo, appropriazione indebita della forma degli dèi, dono immeritato e maledizione per colpa. Chi è piú maledetta di me, la bella tra le belle, sulla terra dei mortali? Ho colpa del desiderio degli uomini, che sin da bambina hanno mirato a me come al premio ultimo delle loro ambizioni. Ho colpa dell'invidia e dell'odio delle donne, tutte seconde scelte a causa del mio solo esistere. Ho colpa anche dell'ira degli dèi, per i quali ogni eccellenza umana è una sfida alle prerogative della natura divina, anche se a compierla è la figlia del sommo dio. Essere buona in mezzo a quella tempesta di colpe sarebbe stato forse il mio riscatto: docile e senza ambizione, misurata nella volontà e flebile nella voce, potente in resa e mai in attacco, questo era il mandato silenzioso di cui mi feci carico. Mi fu data la prima scelta di ogni cosa, anche degli uomini, ma il patto con me stessa era che io non la facessi. Scegliere il meglio essendo il meglio è arroganza e ingordigia, e chiunque è capace di prendersi quel che gli spetta. Ma poter avere tutto e fermarsi prima di prenderlo è un esercizio di potere cosí inedito che mentre lo compivo pensarono tutti che fossi impazzita. Sposare Menelao, un figlio cadetto, quando ogni re del Mediterraneo voleva la mia mano? Per tutti apparve follia, per me la sola scelta esatta. Qual prova migliore che fossi buona, se non quella di rinunciare al privilegio che l'essere la piú bella mi consentiva! Lo sposai perché era un mediocre, perché il suo essere figlio minore garantiva che la mia bellezza non avrebbe soffiato su ambizioni nate già nane per gerarchia di sangue. Non potevo immaginare in quel momento che pochi anni dopo Tindareo avrebbe scelto Menelao per succedergli e che quel che allora mi pareva una decisione di basso profilo avrebbe fatto di me la regina di Sparta. In quel momento pensai solo che accontentarmi di un uomo senza pretese fosse un buon modo per non essere piú pretesa io. Un patto in dislivello, certo, ma quale matrimonio non lo è? Pur giovanissima, capivo che se decidi di negoziare al ribasso devi scegliere con cura il debole che ti imponi, eleggendolo davvero tra i piú stupidi, perché esiste una sola cosa peggiore di un mediocre ed è un mediocre abbastanza intelligente da capire di esserlo, uno che ti farà pagare tutta la vita il fatto di saperti superiore.

Menelao per fortuna non aveva questa intuizione di sé.

Minore non solo in età, era un re per tempi di pace, perché i tempi di guerra gli avrebbero preteso tutto quel che non aveva: nerbo, consapevolezza e saggezza.

Sposai dunque una quiete sciocca, ricca e placida, mettendo la mia bellezza a servizio di una normalità rassicurante, fatta di figli e feste comandate, una corte sobria, una vita da regina mite. Se dicessi che mi bastava mentirei, ma non feci mai nulla per cambiare le cose: avevo goduto della possibilità di decidere che alle donne del mio rango non viene data mai, e per rispetto a quella libertà dovevo dimostrare che essere stata io a scegliere aveva generato meno errori del farmi scegliere. Non pensai di aver fatto un errore per dieci lunghi anni, fino alla sera in cui ti vidi entrare nella sala del banchetto in casa mia.

Nel momento in cui sei approdato alle nostre sponde che cosa potevi mai sapere tu, Paride, della fatica di diventare adulti con addosso l'intreccio di queste inquietudini? Tra i campi di Agelao, di cui eri figlio adottivo ignaro, tu non eri cresciuto primo di nulla, se non dei buoi e delle giovenche che conducevi. Non sapevi nemmeno di essere nato da una mancanza di fermezza. Dovevano ucciderti in culla, perché un oracolo ti aveva annunciato serpe e fiamma, innesco di incendio per tutta Troia e portatore certo di un fato velenoso. Ecuba e Priamo, pur avvisati, non ebbero cuore di darti la fine necessaria. Davanti al vagito innocente e allo splendore della chioma ramata che già si prometteva criniera sulla tua piccola testa, devono aver pensato che nulla di male poteva venire da tutto quell'oro. Ti lasciarono al caso e il caso volle che un pastore ti crescesse a loro insaputa. Errore da re, quello di pensarsi al di sopra del destino, ma grazie a quell'errare tu ti sei fatto uomo con piú levità dei tuoi fratelli. Pensa che fortuna hai avuto! Trovarsi principe di colpo senza che nessuna aspettativa ti abbia fatto sentire inadeguato, né carico ti abbia piegato le spalle con le responsabilità. Non avresti comunque conosciuto il peso della primogenitura di Ettore, ma forse a minare il tuo cuore sarebbe stato il rancore segreto di essergli secondo. Ti fu risparmiata questa prova o solo rimandata?

Quando vincesti i giochi a Troia e fosti riconosciuto e accolto come principe, in fondo tu sei nato una seconda volta e come tutti i neonati eri famelico di esperienze, di affermazione, di primi passi e parole, di gusti ignoti e gesti mai compiuti prima. Avevi da dimostrare che l'essere principe è cosa del sangue, verità che resta tale anche per i ripudiati, gli esposti, i sopravvissuti, i figli putativi di chi è re solo delle sue pecore. Erano giochi e tu volevi far sul serio, però. Quale occasione mi è capitata, avrai pensato incontrando me, quale fortuna far innamorare di me la donna piú bella del mondo, e pazienti il mondo se è la regina di un altro, che al cuore non si comanda nemmeno se sei un re.

Cosa sono stata io per te, figlio di Priamo?

Ero davvero un amore in cuore per te in quel momento o solo un radioso potere alternativo, la principessa che ti serviva a confermare alla tua nuova famiglia che principe lo eri anche tu?

In questa notte prima della battaglia il mio cuore trema al ricordo del giorno in cui tornammo insieme a Troia lasciandoci Sparta alle spalle. Solo ora capisco pienamente che con me al tuo fianco ti sei sentito come chi è uscito per cacciare una lepre ed è tornato con un cervo. Avevi finalmente il premio promesso dalla tua dea. Per una volta potevi crederti piú grande di Ettore il posato, Ettore l'affidabile, l'erede al trono designato. Non ti curasti del fatto di essere il primo in qualcosa solo perché prima in qualcosa ero già io. La piú bella. L'invidia di ogni fanciulla. L'ossessione di ogni uomo. Anche i tuoi genitori mi guardarono e sotto quell'esame severo mi sentii inchiodata alla mia bellezza e alla tua mano. Ti cercai con gli occhi per trovare forza contro il loro giudizio, ma non serví a nulla: tu guardavi Ettore, non me. Ero la tua preda in bocca, il dono per i padroni posato sul tappeto dopo la caccia. Guardate cosa ho fatto, dicevano i tuoi gesti, di cosa sono capace. Guardate, dicevano i tuoi occhi scintillanti, di quale favore gli dèi mi hanno omaggiato. Mi sorrisero tutti ma io, la prima tra le belle, compresi che ancora una volta sarei andata sposa a un fratello minore. Il secondo figlio, il minore in tutti i sensi possibili, questo era Menelao, ombra sbiadita di Agamennone. Ma non eri anche tu l'ombra di Ettore il prode? Non era lui l'eroe e tu solo il preferito di una dea capricciosa e vanesia, protetto contro il tuo stesso valore, cosí amato dalle forze divine da non dover imparare mai a essere forte tu? Ricordo il volto di Ettore quel giorno e il modo in cui mi sorrise, fiero e insieme gentile, saldo come tu non sei mai stato e con nei gesti la misura delle cose temprate. La disciplina interiore di Ettore, il modo quieto in cui mi guardò senza desiderio, solo curioso, mi ferirono a nome tuo. Nell'istante in cui ti sei creduto piú grande, il pacato sorriso di tuo fratello ti restituiva alla tua dimensione reale. Non il coraggio, Paride, non la maestria diplomatica e nemmeno il guidare eserciti con carisma dicevano chi fosse tra voi due l'erede del re. La misura di Ettore in tutto invece sí, perché è quella la virtú dei veri principi. È solo quando cresci con la certezza che nessuno ti possa comandare che impari a essere signore di te stesso. Tuo fratello, cresciuto legittimo, di sé aveva da anni il dominio pieno, a te invece, cresciuto guardiano di bestie, bastava dominare me. Quando vidi quello sguardo e colsi quel sorriso non chiesi null'altro.

E che altro avrei dovuto chiedere?

Io ero la domanda che non hai sentito, tu eri la risposta che avrei preferito non conoscere.

Non eravamo simili come mi era parso a Sparta, ubriaca della possibilità di cambiare vita cambiando sponda. Io ti amavo, tu invece amavi l'idea di avermi, ma se adesso ti svegliassi per dirtelo tu mi chiederesti qual è la differenza e io non saprei spiegartela.

Può darsi che gli uomini e le donne siano destinati a non incontrarsi mai nello stesso punto della consapevolezza, Paride, ma in fondo la differenza tra me e te è solo che io la differenza la vedo.

Conosco i tuoi sogni uno a uno. Le poche certezze che ti servono le ho curate ogni giorno di questo lungo assedio, da quando i Mirmidoni sono venuti a prendersi Troia con l'alibi di riprendersi me. Non dicono piú che mi hai rapita, la bugia pietosa che serviva a salvare l'onore di Menelao dallo sfregio di vedersi preferire un altro. Ora lo sanno tutti che io sono qui per scelta e che lui è un uomo la cui donna gli ha preferito un principe straniero al punto da abbandonare dietro di sé persino i figli del suo grembo.

Folle, mi dicono.

Stregata dall'artificio di Afrodite, concedono i meno crudeli, giudicandomi incolpevole trofeo alla tua saggezza.

Molte volte mi sono domandata se non avessero ragione, se davvero questo mio amore puntato cosí in basso non fosse altro che il frutto dell'incanto della dea, superiore a ogni mia volontà, piú cosa di cui vergognarsi che vanto del cuore. Allora mi indigno con te e mi assolvo in segreto da ogni mia lascivia. Mi dico che tutto questo è colpa del tuo orgoglio, di quel tuo aver accettato di fare da giudice tra entità enormi, piú alte e potenti di noi tutti, sottovalutando il fatto che privilegiandone una ti saresti inimicato le altre. Buon giudice, cosí ti hanno insignito; ma davvero è un buon giudice colui che da umano vuol arbitrare tra gli dèi, o non piuttosto il piú sciocco degli uomini? Non avevi giudicato che buoi fino a quel momento, e invece ti parve buon senso emettere sentenza sugli eterni. Che meravigliosa scappatoia sarebbe per me ora fingermi il frutto incolpevole di quell'inaudito scambio di ruoli! Direi che sono ammaliata e che la mia scelta non è libera perché nessuna può resistere alla volontà di una dea. Direi che ti ho amato perché mi è stato ordinato da Afrodite, la quale mi ha gettato negli occhi una polvere di luce che ti ha fatto apparire bellissimo al mio cuore, catena e destino superiore a ogni altro ornamento.

Potrei, ma non lo farò, perché so che non è la verità.

Potrei andarmene anche ora, consegnarmi al campo acheo in cambio della pace e chiedere perdono, accettando il ferro tra i calcagni che mi farà per sempre schiava di colui di cui non ho voluto piú essere la moglie. Se resto non è Afrodite a chiedermelo, né il dovere, né il timore. Resto perché ogni amore richiede il suo prezzo e io non andrò via da questo mondo senza aver pagato il mio. Fai di me bersaglio dunque, perché quando bellezza e guerra diventano sinonimi, non c'è piú differenza tra ammirare e prendere di mira. Lotta domani fino all'ultimo sangue e ripetiti che è per me che lo fai, come se tra tutte le colpe che aveva già la mia bellezza ci mancasse solo quella di una guerra. Rendimi bestemmia sulle labbra di ogni vedova di Troia, permetti che ogni uomo maledica il giorno in cui sono nata e quello in cui mi hai guardata, lascia che ti pensino uomo di pace, uno che se i miei seni non fossero stati cosí sfrontati al cielo avrebbe fatto la stessa vita bovina a cui la scellerata clemenza di Priamo ed Ecuba l'avevano destinato. Mi hai presa regina e mi lascerai vedova e puttana, la prostituta piú cara di tutta l'Ellade, pagata al prezzo di un popolo intero. Per conto mio non avrò altri mariti e in morte come in vita potrai ancora dirmi tua. Non sbaglierò mai piú a scegliere, ora so che la bellezza non si può perdonare nemmeno gettandola in mano a un uomo da nulla. Come tutti gli amori vili anche il mio sarà fedele, Paride, perché per stare con te ho già tradito me stessa.

Tecniche della narrazione

In maniche di camicia il professor Francesco Martelli terminò il suo disegno alla lavagna nell'aula di Tecniche della narrazione politica della facoltà di Scienze della comunicazione di Cagliari e si voltò verso i suoi studenti. C'erano molte ragazze sveglie e meno maschi, ma motivati; tutti avevano scelto quel corso opzionale per sincero interesse, ma qualcuno non senza intento polemico.

– Scusi prof, ma in che senso lo storytelling politico è una nuova tecnologia? Non ce le hanno sempre contate le balle i politici?

La risata si sparse nell'aula come una scarica elettrica lungo una rete di sinapsi. Il professor Martelli si lasciò sfuggire un sorriso complice che durò un solo istante, poi riprese l'espressione seria di sempre e scosse la testa con studiata lentezza.

– Mario, ce le hanno contate di sicuro, ma è solo da qualche anno a questa parte che il racconto politico ha cominciato a diventare oggetto di studi scientifici. Oggi si parla esplicitamente di scienze della narrazione.

Indicò con la mano il grafico sulla lavagna, che sembrava dargli ragione con la razionalità del suo schematismo. Gli studenti posarono gli occhi sul cerchio a spicchi che evidenziava le fasi della costruzione di un racconto minuziosamente programmato, con passaggi ben definiti e una precisa serie di azioni narrative dirette all'obiettivo dichiarato: raccogliere il consenso degli elettori.

– Non c'è politico al giorno d'oggi che non metta in campo esperti di narrazione per costruirgli un'immagine autentica ed emozionalmente avvincente.

– Autentica? – lo scetticismo nella voce della ragazza nella prima fila dei banchi non lo stupí. Gli occhi marroni dell'allieva lo interrogavano senza che fosse neppure necessario formulare la domanda esplicitamente.

– Autentica, sí, Marta. Nella nostra epoca non è piú possibile costruire racconti politici non autentici e farli durare nel tempo.

– In che senso, prof?

Gli sguardi nell'aula erano tutti per lui, avidi di una risposta che nessuno degli studenti presenti riusciva a far collimare con la propria idea di comunicazione politica.

– Nel senso che le nostre società sono piú o meno democratiche, quindi la stampa è piú o meno libera e la gente ha a disposizione numerosi strumenti per opporre al racconto del politico un altro racconto, non necessariamente conforme. Qualunque narrazione è oggi passibile di dissenso e per questo richiede un'estrema coerenza con la realtà. Le balle si svelano subito.

– WikiLeaks è un dissenso narrativo?

– Credo che potremmo definirla cosí, sí. Le sue rivelazioni diminuiscono la credibilità dei governi, quindi il loro consenso. In questo senso è una contronarrazione.

Le facce degli studenti erano perplesse, tese. Era come se ciascuno di loro avesse fatto propria da tempo l'idea che politica e finzione fossero due dimensioni del tutto complementari. Martelli se ne accorse e sospirò.

– So che sembra impossibile da credere, eppure vi garantisco che applicare lo storytelling alla comunicazione politica garantisce livelli di autenticità e verificabilità molto piú alti di qualunque altro strumento di raccolta del consenso.

– Prof, ma allora perché i politici lo usano?

Nell'aula scese un silenzio significativo. Martelli tacque per un lungo momento e cercò la risposta a quella richiesta, una domanda che dava per scontata la malafede di chi si occupa della cosa pubblica.

– Credo che dipenda dal fatto che non lo hanno capito. Che sono convinti che le storie siano un efficace modo di manipolare le persone. Non sanno cos'è il patto narrativo.

– Cos'è?

– L'evidenza che la narrazione è una relazione orizzontale dove il lettore è un attore a sua volta. La comunicazione politica che dimentica questo non fa narrazione. Fa propaganda.

La fine dell'ora fu accolta con sollievo. Dopo quell'uscita nessuno degli studenti sembrava avere ancora voglia di restare nell'aula. Martelli tornò alla cattedra e riaccese il telefonino, generando l'arrivo in sequenza di una mezza dozzina di messaggi. Li guardò senza particolare curiosità, riconoscendo il presidente provinciale della sinistra, il segretario della destra regionale e l'onorevole ex democristiano. Sorrise cinico. Cancella messaggio. Cancella messaggio. Cancella messaggio.

L'immagine del cane

Il corridoio al quinto piano del palazzo vetrato era di un bianco puro appena sporcato di grigio allo zoccolo, in un'ostentazione di candore cosí esplicita e arrogante che solo all'archistar che l'aveva ideata sarebbe venuto in mente di definirla «minimalismo». Gente geniale gli architetti, capaci di coniare slogan formidabili come quel *Less is more* che non significa assolutamente niente, ma ti fa sentire come se fino a quel momento avessi vissuto di eccessi nell'apoteosi ridondante del kitsch, invece che in fighissime camere spartane arredate con scaffali industriali in acciaio cromato al posto delle librerie – ma rigorosamente senza libri, sennò che minimalismo è.

Il dottor Franceschi ripeteva spesso che tutti loro avrebbero dovuto imparare strategia di marketing dagli architetti, maghi assoluti nel vendere l'altrove, differenti da loro solo nell'onorario e nella considerazione della gente. Questo mostro a milioni di teste, la gente, adora gli architetti quasi quanto odia i pubblicitari, e nessuno capisce il perché. Ad Andrea il suo lavoro piaceva molto e non ci trovava proprio niente di vergognoso a dire che si guadagnava la vita scrivendo jingle e ideando slogan per vendere prodotti. Se l'economia regge il paese e la pubblicità è la spina dorsale dell'economia, significava che erano quelli come lui a reggere il paese in ultima analisi, a colpi di «cavallo goloso» e «delfino curioso». Il rumore lieve del passo di Giulia che accanto a lui affondava i tacchi nella folta moquette color panna lo distrasse da quei pensieri, riportandolo al presente dell'imminente riunione.

– Frani dice che questo brainstorming è per uno dei nostri clienti piú importanti. Hai capito chi?

– No, non mi ha dato nessun elemento…

Entrarono nell'ampia sala senza bussare, trovandola già in parte occupata da altre quattro persone che stavano sedute attorno al tavolo centrale, ciascuna con il bloc-notes aziendale aperto davanti, a rappresentare la miglior squadra di creativi che lo studio Franceschi poteva mettere in campo con chi poteva permettersela. Nessuno di loro aveva piú di quarant'anni, tutti avevano lauree e master in Grafica, Comunicazione, qualcuno anche Lettere, e tanta abitudine al lavoro di squadra. Le donne erano in leggera minoranza, ma spesso erano loro ad avere le idee migliori; Giulia in particolare era davvero bravissima con gli exploit alla fine di inconcludenti sessioni creative, lasciando gli altri frustrati e stanchi a lambiccarsi intorno all'abisso della propria inadeguatezza. Cesarini, la chiamavano tra di loro con piú di una punta di invidia. Andrea sperava che non fosse quello il giorno dell'ennesima scintilla della collega, ma che per una volta toccasse a lui stupire il vecchio con l'idea buona per il cliente che contava. Salutarono informalmente e sedettero ai soliti posti, scambiando convenevoli con gli altri colleghi per ingannare l'attesa.

Franceschi entrò dopo pochi minuti, posando il cellulare sul tavolo davanti al posto riservato all'art director, quello piú vicino alla lavagna a fogli mobili su cui abitualmente lavoravano. Non aveva fogli né penna e non accennò a sedersi.

– Ragazzi, spero che siate riposati, perché abbiamo un cliente importante che sembra interessato ad entrare in agenzia, e nella prossima ora voglio tirare fuori il meglio di cui siamo capaci.

– Di chi si tratta?

Antonio, il calabrese laureato in Lettere e trapiantato a Milano, diede voce alla curiosità di tutti.

– A dire il vero preferisco che lavoriate senza saperlo. Questo è uno dei tipici casi dove il troppo noto guasta la visione innovativa.

I copy si guardarono solo per un attimo, ma senza vera sorpresa. Era già capitato di lavorare cosí, il vecchio aveva i suoi tic e bisognava riconoscergli che il piú delle volte funzionavano davvero.

– Dobbiamo promuovergli un prodotto specifico? – azzardò Andrea.

– No, non è una campagna di vendita. Il problema di questo marchio è piuttosto quello di gestire l'eccesso di domanda. Stiamo parlando di gente già posizionatissima sul mercato.

– Monopolisti? – Giulia sembrava eccitata dalla caccia al tesoro.

– Diciamo oligopolisti. Come loro ce ne sono un'altra mezza dozzina.

Le ipotesi a questo punto si riducevano drasticamente, ma per capire il segmento di mercato mancava un'ultima fondamentale domanda. Mentre la biondina veneta la poneva, gli altri prendevano nota.

– Pubblico o privato?

– Entrambi, Sandra. È un ente compartecipato, – Franceschi sorrise sornione, come se la cosa fosse per lui fonte di qualche segreta soddisfazione.

– Vogliono una campagna istituzionale, quindi.

– Non nel senso classico del termine. Vogliono portare la gente a vederli da una prospettiva completamente diversa, staccando il marchio dal prodotto. Ecco perché non vi interessa sapere chi sono, almeno in questa fase. – Franceschi li guardò in silenzio per qualche secondo, poi concluse: – Cominciate a sparare, dài. Vi dico io se state mirando male!

Erano quelli i momenti in cui Andrea pensava che essere creativi fosse davvero divertente, quelli dove la tabula rasa è cosí inclinata che puoi sperimentare la vertigine assoluta dell'immaginazione in caduta libera. Sapeva che dopo sarebbero venute le rogne, le infinite rifiniture, gli stravolgimenti di un'idea buona per una meno buona solo perché il committente si credeva geniale creativo a sua volta. Silvio, il copy torinese che amava il fantasy e stava seduto accanto a Giulia, lo ripeteva almeno una volta al giorno: Il paradiso è la tua idea, l'inferno è la stessa idea con le modifiche richieste dal cliente. Ma quello era il momento dell'Eden. Cominciarono a mettere a fuoco l'obiettivo.

– Dobbiamo farli diventare piú buoni?

– Decisamente, ma niente di melenso, non è gente che vende pasta.

– Ok. Allora piú impegnati, tipo beneficenza, ricostruzione post terremoti, bambini africani, cause del genere?

– Banale. Da voi mi aspetto di meglio di quello che hanno già fatto gli altri.

– Hai ragione, scusa, è roba inflazionatissima.

– Allora escluderei anche l'ambiente, dalla carta igienica alle mentine ormai tutti piantano alberi e proteggono orsi.

– Esatto. Voglio qualcosa di meritorio, ma che non faccia leva sul senso di colpa del target.

Per le due ore consecutive la sala fu un poligono di tiro. Alla fine Antonio sbatté nervosamente la penna sul blocco, di piatto. La stizza per l'inconcludenza gli bruciava come sempre metà delle energie.

– Io non ci riesco a pensare senza avere la minima idea del prodotto o del cliente. Un minimo di paletti mi servono!

Franceschi non si scompose.

– Ok, – concesse pacato con studiata noncuranza. – Fai finta di lavorare per la Galleria degli Uffizi.

Rimasero interdetti, mentre Andrea si malediceva per non averci pensato prima. Oligopolista, problemi d'eccesso di domanda, stereotipi da combattere, ente compartecipato. Aveva tutte le caratteristiche del committente, quindi con ogni probabilità era proprio il committente e Franceschi li prendeva per il culo, facendo credere loro di star lavorando al buio. Stavolta non si sarebbe fatto fottere dalla prima della classe.

– Allora ci sono! La chiave è l'arte!

– Cioè?

– I giovani artisti! Potrebbero vendersi come mecenati della creatività emergente. Pittori, musicisti, scrittori, performer... tutti sponsorizzati dal cliente in un'opera precisa.

– Uhm... come moderni Lorenzo il Magnifico?

– Direi piú tipo la birra con la musica, avete presente? Crei un evento, ci associ il tuo nome e spingendo la stampa a parlarne la costringi anche a riferirsi direttamente al marchio. Non devono nemmeno scriverci che è pubblicità redazionale!

– Questa non è male, – concesse Franceschi. – Come la realizzeresti?

– Beh... non è che prenderei proprio dei talenti sconosciuti dalla strada. Magari qualcuno già un po' noto, ma non propriamente famoso, uno di quegli artisti che si è visto su YouTube, per esempio. Un graffitaro. Oppure, come si chiama, quella performer della sabbia, Ilana qualcosa, che fa i disegni con le mani e la sola sabbia.

Andrea era infervorato, si era alzato in piedi e parlava gesticolando. Franceschi lo ascoltava attento insieme agli altri.

– Continua. Mi piace molto.

– E poi scrittori. È pieno di scrittori in Italia, ci sono concorsi, corsi di scrittura, lo so, ne ho fatto uno anche io, – colse qualche espressione stupita e reagí schernendosi. – Non ridete, non immaginate quanto serva a fare il copy! Si potrebbe associare il marchio a una scuola di scrittura già nota e lasciare che siano quelli a coinvolgere le penne a sostegno del prodotto.

– Vai avanti –. Franceschi sembrava sempre piú interessato all'idea.

– A tutti si propone l'interpretazione del marchio secondo la propria competenza, li si paga, e mentre si ottiene fama di mecenate illuminato quelli ti realizzano una sorta di galleria d'arte aziendale. Poi dai backstage si fanno gli spot, – Andrea prese fiato, fissando i colleghi e l'art director con la sensazione di non essere mai stato piú ascoltato di cosí... – A quel punto puoi essere la Croce Rossa o una fabbrica di armi, la rivergination dell'immagine è completa.

Dopo qualche secondo di silenzio, Franceschi si alzò dalla sedia prendendo il cellulare dal tavolo, segno che la parte di riunione che lo riguardava era terminata.

– Per me è buona, – sancí soddisfatto. – Rifinitela. Domani ci rivediamo per i particolari. Ottimo spunto Andrea, davvero.

Si avviò alla porta, ma Andrea decise di spendere il credito appena raggiunto per soddisfare l'ultima curiosità, quella di tutti.

– Capo, ma abbiamo lavorato davvero per la Galleria degli Uffizi?

Il vecchio art director lo fissò con un sorriso.

– Naaa.

Tornò alla lavagna di carta, prese il pennarello e si mise a disegnare quello che sembrava un logo. Davanti agli occhi attoniti dei sei pubblicitari apparve in pochi tratti la sagoma inquietante e deforme, molto familiare, di un cane nero a sei zampe.

– Ecco il nostro cliente. E sarà soddisfattissimo, ci scommetto.

Franceschi uscí dall'ufficio con lo stesso sorriso con cui aveva disegnato il cane a sei zampe, lasciando i sei creativi a fissare il logo, sbigottiti.

La legge di Jante

La prima volta che mi accorsi che qualcosa non andava nel mio modo di comportarmi tra i danesi avevo quattordici anni, mi ero trasferita a Copenaghen da cinque e seguivo con i miei compagni di classe la lezione di Geografia politica della professoressa Rønne. In piedi vicino al planisfero quella donna bionda da cui mi sentivo costantemente osservata indicava con un righello le isole dell'Atlantico a ovest del Marocco. A un certo punto, senza rivolgersi a nessuno in particolare, chiese:

– Vi domanderete forse a quale governo facciano capo queste piccole terre, perché in apparenza potrebbero sembrare sotto la giurisdizione politica di uno Stato nordafricano...

Istintivamente alzai la mano per rispondere e il suo sguardo si posò rapido su di me, interrogativo. Tutti i miei compagni mi fissarono con occhi tali che avrei voluto abbassare la mano immediatamente, ma ormai era troppo tardi. La professoressa Rønne mi fece un cenno del capo:

– Sí?

Presi coraggio.

– Le Canarie sono spagnole, signora, anche se a dir la verità a scoprirle è stato un italiano.

Ci fu silenzio. La professoressa non mi sorrise. Rimase in silenzio per qualche secondo, poi disse:

– Come vi dicevo, benché queste isole siano piú vicine all'Africa che alla penisola iberica, per ragioni storiche che ora vedremo esse ricadono sotto il controllo territoriale della Spagna...

Riprese la lezione come se nulla fosse, ma io avevo il viso in fiamme e non l'ascoltavo piú. Percepivo di aver fatto qualcosa di stupido e scorretto, ma non avrei saputo dire con esattezza di cosa si trattasse. La spiegazione piú probabile era che l'avessi offesa in qualche modo interrompendo la sua lezione. Era plausibile che quello che aveva chiesto – se ci stessimo domandando a chi appartenevano le Canarie – non fosse una vera domanda, ma solo una retorica richiesta di maggiore attenzione. Potevo aver capito male io. Anche se comprendevo bene il danese, non sempre comprendevo altrettanto bene i danesi e spesso mi capitava di non cogliere le allusioni o i toni delle cose che dicevano. Nel dubbio attesi la campanella della pausa e andai nel giardino con tutti gli altri, cercando la mia amica Siri per chiederle cosa fosse accaduto. La trovai appoggiata all'altalena che sbocconcellava un panino con Julie e Freja. Mi parvero tutte e tre sfuggenti, ma decisi di ignorare quella sensazione e prendere la questione di petto.

– Perché secondo voi la signora Rønne si è arrabbiata?

Si guardarono tra loro. Siri rimase in silenzio, ma Freja parlò e fu come una sferzata.

– Perché devi sempre metterti in mostra e crederti migliore degli altri.

– Ma non è vero! Lei ha fatto una domanda, io sono stata a Tenerife con i miei genitori due estati fa e so che sono spagnole... Se so una cosa e me la chiedono la dico, cosa c'entra il mettersi in mostra?

– C'entra che devi sempre saperne due righe piú di tutti.

Guardai Siri e cercai di rompere il suo silenzio con il mio. Con i capelli chiarissimi e gli occhi di un cupo color lavanda, Siri era il mio opposto cromatico, fisico e caratteriale, ma era anche la mia migliore amica, o almeno cosí credevo, perché a guardarla in quel momento non c'era niente nel suo modo di fare che dichiarasse tra di noi una specialità di rapporto. Non fu sferzante come Freja, ma chiara altrettanto da farmi comunque male.

– Non dovevi alzare la mano, Donatella.

– Ma Rønne ha fatto una domanda!

– Non aveva chiesto a te. Non aveva chiesto a nessuno e infatti nessuno ha alzato la mano. Non crederai veramente di essere l'unica in classe a sapere che le Canarie sono spagnole?

Ammutolii. Rimasi davanti a loro qualche istante, poi voltai le spalle e me ne andai. Siri cambiò banco e non mi cercò piú. La professoressa Rønne la settimana successiva si lamentò con mia madre del mio atteggiamento arrogante e sfrontato. Mamma ascoltò la mia spiegazione e poi mi puní per una settimana lasciandomi senza pallacanestro e facendomi una clamorosa ramanzina sulla mia mancanza di umiltà. A mio padre la ragione della punizione non era altrettanto chiara, ma lei era danese e lui un italiano che aveva accettato di trasferirsi nel paese della moglie perché i servizi erano migliori e gli stipendi piú alti: davanti alle regole del paese di mamma alzava le mani e si adeguava, anche quando ci andavo di mezzo io.

Quella volta pensai che fosse stato un incidente e che col tempo avrei capito meglio anch'io come funzionavano le cose, perché forse i miei compagni e i miei professori avrebbero realizzato che il mio era entusiasmo e non arroganza. Non andò cosí. Non erano loro che dovevano capire, ma io. Sarei stata punita molte altre volte prima di realizzare che se volevo vivere tranquilla dovevo rispettare anche io la legge di Jante. Dall'università all'ufficio, dalla palestra al bancone del bar, imparai a mie spese che la cosa piú sbagliata da fare in Scandinavia non era avere la risposta giusta, ma cedere alla tentazione di farla vedere. La mia presa di coscienza avvenne per progressive negazioni e scomparse della mia individualità arrogante. Se saltava fuori che ero brava in qualcosa, tutti smettevano di chiedermi di farla. Chi si accorgeva che avevo una bella voce non mi chiedeva piú di intonare una canzone. Sono sempre stata sveglia in matematica, ma nessuno mi ha mai domandato aiuto per capire un esercizio. Naturalmente questo non succedeva solo a me, come avevo pensato appena arrivata. Accadeva a tutti quelli che per qualche motivo sembravano avere un modo speciale di svolgere le attività comuni. Lars era un genio in fisica, ma la volta che provai a dirglielo pubblicamente divenne rossissimo e mi guardò come se lo avessi insultato. Therese era agile e correva come un'antilope, ma il padre non la iscrisse mai alle prove agonistiche, perché non si montasse la testa. Anche io ho corso un grosso rischio con la mia voglia di diventare speciale in qualcosa. Se mamma mi avesse fatto studiare musica o matematica sul serio avrei potuto pensare di essere un'eccellenza, come si dice adesso in Italia, ma il guaio di arrivare in alto è che poi cominci anche a pensare che sia giusto che qualcuno stia sotto di te, perché sa fare meno cose o è meno bravo nel farle. Penserai che gli spetti meno del tuo stipendio o qualcuno in meno dei tuoi diritti. Penserai che i tuoi figli dovrebbero andare in una scuola migliore di quella dei suoi. Che la sua pensione debba essere inferiore. Che la tua salute valga piú della sua. Chi persegue il suo successo non lo comprende, ma è cosí che nascono le disuguaglianze sociali: qualcuno a un certo punto comincia a credersi migliore degli altri e poi da lí è tutta discesa. La legge di Jante dice non solo che tutti siamo uguali, ma che tutti dobbiamo essere uguali. A qualcuno potrà sembrare difficile da capire, ma poi vengono qui, vedono come viviamo ed è difficile non pensare che forse è proprio quello il segreto di una buona società e di un'alta qualità della vita. Non abbiamo geni della matematica come in America, ma neanche poveri o senzatetto. Non abbiamo grandi stilisti e creativi come in Italia, ma la sanità e la scuola sono di altissimo livello per tutti. Sarebbe interessante chiedere a un homeless del Bronx se preferisce avere un tetto sopra la testa e un piatto caldo davanti oppure vantarsi di vivere in un paese che ha dato i natali a Beyoncé. Io a quattordici anni avrei dovuto pensarci un attimo prima di rispondere, ma ora non avrei dubbi. Ho quarant'anni e due bambini nati e cresciuti a Copenaghen. Lila ha una grande intelligenza musicale e sospetto che abbia persino l'orecchio assoluto, perché riconosce i suoni con grande precisione anche se ha solo dieci anni. A volte si pianta davanti alla tv a guardare quel programma importato dove si fanno gare di canto, X Factor mi pare si chiami, e una volta mi ha chiesto: «Mamma, secondo te io ce l'ho l'X Factor?» Le ho detto che siamo tutti uguali e che l'X Factor è un'invenzione della televisione, ma io e suo padre abbiamo capito che era arrivato il momento di orientare le scelte future verso gli studi di Ingegneria o di Fisica. Mario ha otto anni e somiglia molto di piú a suo padre, per fortuna. Non alza mai la mano per primo a scuola, non fa record nello sport, non ha particolari doti rispetto ai compagni e sembra felice cosí.

Mio padre oggi è venuto a trovarci, per fortuna lo fa sempre meno, e mi ha detto che lo sto crescendo mediocre, eppure lo sa che in Danimarca questa parola non ha nessun significato. Noi preferiamo dire «equilibrato». Nessuno sotto, nessuno sopra, tutti felici.

– E l'eccellenza? E se avesse qualcosa di piú da dare? – mi ha detto lui, che avrebbe tanto voluto vedermi fare la carriera accademica in una facoltà scientifica e invece mi ha vista sposare un impiegato delle poste senza grilli per la testa. Come lo spiego a mio padre, l'emigrato italiano che la Danimarca non l'ha mai capita, che l'eccellenza non esiste da sola?

Per essere la punta di un diamante bisogna che ci sia un diamante dietro e che il risultato brillante arrivi come coronamento di un processo collettivo virtuoso. Se l'eccellenza è questo, nessuno ha diritto di vantarsene, perché il merito è di tutti. Chiunque pensi che sia merito suo non è piú un'eccellenza: è un'eccezione, uno che ce l'ha fatta nonostante gli altri.

Mentre cerco di spiegarglielo si sentono i bambini in giardino che giocano e litigano. Dal divano sento le grida di Mario a sua sorella.

– Smettila! Chi ti credi di essere?

Lila risponde:

– Piú grande di te di sicuro!

Papà sorride compiaciuto e mi guarda con aria di sfida. Anche io sorrido e non sono preoccupata, perché da bambina ero come lei.

Si impara meglio crescendo, la legge di Jante.

Tutto è virtuale

Sandra diceva che è tutto virtuale. E se è virtuale non è reale. Sesso virtuale, amici virtuali, amore virtuale, è come al cinema: si spegne lo schermo e *Nightmare* non c'è piú, era tutto finto, state tranquilli, è un film di paura, non è vero niente. E puoi fare e dire qualunque cosa senza conseguenze né responsabilità: è come stare sul palco a recitare sé stessi o quello che avremmo potuto essere se non fossimo stati cosí rozzamente concreti in mezzo alla piú rozza delle realtà.

Sandra dice che in internet non ci sono i passaggi convenzionali della conoscenza tra persone, che puoi essere esattamente te stesso qualunque cosa voglia dire, perché i «vincoli sociali» non contano. E se sei cesso non fa niente, che belladentro vuol dire qualcosa solo quando nessuno ti vede in faccia. Sandra dice che virtuale è come dire finto, che un quadro della guerra non è la guerra vera, e non importa se *Guernica* ti far star male dentro come se quella fosse casa tua, tanto poi giri le spalle e casa tua è ancora lí. Per questo tutto può essere piú autentico sul web, datemi una maschera e vi dirò la verità, datemi un nickname e vi dirò chi credo di essere, se davvero interessa a qualcuno che non sia io.

Ninque entra nella chat.

«Ciao. Sei m o f?»

Cioè?

«Vuole sapere se sei maschio o femmina».

E perché lo vuole sapere?

«Perché... perché cosí sa cosa sei e si comporta di conseguenza».

Sandra diceva che è tutto virtuale, e che se è virtuale non è reale, non importa se succede in testa, mica tutto quello che succede in testa è reale, sennò sai che fior di scopate, che bei pugni in faccia sui musi giusti, che dèi del cielo scesi a sceglierci per figli e spose. In testa succede il possibile e l'impossibile, l'importante è distinguerli, diceva Sandra con il caffè in mano appoggiata alla mia scrivania, ed era il 1999. Io la ricordo cosí, piena di certezze su cosa fosse l'utopia della rete, e sentivo che c'era qualcosa che non tornava, anche se facevo sí con la testa. Poi è arrivato il giorno in cui ho sentito il bisogno di incontrare per la prima volta una persona conosciuta su internet, e allora ho cominciato a intuire che niente di quello che succedeva nella mia testa si sarebbe potuto davvero cancellare spegnendo un modem. Quando il treno si è fermato in stazione e quella che fino a quel momento era solo un nick è scesa dal treno, a me è sembrato di riconoscerle il sorriso, e la vedevo per la prima volta.

Ninque scende dal treno.

«Ciao. Sei tu...»

«Sí».

Ne avrei da dire di cose a Sandra sul senso del virtuale, su quanto somigli alla parola intimo, alla parola interiore, alla parola noi. Potrei raccontarle di Paola che si chiamava Luca da dieci anni e non aveva piú le ovaie e si faceva tutti i giorni le punture di ormoni e non trovava il coraggio di dirmelo neanche dopo otto mesi che ci conoscevamo, perché pensava che avrei chiuso il contatto con gentilezza, come certi altri che «scusa se chiudo ma sono cattolico», e tu te li immagini a farsi il segno di croce come se la croce l'avessero addosso loro, mentre la conversazione finisce nel nick del Padre, del Figlio e di quel che resta dello Spirito Santo.

Il contatto io invece non lo chiusi, e allora lui partí a raccontare da Paola che erano le nove di sera e finí col dire di Luca che erano le cinque del mattino, e io che avevo cominciato sapendo solo il nick, arrivò mattina che sapevo tutto. Quando mi chiese se secondo me Dio lo vedeva come maschio o come femmina, io ho capito che me lo stava chiedendo sul serio, e ho pianto davanti alla tastiera come davanti a una persona, sapendo perfettamente che piangeva anche lui, e lei, e tutte le persone che era ed era stato. Quattro anni dopo io a piazza Farnese a dire sí ai diritti di tutti ci andai per Luca e per quella notte delicata, senza la quale forse non avrei mai capito perché esserci era importante. Vaglielo a spiegare a Sandra, che pensa che Luca è solo un amico virtuale, di quelli che nella lista di nozze anche se non ce li infili non succede niente, al massimo ti chiudono il contatto.

Se proprio Sandra volesse capire, magari potrei raccontarle di Nakkio con i capelli rasta a Casal Bertone, Nakkio che divide una stanza con quattro amici eppure un posto dove farmi dormire l'ha trovato, quella notte che gli amici veri erano impegnati con la vita vera e un letto vero per me non saltava fuori manco a pagarlo. E lui, l'amico irreale venuto fuori da internet come un coniglio da un cilindro, davanti a una mozzarella con sale e olio mi ha parlato del suo quartiere antifascista dove le forze nuove vengono ancora a menare tanto per menare, e mi ha mostrato il cortile interno al suo palazzo di via degli Asinari, dove di giorno si sente la gente strillare in controcanto agli sciacquoni dei cessi e agli amicidimaria dalle finestre aperte, e io gli ho chiesto: «Ma come cazzo fai a vivere qui, che non puoi manco andare al cesso che lo sanno tutti?» Ma lui ha sorriso e mi ha detto di aspettare la sera, quando sui balconi la stessa gente si siede a prendere il fresco e Giorgino suona la chitarra e tutti stanno zitti come le famiglie davanti al fuoco un tempo, in quei paesi dove a nessuno riusciva mai lo scherzo di tentare di crepare di nascosto, che tanto il vicino se ne accorgeva prima. Se proprio Sandra volesse capire, uno come Nakkio saprebbe spiegargliela bene la differenza tra virtuale e irreale.

Oppure potrei raccontarle di Melú bella e morbida col suo gatto nero, che la seconda volta che ci siamo viste mi ha portato a vedere il ghetto ebraico con Franz e Mauro e mi ha spiegato tutta fiera che la parola ghetto è dal veneziano che deriva. E io stupida, mentre lei bella e morbida convinceva (non so come) un uomo nervoso ad aprirci un parcheggio già completo, le ho risposto che dal Quattrocento in Sardegna non ci sono piú ebrei, che li hanno cacciati tutti per un decreto e infatti i vecchi dicono ancora che nell'isola non ci sono «né bestemmiatori, né serpenti velenosi, né giudei», lo dicono anche se almeno una delle tre non è vera di sicuro, ed è per questo che io un ebreo autentico non l'ho mai visto in vita mia. E Melú bella e morbida mi ha guardato e ha riso, dicendo: «Hai visto me». Da lí in poi il resto di Venezia l'abbiamo guardato in silenzio, una stupida vera e un'ebrea virtuale nel posto dove è nata la parola ghetto.

Vaglielo a spiegare a Sandra che il mio virtuale è cosí, nomi e volti e luoghi che esistono proprio perché non sarebbero mai esistiti altrimenti, e che non è come dice lei quando dice che la rete è un non-luogo tipo il supermercato, che mentre stai ragionando sul perché è un non-luogo, intanto la gente il sabato pomeriggio ci esce con i bambini nei passeggini anche se non deve fare la spesa. Un nonluogo è uno di quei posti che non sono mai destinazione, eterno transito per un altrove, patria di scarto per chi non ne ha una vera. Io l'ho capito da poco che quelli come me è solo in posti cosí che possono mettere su casa, dove il rischio sismico per le certezze è piú alto che in ogni altro posto del mondo, virtuale o meno.

Sandra la casa l'ha fatta invece a Città Giardino, e le facciate tutte uguali davanti ai prati di erba tutta uguale le sembrano verissime e degne di un mutuo, mica costruzioni della Lego come a me. Intanto però il mutuo non glielo danno perché la casa non ha ancora numero civico e la banca vuole sapere a che casa lo eroga, che se non ha un numero civico praticamente non esiste. A me fa ridere che Sandra non abbia capito che per la banca lei abita in una casa virtuale, perciò non capirebbe nemmeno se le parlassi di Mario, uno che è talmente pazzo da pensare che la rete sia un modello sociale, prima ancora che un mezzo per comunicare. E nella sua pazzia mi fa leggere cose dove c'è scritto che in tutti i tipi di rete gli snodi grossi saranno anche importanti, ma la loro stabilità è garantita dalle connessioni deboli e dagli snodi minoritari. E sbraita che non è una piramide, la rete, ma un posto dove le cose esistono insieme o non esistono affatto. È il posto migliore per fare politica, dice Mario che è pazzo, e infatti io sul momento gli ho detto che dovrei essere come minimo scema per mettermi a far politica in un posto che Sandra sostiene non esistere, proprio io che non sono mai entrata a far politica manco nei posti che esistono. O esistevano. Ma qualunque cosa faccia Mario nel suo mondo strutturato a rete, Sandra non la vorrebbe nemmeno capire, perché lei ha il compagno che lavora al Parco, l'onorevole glielo aveva promesso, e piú rete di cosí che altra rete vuoi. E chi se ne frega se anche Giorgio dalla campagna toscana sviluppa i software in open source con gli amici perché è convinto che un'idea a cui tutti possono contribuire è migliore per forza, anche se costa la fatica di pensare in circolo e non in linea.

Sandra penserebbe che pure lui è pazzo, ma io mentre lo guardo mangiarsi la pasta con la bottarga insieme a Niobe e Silvia mi rendo conto che nessuno di loro è pazzo. Sono solo perfettamente consapevoli di essere tutti, in qualche modo, connessi.

Morgana

Hai fatto bene ad accendere questo fuoco, Ginevra.

Tienilo vivace, non farlo affievolire.

Della fiamma mi piace l'altezza e il colore caldo delle cose vive, perché di cose vive in questa stanza non ne sono rimaste molte.

E ho anche freddo, certo.

Sono stata sempre freddolosa, ti ricordi, ma da quando qui c'è cosí spesso la nebbia sono diventata piú sensibile. Credo sia un dono della vecchiaia questo freddo peggiore, ed è davvero un dono, sí, altrimenti sarebbe difficile ricordarsi di non essere piú giovani. Guarda lui, lí, per esempio. Con questa luce lieve sul viso chi lo direbbe che non è piú un ragazzo? Eppure anche oggi ho pensato che forse un ragazzo non lo è stato mai: si nasce già vecchi nella nostra famiglia, già con addosso gli errori di qualcuno.

Ieri mio figlio mi ha chiesto quanti anni ho, ma io non ho saputo rispondergli, perché il numero dei miei anni è come quello dei miei errori, cambia di continuo.

A volte mi pare siano quarantaquattro, un conto esatto di molti tempi freddi uno dietro all'altro. Allora mi guardo allo specchio e vedo un gelo a strati, una serie ininterrotta di stagioni identiche, senza mai una gemma.

In certi giorni invece mi pare che i miei anni siano sessantadue e io mi confondo, perché a questo freddo si mescola una memoria vigliacca che nasconde i ricordi o li accenna soltanto, imprecisi come ombre nel ghiaccio.

Ci sono ancora mattine però in cui i miei anni sono di nuovo venti, venti albe d'aprile lucenti e umide, e la mia pelle sembra una terra grassa su cui ogni seme è un futuro possibile.

Una volta succedeva di piú, quell'aprile.

Una volta mi contavo in primavere ed era un tempo bello.

Non ricordo quando è stato che ho cominciato a contarmi in inverni, ma credo sia dal giorno in cui Artú ha sposato te.

Non è vero che sono nata vecchia, no. Sei tu che mi hai fatta invecchiare, Ginevra, e il motivo lo so.

Avevi la mia stessa età, ma eri cosí minuta che non arrivavi alla staffa e per farti scendere da cavallo mio fratello dovette prenderti in braccio. L'età non è questione di tempo, ma di bisogni, di dipendenze, specialmente se sei una donna. Le donne per gli uomini invecchiano nel momento in cui diventano capaci di badare, oltre che a sé, anche a loro. Tu non hai mai corso quel rischio: non hai mai imparato a prenderti cura di nessuno, neppure di te stessa. Con quei tuoi occhi chiari, slavati come caramelle d'anice succhiate, e quelle manine gracili sempre tese a cercare sostegno, ce l'avevi scritto nel corpo di esser destinata a restare giovane per sempre. L'ho capito appena ti ho vista. Nel momento in cui posasti il piede a terra e mio fratello ti fissò, io – che badavo a me stessa e a lui da anni – diventai all'improvviso una cosa trascorsa. Un passato.

Tu lo sai cosa vuol dire dover vivere il presente essendo un passato? No, certo che non lo sai.

Tu pensi di essere una donna del futuro perché sei una di quelle a cui le cose che contano devono ancora succedere, le anime sempre in divenire a cui non è mai accaduto niente di davvero definitivo. Ne ho viste tante di donne cosí. Sono quelle per cui l'amore della vita è sempre quello che deve arrivare, e per fare il figlio c'è ancora tempo, e per prendere casa non è mai il momento. Donne per cui le scelte devono restare tutte possibili per sempre. Quello che chiami futuro è lo spazio dell'incompiuta, dove il desiderio può proiettarsi in avanti e continuare a illudersi in una realizzazione che verrà.

Ma nel frattempo la vita ti è accaduta lo stesso, Ginevra. Solo che ti è accaduta come se non fosse la tua. Lo so che pensi che la tua vita, quella vera, ti deve ancora arrivare. È questa in fondo la differenza tra noi due, la distanza che passa tra quelli che le cose le fanno accadere e quelli come te, a cui le cose invece accadono. Cosí l'uomo che hai sposato non era il tuo amore, il potere che hai avuto non l'hai mai preso in mano, il figlio che potevi avere non è mai stato generato e l'amore che hai finito per provare non è diventato mai una responsabilità.

Vedi come è strana la vita... Invece il figlio che dovevi avere l'ho avuto io e l'uomo che dovevi amare ha amato me. Guardalo, ora che non teme piú il tuo sguardo né il mio. Guardalo cosí, disteso che pare dormiente: era il nostro re, era mio fratello, tuo marito, il mio amante e il padre del ragazzo a cui non so piú dire quanti anni ho.

Stai guardando la sua spada? Non illuderti, non ti permetterò di toglierla dal suo fianco.

Non è roba tua, deve stare lí. Quando Artú la prese, tu nemmeno esistevi.

Dicono che la sfilò da una roccia, ma è una sciocchezza per arricchire le storie intorno al fuoco.

Gliela diedi io, come mi era stato detto di fare da mia madre. Portagliela tu, aveva detto, e io allora non compresi il perché, perché sono gli scudieri a portare le spade, non le donne.

Come mi sbagliavo, Ginevra!

Io non portavo la spada: ero la spada e tutto quello che significa.

Tu non l'hai mai capito, ma esistevano solo due modi di stare accanto a un uomo come mio fratello. Se fosse stato debole, avrei dovuto essere io la sua forza. Se fosse stato forte, ed era questo che tutti temevano, avrei dovuto trovare il modo di essere la sua debolezza. Uomini senza alcun carattere si sono retti in piedi per anni grazie alle donne che hanno saputo sostenerli. Uomini che nessun esercito poteva fermare sono stati sconfitti da una pelle trasparente, da una mano che scioglieva una chioma e da uno sguardo che custodiva il segreto del loro abbandono. Io, sua sorella e sua spada, avevo il compito di capire quando essere l'una e quando l'altra.

Lo vedi il fodero? È magnifico, vero?

Lo era di piú tanti anni fa, quando lo cucii con le mie mani, pronunciando incantesimi a ogni punto d'oro. Pelle all'interno e velluto fuori, doveva fermargli le emorragie in battaglia. Ha funzionato: lo ha portato per trent'anni ed è sempre tornato indietro vivo. Fino a ieri, certo. Ma ieri non l'aveva.

Gliel'ha tolto mio figlio. Suo figlio. Il sangue del suo sangue lo ha dissanguato.

Tu credevi di conquistarlo con l'amore, ma il potere si prende solo cosí, Ginevra, col sangue.

Gli uomini non hanno amori: hanno forze e hanno debolezze ed entrambe si misurano col sangue.

Io il mio glielo diedi nella notte della sua investitura, quando ancora ebbro del vino e della carne del cervo che aveva ucciso, fu infilato nella tenda per compiere il rito d'unione con la sacerdotessa. Ero io la vergine in cui entrò quella notte, sua sorella, e non conta nulla che lui non lo sapesse e io nemmeno: nel corpo di un altro si è sempre estranei. Al risveglio mi riconobbe, ma il lenzuolo era già macchiato e cosí noi due, per sempre.

Se avessi capito questo, non lo avrei mai perso e tu mai

avuto. Lo avresti sposato lo stesso, certo, ma come si sposano in tanti, perché davanti al mondo bisogna essere due. Io e lui potevamo solo essere uno, la stessa cosa con due nomi diversi, e quella unicità mi fece paura. Lo so cosa pensi: che era un peccato quel che abbiamo fatto. Anche i preti di Cristo sono venuti a dire che mi dovevo vergognare, che quello che avevamo fatto era un abominio, ma a questo io non ho mai creduto. Mi temevano perché la mia Dea era donna e al loro crocefisso non mi sono mai inginocchiata. Mi temevano perché dal letto di mio fratello io mi sono alzata incinta.

Se fossi rimasta con lui, se mio figlio avesse imparato a chiamarlo padre mio prima di chiamarlo mio signore, tu non saresti stata che uno sfondo. Un bellissimo sfondo biondo con gli occhi color dell'anice, ma niente di piú.

È nella mia assenza che tu hai trovato il tuo posto.

Nella mia paura è cresciuta la tua ambizione. Tu ti sei svegliata regina solo la mattina in cui io me ne sono andata. Solo che di fare la regina non ne eri capace. Hai provato a farlo nell'unico modo in cui lo avevi visto fare: da me. Cosí gli hai cucito anche tu qualcosa. Quello stendardo con cui ora è coperto. Lo avresti detto mai mentre lo ricamavi che sarebbe stato il suo sudario? Croce d'oro in campo azzurro, gigli e stelle a decorarla, come se la tua voce, a cui non obbedivano nemmeno i tuoi cani, potesse richiamare a lui la terra e il firmamento interi. Lo ha portato, non ti ha dato un dispiacere, ci avevi tanto lavorato. Ma il fodero mio non lo ha mai tolto dal fianco, ed è stata la spada che io gli ho dato, non le tue preghiere al Dio nudo appeso al legno, a farlo restare sul trono per tutto il tempo che mi è stato necessario a capire che il mio posto era al suo fianco.

Non mi fido del tuo Dio, Ginevra. Non mi piace questo prendere tutto, la vita e anche la morte, questa forza che pretende per sé anche la debolezza e la fragilità umana. È avido il tuo Cristo. Aveva tutto quello che ha fatto, il cielo e la terra, ma voleva anche la carne, l'incarnazione. Si è impossessato dell'ultima cosa che di Dio non era. Lo fanno certi ricchi quando, stanchi degli abiti dei ricchi, si vestono da poveri per mostrare che l'estremo della ricchezza è la sua rinuncia. Non gli si può credere al tuo Dio. Quale Dio degno di questo nome, potendo assumere una carne, si fa uomo invece che donna? Non gli ha creduto mai nemmeno Artú e non importa per quanti anni lo hai minacciato, pregato, insidiato. Mio fratello era re e cosa mai hanno a che fare i re con Dio? Un uomo che decide non ha Dio. Ha doveri, impegni, equilibri, patti, ma è la sua parola che li garantisce. Un re si inchina solo alla sua terra. Povero il regno il cui re costringe la sua terra a inchinarsi a un Dio. Il fatto che tu glielo abbia chiesto basta da solo a provare che regina non lo sei mai stata.

Ti ho odiata, Ginevra, per quello che cercavi di fargli. Per il senso di colpa che gli gettavi addosso, per ogni tentativo di cancellarmi dal suo cuore, per come usavi il mio nome contro il suo.

Incesto, dicevi. Abominio.

«Ecco perché non ci giungono dei figli!»

Di che ti meravigli se non gli hai dato discendenza?

Non restavi incinta perché eri troppo piena d'odio per me
e come poteva lui riempirti, se da quando non c'ero piú io
era vuoto anche lui?
Mi ha amata, ma se tu fossi stata intelligente mi avrebbe dimenticata,
come i lividi che perdono pian piano colore
e non ricordi nemmeno piú dove hai sbattuto.
Gli uomini dimenticano sempre, è parte della loro forza,
ma tu non glielo permettevi.
Piú mi nominavi, piú mi evocavi
e cosí, quando sono tornata col ragazzo al mio fianco,
sono tornata per te.

Ne sono cambiate di cose in quegli anni. Sono stata amata, sai? E a modo mio ho anche amato. Ho imparato le arti che da ragazza mi mancavano. Ho lasciato il tempo a te di invecchiare e a tutta la corte di imparare a chiamarmi strega. Invecchiata lo eri, ma quando ti ho vista sulla porta della mia camera eri ancora bellissima e avevi ancora paura di me.

Io di paura non ne avevo piú, neanche dell'inferno che nominavi di continuo senza avere idea di cosa fosse.

L'inferno è il risultato del paradiso, Ginevra;
è quando hai avuto tutto
e hai amato tutto quello che hai avuto
e hai perduto tutto quello che hai amato
che vedi in faccia il posto dove nessuna anima vuole andare.

Non è un luogo l'inferno, Ginevra, è una buona memoria.

E per poterselo permettere bisogna prima avere avuto il paradiso.

Ma il tuo paradiso non era ancora arrivato e l'unica cosa che potevi chiamare inferno ero io.

Sorella mia, non ti dispiace se ti chiamo sorella, vero?

Quando mi hai chiesto il talismano d'amore per il tuo amore
credevi davvero che ti sarebbe servito per Artú?

Volevi davvero il cuore di mio fratello o avevi già visto come ti guardavano gli occhi neri del suo guerriero?

Non è colpa del mio talismano se quella notte il tuo letto era un posto affollato.

Di chi era il corpo che ti ha presa? Di chi era la bocca? Di chi la mano che ti ha stretto i capelli?

Non importa. Di chiunque fosse, nessun talismano fa quello che tu non vuoi.

Quando ti sei alzata eri stata di entrambi e non eri piú

tua: eri mia, perché a me avevi affidato il bisbiglio del tuo vero desiderio.

Forse solo allora mi hai davvero capita, Ginevra

perché le donne che non si sono riconosciute sulle altezze

si incontrano talvolta nei cedimenti, nei segreti mantenuti insieme.

È strano il destino.

Non mi hai voluta come testimone delle nozze, sorella,

e ho finito per esserti complice nel tradimento.

Hai toccato il paradiso con un dito, Ginevra,

ma per salirci ti è servito il mio gradino.

Non è forse questo l'inferno?

Quando hai lasciato Artú e te ne sei andata col guerriero, io lo so che non lo hai fatto per amore.

Lo hai fatto per la vergogna del tuo desiderio.

Per paura del mio giudizio, quando a giudicarti eri tu.

O forse lo hai fatto per il peso di aver scoperto che streghe lo siamo un po' tutte, quando l'incantesimo è l'ultima scelta che ci resta.

Vieni, Ginevra, arrivano a prendere il corpo di Artú.

Cantano, come a una festa, e dicono che il re è morto, viva il re.

Mio figlio metterà la corona e certo non potrà pesargli piú del delitto contro suo padre.

Ma non siamo piú noi quelle chiamate a essere la sua forza, la sua debolezza.

Artú va alla terra che ha servito, e con lui vanno la mia spada e il tuo stendardo, l'unica cosa di noi che può portarsi via.

Piangi, sorella, ma non guardarlo ora.

Non guardarlo, non è quello l'uomo che hai sposato, l'uomo che abbiamo amato.

Nessuno di noi è piú vivo nel modo in cui lo siamo stati quando ci siamo scelti.

Vieni al mio fianco e lasciamo che gli altri ci guardino
la regina e la reggente
la sorella e la moglie
l'amata e l'amante
Vieni al mio fianco, Ginevra
Ora che nessun uomo può piú dire chi siamo
o di chi siamo
Ora che entrambe abbiamo come regno
solo il corpo
dove nessun re decide il confine
dove nessun Dio ha voluto farsi carne.

Caldo

Mio nonno non ha mai sopportato il caldo. Conservo di questa sua insofferenza quel tipo di ricordo vivido che si può avere solo a sette anni: nelle notti piú afose dell'agosto sardo, quando le lenzuola appiccicose non gli permettevano di prendere sonno nel letto, si alzava furtivo e si andava a sdraiare sul pavimento della cucina a contatto diretto con le mattonelle fresche, talvolta con un lenzuolo addosso, ma piú spesso senza. La mattina lo trovavamo a dormire beatamente cosí, con il cane inerme steso a terra al suo fianco, vittima della stessa disperazione da temperatura. A me bambina piaceva da impazzire quel giaciglio improvvisato sul pavimento, al contrario di mia nonna, che non ci trovava nulla di divertente; quando lo sorprendeva sul fatto non mancava mai di rimproverarlo severamente, perché – diceva – «dormire per terra non sta bene». Che stesse bene o meno, nonno stava decisamente peggio sul letto, ma questo aveva poca importanza nella concezione di decenza sociale di mia nonna: non c'era nemmeno da discuterne, dormire per terra con il cane era una cosa «da barboni». Considerato che nel mio piccolo paese in provincia non è mai esistito nessuno che potesse essere definito barbone per consentirmi di fare il confronto, almeno per qualche anno coltivai l'idea che da qualche parte nel mondo ci fosse un posto – un luogo lontanissimo e speciale – abitato da un popolo fortunato dalla lunga barba che poteva permettersi di dormire per terra quando c'era caldo senza subire i rimproveri indignati di una moglie. Sono passati trent'anni e i miei nonni sono morti entrambi, molto prima di arrivare al punto in cui quando avrebbe fatto troppo caldo avremmo semplicemente acceso il condizionatore. Conoscendo mio nonno credo però che se ne sarebbe fregato dell'aria condizionata, lui che non lo ha mai condizionato nemmeno nonna. Vedere qualcuno sdraiato a terra alla ricerca di un angolo d'ombra me lo ricorda vivo. E d'improvviso non so piú perché la chiamano bella stagione, l'estate.

A pezzi

Io sono sarda perché sono nata in un posto interamente rotto e sono in frantumi anche io. Ovunque nascere è una frattura, tutto un rompersi e scorrere strappando. Ma sono in pochi quelli che nascono anche in un posto spezzato.

Si nasce tutti già interrotti e a certi va bene cosí, se ne fanno una ragione e quella diventa la cifra della loro vita, tirare finché si spezza. Altri invece passano gli anni a cercare di somigliare a quello che avrebbero potuto essere se fossero stati interi, come fa una matita che tira un segno sul foglio e a un certo punto la punta si rompe e il segno sei tu, solo che non sai di cosa, e una volta ti sembra un coniglio, un'altra la Tour Eiffel.

Io sono uno di quei segni e credo che il saperlo si chiami identità, che non è un dono che può stare in mano a chi si crede intero senza esserlo. Io per esempio lo so che quando sono nata mi avevano già cominciato: mia nonna aveva pronte decine di calzini per me e mio zio invecchiava una botte di vernaccia mentre ancora arrivavo. Non avevo tirato il primo pianto e avevo già vestiti e vino per far festa. E avevo un nome innanzitutto, il nome di una donna morta anni prima sognando i figli dei figli. Io spero che quando starò per finire mi resti l'egoismo di non sognare la vita dei figli degli altri, ma di risognarmi la mia, perché una volta sola non basta a capire la differenza tra il sogno e quel che ne resta. E non vorrei nemmeno che uno portasse il nome mio, che sin da subito si tenesse addosso il peso di sapere che tutte le esistenze che restano devono qualcosa a quelle che sono mancate, come se ci fosse almeno un po' da chiedere scusa, per essere vivi. Scusami nonna se adesso sarò io fino a che non finisco, finché morte non mi separi dai figli dei figli che non avrò.

Al mio paese sono gente semplice di pesca in acqua bassa, ma lo sanno benissimo che non si sa da dove si viene. Infatti nei nove mesi che si aspetta un bambino, tutti, anche i parenti, non lo chiamano «il bambino, mio figlio, mio nipote». «*S'istrangiu*», lo chiamano, che in sardo significa lo straniero, perché essere carne della carne non illumina nemmeno in una madre il mistero di non sapere chi sei. Tu sei uno straniero, il pezzo di un pezzo di questa cosa rotta che siamo noi ed è la terra dove siamo piantati. Perciò ho capito subito che zii e cugini e padri e fratelli sono tutti frantumi, sangue del sangue, che si sa, esce solo dalle ferite. Allora certi per risolvere di essere rotti fanno come si fa in geografia, che basta dire alla maestra a chi è attaccata una nazione perché si convinca che hai capito di cosa stai parlando, e allora l'Italia confina con la Francia, la Svizzera, l'Austria, la Jugoslavia e questo basta per prendere *bravissima* in geografia dell'Italia. Quindi è normale che pensino di conoscere un po' anche me quando mi chiedono «*e fillu de chi sesi?*», perché io confino con mia madre, mio padre, mio fratello e un sacco di gente che il paese conosce già ed è come se bastasse per dire tutta me. E a certi infatti basta.

Ma a me non bastava, forse ero io troppo rotta dentro. Avevo pezzi di cose che non confinavano con niente che avessi intorno. Pezzi di storie, pezzi di pensieri, pezzi di sogni, tutto a frantumi. E soprattutto ad ogni passo, come dentro un osso mio, sentivo la frattura della terra, una maledetta terra interrotta su quattro lati, un biscotto mangiato da un topo a cui non è piaciuto abbastanza da finirselo. È cosí la mia nazione, non confina con niente tranne l'acqua e manco la geografia ti serve piú, perché non bastano i confini a dire chi sei, se per farlo ti serve avere accanto un altrove che stia fermo. Quei monti senza ambizione, quelle coste sdentate, quelle campagne rosse non sono parenti di nessuna altra terra, ed è il motivo per cui, fratelli o non fratelli, i sardi a modo loro sono tutti figli unici. Le fratture della terra, che tutti chiamano confini, servono moltissimo e disgraziato è il paese che non ne ha. Quelle linee lí sulle cartine sono come l'orlo di una gonna, l'orlo ricamato nel velluto rosso che serve a nascondere il taglio fatto dalle forbici. È bello l'orlo della gonna quando gira nel vento e scopre il tesoro dei piedi, ma io lo so che dentro c'è una cosa interrotta che non si vede, e se non si vede non ci devi pensare continuamente. A quello serve l'orlo, a non pensarci. Nessuno camminandoci a piedi può dire dove finisce la Lombardia e comincia l'Emilia-Romagna. Invece la Sardegna è una gonna senza orlo, quello che c'è di rotto si vede tutto e non puoi fare finta che non c'è.

Non so se la colpa è del mare, ma di certo io gliel'ho data sempre, perché mi hanno insegnato da subito che quelli che gli hanno dato troppa confidenza non sono diventati mai vecchi. Chi sul mare ci è nato lo sa sin troppo bene che dal mare non viene solo il pesce, ma anche il lutto, il ladro e qualche volta le madonne dentro casse di legno, cosí miracolose da meritare nomi di posti e di donne. A guardare il mare ci si sente piú infranti, perché altra terra non se ne vede e i bambini ingenuamente credono che il mondo finisca lí, come se fosse vero. Ma non tutte le cose che hanno un limite sono anche finite, a volte sono solo interrotte e restano lí come frasi a metà, tese verso una assenza che finisce per contare piú di quel che c'è. In questo il mare somiglia a una fede, e come una fede va temuto e nascosto, e come una fede c'è piú gente che va a guardarlo che a nuotarci dentro. È per questo che a pregare si va al mare, come dicono qui, non in chiesa come va bene da altre parti. C'è una statua vicino a casa mia, con un corpo di donna e dieci volti di pietra tutti rivolti al mare. I turisti allocchi dicono che i volti guardano il tramonto, ma il sole tramonta dall'altra parte, e comunque io lo so che cosa fanno quelle donne di pietra: pregano, che qui si fa cosí, perché il mare è un tempio e chi non ha mai sentito il bisogno di invocare davanti alla sua ferita aperta non è interrotto, o non sa di esserlo.

Io sono una di quelli che lo sanno e credo che il saperlo si chiami identità, che davvero non è un dono che può stare in mano a chi si crede intero.

Altre madri

Chiedo perdono, ma a vent'anni, con le scarpe da tennis nuove e l'arroganza di chi sa che in quel punto esatto non passerà mai piú, ho sognato anche io un figlio. Maschio.

Nel sogno era scuro di capelli, aveva un nome di tre sillabe e lo davo alla luce faticosamente, ché a vent'anni i drammi sono tutti desiderabili, il dolore è un belletto vitale che regala fascino, e le lacrime lo spalmano sulle guance rendendoti fatale come una Turandot. Nella mia testa quel parto scenografico è avvenuto mille volte, e la sofferenza era una forma di eleganza, la sfumatura piú elevata di una maternità verace.

Non c'era un uomo a far da padre, non ne serve uno per partorire con dolore.

Nel mondo in frantumi dei miei vent'anni l'unico padre pronunciabile era il Padre Nostro, pregato con la fiducia incosciente di chi ancora non si è sentito chiedere niente da sacrificare.

Nel mondo in frantumi dei miei vent'anni, io credevo di essere nata con una sola cosa intera per le mani: l'istinto materno, la vocazione all'essere ventre, come le brocche d'olio in magazzino, o come le tombe spezzate di Tharros, gravidanze interrotte in attesa di un giudizio universale.

Nel mondo in frantumi dei miei vent'anni non dovevo cercare alcun perché all'esistere, mi sarebbe bastato trovare un per chi. Sposa di qualcuno, madre di chiunque, io non sapevo cosa fosse la vocazione ad essere me.

Ma quando i vent'anni passano un figlio smette di essere materiale da sogno e diventa un atto sovversivo. Dopo i trent'anni siamo tutti dei sopravvissuti, e i figli dei sopravvissuti sono gravidanze a rischio anche quando non li fai, anche quando li pensi e basta, perché non c'è pensiero che possa ancora dirsi innocente. Quando si comprende che orizzonte è solo un altro nome per chiamare il limite, ogni possibilità diventa una rischiosa tensione all'utopia.

A quello stadio, se ancora figlio deve essere, non può piú essere maschio.

Sarà femmina, e non avrà occhi facili.

Vorrà sapere.

Seduta sulle mie ginocchia mi chiederà chi è e chi siamo, e le mie risposte non uccideranno le sue domande. Perché non le venga la malattia dei figli unici, credersi la sola misura di sé stessi, partorirò per lei ricordi del futuro e profezie dal passato, in un tempo senza scarti dove poter già essere quel che saremo. Mia figlia diventerà ricordo prima di essere progetto, e accoglierà il presente come fosse un seme ricevuto.

Non si addormenterà con i cartoni animati, no. Io le canterò una ninna nanna per stare sveglia, una ninna nanna per non chiudere gli occhi, perché abbiamo già dormito tanto e troppo, mentre altri plasmavano i nostri sogni in incubi di realtà.

Sarà una musica l'identità, e ci canterò sopra la storia che non abbiamo visto, mentre ci accadeva come cosa straniera, quando la benda divenne bandiera, e dimenticammo di esser state regine.

Le dirò di quando eravamo noi a scrutare il mare che chiamavamo *nostrum*, mentre si colorava di vele color zafferano.

Noi, a piangere odio decidendo la guerra, quando le torri erano culle di pietra per rifugiarci i figli svezzati troppo in fretta.

Eravamo noi ad impugnare la bipenne per tracciare i destini, quando i pozzi sacri erano fiumi di energia nascosta, altri mari nel ventre segreto della terra.

Noi, a crescere figli deboli per essere da adulti la loro sola forza.

Noi, a decidere a quale maschio, uomo o bambino, dare il seno e quel che significa.

Noi, a sventrare le bestie e farne cibo per l'inverno intorno al fuoco, perché era nostra anche la vita sacrificata.

Noi, a rifare per terra il sole e la luna con cerchi di danze a passi piccoli. Quanti hanno desiderato essere notte, per vedere i nostri capelli fluire al ritmo di un flauto dolce di canna!

Eravamo noi a strusciare il ventre contro le pietre unte dei menhir, invocando figli dal parto dolce, vegliate da madri e nonne al presagio stridulo della civetta.

Eravamo noi a fare e disfare leggi, unendo in un'unica carta, in un unico *logu*, quello che gli altri morivano per dividere.

Eravamo noi nel silenzio degli sguardi a decidere chi doveva pagare per la tragedia del morto ancora caldo in casa, e quando, e come, e per mano di chi. Lo facevamo impastando il pane, con le dita immerse nel destino di un altro, a plasmargli la fine come antiche Parche. Eravamo noi, dure e odorose come la crosta del pane che facevamo, a far desiderare agli altri di essere donna per assomigliarci.

Eravamo noi a cogliere le erbe per guarire e uccidere, per stordire e placare, per fare l'amore o il minestrone. Noi conoscevamo i segreti dei prati, e i prati conoscevano il nostro. Eravamo sacerdotesse, voci profetiche, regine di castelli di basalto, vegliati da greggi di un bianco feroce, signore di lana ispida, muro, dispensa e coperta.

In quel mondo, nessuna era puttana.

Eravamo noi, e mia figlia lo saprà, quando giocherà nel cortile di una casa di tre generazioni, imparando che chiedere scusa è il solo modo per dare ordini in tempo di pace.

Ma poi come glielo dirò che noi eravamo anche quelle con i piatti di ceramica stampati con le facce dei reali di Savoia in fila sulla mensola del camino?

Noi, con le figlie e le strade chiamate Mafalda, Margherita, Maria José.

Eravamo noi quei dolori silenziosi alla fine dell'Altopiano, noi che al suono della banda musicale fingevamo che i monumenti alle nostre amputazioni fossero fondamenta di una nuova appartenenza.

Eravamo noi a dare la benedizione ai figli in tuta mimetica che partivano di nuovo per il Kosovo, per l'Iraq, per l'Afghanistan, ansiosi di scambiare il luogo in cui erano nati involontariamente uomini per un qualunque altro luogo dove si potesse essere volontariamente soldati.

Eravamo noi le madri incinte di 0,5 figli a testa, cuori a bassa percentuale di fertilità. Madri d'altro, o solo altre madri, ferite, ostaggio, uccise, precarie, sole e mal accompagnate.

Eravamo noi a Carnevale con addosso le gonne di broccato delle nostre nonne, e le camicie intarsiate a mano, e i fazzoletti di seta con le frange, stupite e felici di essere tipiche con la maschera di noi stesse sul volto.

Eravamo noi le figlie femmine che ereditavano le spiagge, terreni senza valore, né pascolo né campo, sterile frontiera con il niente. E per niente le demmo via, immemori che il confine è una ferita, e le ferite si curano, non si vendono.

Ma in quel mondo, ogni cosa era puttana.

Starà zitta, e forse non mi crederà quando le dirò che eravamo sempre noi a Tortolí dentro l'auto da dove ci sequestrarono, lasciando nostro figlio sul sedile, addormentato e ignaro. Che eravamo noi a Nuoro la carceriera di quel furto d'anima, conservata dentro una scatola di polistirolo come una cosa fredda.

Eravamo noi la madre morta a Gavoi quando aprirono il cofano, togliendo il fiato ad ogni speranza di riscatto.

Eravamo noi la figlia del bandito a Lula quando ci spararono dalla strada al balcone, e avevamo solo quattordici anni.

Starà zitta, e forse non mi crederà, che anche quelle eravamo noi.

Ma io glielo dirò lo stesso, perché per una madre ogni silenzio di verità è un aborto, ogni sacrificio di memoria è una rosolia dell'anima che genera figli deformi dentro, incapaci di ricordo, a basso quoziente di libertà. La nutrirò di parole forti, di quelle parole che esistono per caricarle dei pesi che noi non siamo in grado da soli di portare.

Io non tacerò, e lei mi ascolterà.

E un giorno forse, quando ogni cordone ombelicale sarà creduto reciso, lei ritornerà a me sul filo di una storia, e nella memoria di quel racconto capirà che nella vita non si nasce solo una volta.

Quel giorno diremo a voce alta il nostro nome per intero, e raccontare non sarà mai piú un gioco da bambini.

Nota

> Chi spera che a un certo punto in un racconto di questi gli vengano in aiuto le leggi ferree della narrazione tradizionale non ha capito con chi ha a che fare.
>
> MICHELA MURGIA, *Non c'è nulla da vincere*[1].

Michela Murgia non ha mai sopportato le costrizioni. Non è mai stata comoda in alcun vincolo. Non ha mai avuto paura di niente se non delle gabbie, come l'indomita signora della casa di Rohan nel *Ritorno del re* di J. R. R. Tolkien. Le scarpe, appena poteva, se le sfilava dai piedi, spogliava subito i suoi libri delle loro sopraccoperte, ogni pochi anni traslocava da una delle molte case che ha preso in affitto o in prestito. Persino un'intera isola le è presto andata stretta. Detestava i muretti a secco con cui, in quell'isola, il colonialismo spartí le terre comuni, estendendo il concetto di proprietà allo spazio; detestava, in generale, i confini, che i suoi avversari ripetono invece di voler proteggere. Per questo forse, lungo la sua breve carriera interminata, non ha mai raccolto nel confine di un volume la maggior parte delle sue sconfinate scritture. Molte delle storie che ha scritto le ha affidate al microfono, all'internet, a riviste e festival che non esistono piú, a cataloghi di mostre e programmi di concerto distribuiti in una notte e mai piú ristampati. Ma anche ad antologie di editori piccoli e grandi, riviste letterarie e di consumo, libri altrui, persino gli allegati di un dvd. Ha disseminato un ricco patrimonio di racconti lungo il dedalo di ripide strade tortuose che ha imboccato, bruciando le tappe, nell'industria culturale, senza mai preoccuparsi di tornare sui propri passi a raccoglierne i frutti. Solo con questo libro postumo, gravido e dolcissimo come le rare uve capaci di aspettare tanto a lungo, il tempo della vendemmia è arrivato, a premiare la pazienza, la curiosità e la sete di narrativa delle centinaia di migliaia di persone che, da quando aprí un blog nel 2005, leggono con amore la sua opera. E sarà una festa, un'ubriacatura.

Scegliere, senza poter consultare l'autrice, cosa fosse urgente liberare dalle costrizioni dell'archivio, dell'emeroteca e delle piccole pubblicazioni disperse dopo la sua morte ha richiesto uno sforzo critico,

[1] Prefazione a Raymond Carver, *Da dove sto chiamando*, a cura di Riccardo Duranti, Einaudi, Torino 2014, p. VI.

un'amorevole congettura. Il mandato era appunto quello di «scegliere»: di non rifugiarsi cioè nel confortevole esercizio di un catalogo completo, da rimandare all'allestimento di un'opera omnia con bibliografia esaustiva. Esistono d'altronde almeno altri venti racconti, e numerosissimi brani di prosa lirica di Michela Murgia, perché Michela ha scritto letteratura in ogni stagione della sua vita – specie quelle in cui, animata da responsabilità politiche e devota a cause sociali, esibiva solo scritture di altra natura: scritture d'intervento che pure, come si capisce leggendo queste storie, erano comunque nutrite dal suo laboratorio permanente di narrativa. La scelta che ho compiuto in una tale selva di pagine disponibili si è affidata perciò alla costanza della loro temperatura letteraria, pur nella varietà straordinaria dei loro registri, toni e stili. Tematicamente, in questo libro si avvicendano tutti gli interrelati nodi dell'esperienza umana che hanno sostanziato la vicenda intellettuale dell'autrice: il potere delle donne, l'incantevole disincanto di una prospettiva post-coloniale sulla Sardegna dei miti millenari e delle servitú militari, l'approccio queer all'identità e alla famiglia, il lavoro, la collettivizzazione delle lotte, la malattia, la vita privata, la morte pubblica. Su ognuno di questi nodi si sarebbe potuto coagulare un piú breve libro. Ma è nella loro rete polifonica, porosa e permeabile, che si esprime la gamma completa delle voci di narratrice di Michela Murgia: da quella solenne, addirittura religiosa di *Accabadora* a quella amaramente comica de *Il mondo deve sapere*, dal realismo anche scabroso di *Chirú* alla tersa ironia meridiana de *L'incontro*, fino all'autoscopia, sia lucida che magica, di libri ibridi come *Ave Mary*, *Viaggio in Sardegna* o *God Save the Queer*.

A dire il vero, l'ipotesi di un'antologia dei suoi racconti dispersi era già emersa piú di una volta nelle nostre conversazioni. La prima nel 2017, quando la narrativa di Michela Murgia fu scelta come argomento di una tesi di laurea in Italianistica e traduzione alla Princeton University[2]. Si trattava di una delle prime tesi di laurea che assegnassi come relatore e, avendone la possibilità, chiesi direttamente all'autrice di scegliere i testi che la mia laureanda avrebbe studiato, voltato in inglese e commentato. Ne scelse sei, e me li inviò col seguente messaggio:

> Ne ho scelti pochi, in realtà sono decine quelli che ho scritto, e te li contestualizzo bene.

[2] Kennedy Poore, *Founded in Silence: Six Short Stories on Miracles, Sardinia, and Womanhood by Michela Murgia: A Translation from the Italian*, tesi di laurea discussa alla Princeton University, anno accademico 2017-18, relatore Alessandro Giammei, correlatrice Gaetana Marrone Puglia: http://arks.princeton.edu/ark:/88435/dsp01zc77ss829

Catalogo Corradini è un racconto che ho scritto per il catalogo Corradini, appunto. Credo sia bello, ma ovviamente ha in coda il commento al catalogo.

Eredità è il racconto che è comparso in [*Sei*] *per la Sardegna*, pubblicato da Einaudi.

Odabella l'ho scritto per Muti, quando ha messo in scena l'*Attila*.

Filippo morto e *Spider Catcher* fanno parte della selezione dei racconti per Smemoranda.

Invece ti ho girato a parte il racconto per Granta Italia uscito nel 2011, che nella sua riduzione teatrale è appena andato in scena all'Argentina.

Vedo se trovo altro che mi convince, intanto questo è un po' [...][3].

Il giorno dopo mi inviò anche il testo completo di *Morgana*, destinato a uscire di lí a poco in *L'inferno è una buona memoria*, che sostituí *Filippo morto* nell'indice della tesi. Rimando piú diffuse informazioni su ognuno dei testi alle prossime pagine, ma intanto dichiaro che la selezione dei racconti in *Anna della pioggia* è partita da questo primo nucleo di sette, tutti inclusi[4]. Dichiaro anche che, discussa con successo la tesi, suggerii all'autrice di scegliere altri sei racconti per farne un libro, e che lei mi rispose di no: «Queste cose», mi scrisse, «si fanno dopo morti»[5].

Un'analoga risposta Michela me la ripeté nel giugno del 2022, a Filadelfia, l'ultima volta che poté venirmi a trovare negli Stati Uniti. Trascorrevamo un paio di settimane soli in quella che allora era la mia città, dopo un festival letterario a New York. Lei sapeva già, e aveva già rivelato al suo pubblico, di avere ormai poco tempo, ma in America era venuta a pensare al futuro. Nel corso di lunghe mattinate, tra il mio appartamento e un caffè vicino al lungofiume (un po' trasteverino) di Penn's Landing, stendeva il manoscritto di *God Save the Queer*. Nei pomeriggi invece passeggiavamo insieme, e ragionavamo dei progetti successivi – una pratica che, nei diciotto anni precedenti, ci eravamo abituati a condurre a distanza, su internet, e che ci sorprendeva ora riuscire a continuare di persona con la stessa naturalezza. L'idea di *Tre ciotole*, l'ultimo libro che abbia pubblicato in vita,

[3] E-mail di Michela Murgia ad Alessandro Giammei del 24 ottobre 2017.

[4] A *Catalogo Corradini* ho dato il titolo *Miracolo*, scorciando il commento menzionato dall'autrice, mentre per *Filippo morto* e *Spider Catcher* ho adoperato titoli alternativi già nei manoscritti: *Morire a cinquant'anni* e *La vedova nera*. Ma su questo si vedano le notizie sui testi piú avanti.

[5] Messaggio privato su Facebook di Michela Murgia ad Alessandro Giammei del 17 maggio 2017.

venne fuori in una libreria di Rittenhouse Square: Michela ipotizzava un'opera mista, fra romanzo e saggio, una specie di almanacco inclassificabile, e io mi preoccupavo dell'impegno fisico e psicologico che una tale prova le avrebbe richiesto. Obiettai dunque che forse valeva la pena recuperare l'idea di raccogliere i molti racconti scritti nel corso degli anni, magari aggiungendone un paio nuovi. Come suo solito, Michela rilanciò raddoppiando la posta: di *Tre ciotole* avrebbe fatto una raccolta di racconti, ma *tutti* nuovi, e infatti prese a scriverli appena atterrata a Roma, rifugiandosi nella pubblica protezione del suo locale preferito a Trastevere, il Cambio. Il mio tentativo di farla lavorare di meno, curando il già scritto invece di scrivere ancora, evaporò immediatamente al cospetto di una sentenza secca, che posso citare solo a memoria: «Queste cose si fanno dopo morti, Ale, e io non sono morta: non è il tempo di raccogliere, questo, è ancora il tempo di seminare». Aveva, come sempre, ragione lei.

Devo ammettere, sorprendendomi a posteriori della mia ingenuità, che non ho creduto a lungo (direi fino all'ultimo) che il tempo di seminare sarebbe in effetti finito tanto presto: non credevo, non del tutto, che Michela sarebbe morta di lí a poco. Invece, nel giro di un anno e un paio di mesi, è successo. Quel che è successo, mi dico nella strana condizione anfibia di essere al contempo un suo caro e il curatore della sua opera, è che Michela Murgia ha smesso di cambiare vertiginosamente sotto gli occhi di tutti, di guardare ostinatamente solo avanti, di temere di deludere lettrici e lettori con l'esercizio di quel che ha sempre considerato un lavoro, una fatica: la scrittura. Ha smesso cioè, come tutte le scrittrici quando diventano raggiungibili solo nelle proprie scritture, di allontanarsi dai propri passi. Sui propri passi, del resto, non amava tornare: non voleva corrispondere a immagini di sé che, nel pellegrinaggio inesausto che è stata la sua vita, continuava a superare e trovare obsolete, evadendo sistematicamente anche dalla gabbia di rispondere al nome di Michela Murgia. Di sicuro, se avesse avuto un anno in piú da spendere scrivendo, lo avrebbe dedicato a uno dei progetti di romanzo che andava coltivando a metà dello scorso decennio, prima di fuggire persino dalla gabbia del romanzo stesso per misurare la propria penna sulle prove del pamphlet, della narrativa per ragazzi, del memoir, del manifesto. Ora invece le orme dei suoi passi formano un percorso retrospettivo che sta a noialtri sopravvissuti percorrere, raccogliendo quel che lei ha disseminato con la generosità di una vena inesauribile di narrazioni. Mi conforta, nel licenziare questo libro, il fatto che lei stessa abbia infine indicato la via per quel percorso, sbozzando mappe dei tesori letterari che pure rifiutò di lasciarmi dissotterrare quando era ancora viva.

Se ho potuto infatti scegliere, per questa antologia, tra centinaia di pagine di testi, se ho potuto ricostruire la storia di ognuno dei racconti qui raccolti, è perché l'autrice mi ha lasciato un archivio ragionato, stratificato, traslocato di computer in computer e copiato in cartelle online di cui, nel suo testamento, mi ha consegnato le password. Ripercorrendo quasi vent'anni di conversazioni per iscritto tra caselle di posta elettronica, applicazioni di messaggistica e social network, ho ritrovato brani e versioni di storie che sarebbe stato altrimenti impossibile, con tutta l'acribia del mondo, rintracciare e ricostruire. Temevo che curare questo libro postumo, il primo davvero postumo – il primo, cioè, di cui Michela Murgia non avesse già concordato tutto con gli editori, di cui non si aspettasse di vedere le bozze lei stessa –, sarebbe stato un esercizio solitario e sospiroso. Si è trattato, invece, di una collaborazione. Queste cose, d'altronde, si fanno dopo morti. E si fanno per non smettere di tenere compagnia a chi rimane, come noialtri lettori, vivo.

Passo ora alle notizie sui singoli testi, premettendo un'avvertenza. Pur confrontandoli con eventuali versioni pubblicate, ho condotto l'edizione dei racconti sui dattiloscritti digitali conservati dall'autrice, la quale in diverse occasioni (stando ai metadati dei documenti) è tornata sui testi anche dopo averli dati alle stampe[6]. Conoscendo le sue abitudini creative, ho privilegiato le redazioni piú lunghe disponibili di ogni racconto, quasi sempre corrispondenti a quelle del documento digitale piú recente[7].

Per ognuno dei testi ricostruirò la genesi e la storia editoriale, dando conto, laddove rilevante, di eventuali interventi *ad hoc* e della scelta del titolo. Ma prima concludo ringraziando, a nome dell'autrice, le dozzine di persone che l'hanno invitata a scrivere, leggere in pubblico, stampare e ristampare le storie con cui ha esplorato sé stessa assieme alla realtà, ingiusta e incantevole, che ha attraversato, cambiando entrambe per via di racconto. Ringrazio le istituzioni pubbliche e

[6] Sono intervenuto (per un totale di sedici emendamenti significativi) laddove testi di diversi anni fa presentavano vistosamente lemmi e usi grammaticali che l'autrice ha poi pubblicamente rinnegato e addirittura stigmatizzato, o che aveva lei stessa emendato in ristampe aggiornate dei suoi libri editi. Non ho tuttavia adottato l'uso della desinenza neutra in schwa, giacché l'autrice ne ha fatto uso sistematico solo in scritture non narrative. Per il lavoro granulare di correzione delle bozze ringrazio la casa editrice e, in particolare, Silvia Ferrero. In linea di massima, l'obiettivo è rimasto quello di omogeneizzare gli usi accidentali e di conservare, invece, la sostanza della lingua dell'autrice come è evoluta dal 2005 in poi

[7] Le eccezioni non discusse nelle seguenti notizie sono due: *Hanif*, la cui versione pubblicata include poche frasi mancanti dal dattiloscritto digitale, e *Spadoneri*, la cui versione nell'archivio dell'autrice è interamente in lingua sarda.

private, tradizionali o sovversive, sarde, italiane e internazionali che hanno supportato quegli inviti con spazi e risorse. E ringrazio chi, in decine di paesi e lingue del mondo, agli stessi inviti ha risposto e ancora risponde, magari a molti anni o miglia di distanza, leggendo.

A. G., Eugene (Oreg.), febbraio 2025.

So e ricordo

Con il titolo *Iscramentu*, questo brano comparve il 30 novembre del 2010 sul sito personale, oggi chiuso, michelamurgia.com. Il 16 febbraio del 2011 l'autrice ne pubblicò una piú breve variante nell'allegato mensile «Velvet» de «la Repubblica», per un'iniziativa che chiedeva a quattordici scrittrici e scrittori di tutto il mondo di indicare una parola da salvare nella loro lingua madre. Interpellata per l'italiano, Murgia salvò invece una parola in sardo:

> Da bambina adoravo il fuoco, ogni candela mi rendeva falena. Mia madre cercava di tenermi lontana dalle fiamme, ma mia nonna ripeteva: «*Lassa, ca iscramentat*», lascia che sperimenti l'*iscramentu*.
>
> Se bruciassero i vocabolari domani, della mia lingua io salverei quella parola, che indica il patrimonio di consapevolezza raggiunto con gli errori propri e di altri. Per non rifarli.
>
> Dietro quel sostantivo, e il relativo verbo iscramentare, c'è lo scorrere di una storia intera. È una parola salvifica.
>
> Una sera d'inverno con altri amici scrittori ci piacque vederci dentro la radice dei verbi isco (so) e ammento (ricordo). Salvando *iscramentu* le salvo entrambe.

Il titolo *So e ricordo* è del curatore, e desunto ovviamente dal testo.

Anna della pioggia

Scritta nel dicembre del 2008 per la serie *Storyville* di Rai Radio 3, rubrica del programma *Fahrenheit*, questa lunga novella andò in onda per cinque puntate all'inizio del 2009, letta dall'autrice stessa. Parte della registrazione è tornata disponibile nel podcast *Voci di Michela Murgia* su RaiPlay Sound il 10 agosto del 2024. Nel presente libro, cui dà il titolo, la novella esce per la prima volta a stampa, in versione integrale, seguendo il testo del dattiloscritto rivisitato in seguito dall'autrice. I titoli delle sezioni sono aggiunti, per facilitare la lettura, dal curatore, che è anche intervenuto sul dattiloscritto per uniformarne la punteggiatura, dividere il testo in paragrafi ed emendare lemmi obsoleti. Sorprende trovare già a quest'altezza cronologica il topos della lavastoviglie come metafora della fede, su cui l'autrice è poi tornata in diverse occasioni – e in particolare per un dialogo pubblico con Chiara Valerio del 2021 poi diventato uno spettacolo teatrale nel 2023[8]. Un'altra metafora che ha continuato ad echeggiare nelle scritture dell'autrice è quella sul posto degli oggetti nelle case in relazione alla libertà di chi le abita, tornata chiaramente nelle interviste con Beppe Cottafavi raccolte nell'autobiografia *Ricordatemi come vi pare* (Mondadori, Milano 2024). L'apparizione dei fenicotteri di Villa Invernizzi, come ricorda Chiara Tagliaferri nella prefazione a *Morgana. Il corpo della madre* (Mondadori, Milano 2024), fu pure un cavallo di battaglia retorico di Michela Murgia. Insomma, *Anna della pioggia* ha costituito un importante laboratorio di idee esplorate per via di racconto.

Miracolo

Il racconto è comparso, senza titolo, nel catalogo a tiratura limitata di una mostra dell'artista Franco Corradini. L'artista scrisse all'autrice il 27 gennaio del 2015 per ringraziarla («Non è dunque la morte che abita in Arcadia, come intendeva il Guercino, ma è la vita, che fa del ricordo una necessaria, intima epifania») e lei rispose il giorno dopo («Mettersi in ascolto dell'arte di un altro comporta sempre il rischio di far risuonare soprattutto sé stessi [...] grazie dell'opportunità di avermi lasciato leggere la mia storia nelle sue tele»). Il testo originale includeva la seguente coda, da cui il curatore ha tratto il titolo per la presente edizione:

> [...] La prima volta che ho visto le arcadie di Franco Corradini ho avuto la sensazione di aver davanti molte macchine del tempo, varchi spazio-temporali attraverso i quali tornare indietro al mondo in cui la mia fede perduta non sostituiva il vero, ma aveva il potere di risanarne le ferite. Nelle sue pennellate non ho trovato la fede raffinata e complessa dell'intellettuale che ha conquistato con la razionalità il suo diritto al dubbio. C'è invece la concretissima grazia della fede popolare, quella nel cui petto batte il cuore d'argento coronato di fiamma degli ex voto. Nel rifulgente giallo delle sue tele nessuno ha paura di chiamare lo straordinario col suo nome proprio: miracolo. Nei quadri di Corradini l'arcadia non è la terra del sogno

[8] Per l'edizione 2021 del festival La Repubblica delle idee, Murgia e Valerio proposero, in piazza Maggiore a Bologna, *Teologia, geometria e politica della lavastoviglie*. L'idea si trasformò nel format teatrale *Istruzioni per l'uso*, andato in scena il 4 aprile 2023 al Teatro Bellini di Napoli (sulla lavatrice) e l'8 maggio 2023 al Teatro Carcano di Milano (sul fon), in cui Valerio e Murgia, adoperando come canovaccio le istruzioni di un elettrodomestico, riflettevano sull'umanità che produce e usa simili oggetti.

colto immaginato dall'aristocrazia letteraria, il mondo sterile dove il genere umano, precipitato dal peccato originale in uno stato di forzata operosità, può tornare perfetto solo dove non esista piú il fare. Al contrario: quell'arcadia è la terra dove il miracolo dell'azione è in ogni spigolo del quotidiano, il reame del possibile dove, quando cessa il potere umano, esplode copioso quello della grazia ricevuta. In quella terra splendente torna ad avere cittadinanza anche lo stupore di un bambino davanti alla scatola vuota di una risurrezione minima, perché le sue forme evocano la patria naturale di un'umanità vulnerata e bisognosa di misericordia risanante. Quell'arcadia non ha forme annichilenti o contorni matematici, perché non le servono. È una terra di angeli, di spade fiammeggianti, dove vibra una dittatura del colore che annichilisce i confini delle figure, facendole simili ad ali rilucenti di farfalle in sciame verso il sole. Sottraendolo a ogni realismo, il pennello di Corradini impedisce al sacro di essere ridotto a qualcosa di rappresentabile dentro i limiti della forma plastica. Dio, il miracolo, gli angeli, l'infanzia e la fede non sono afferrabili dalla razionalità: sono spasmi di luce cromatica, figure dove la realtà è riconoscibile solo nella piú completa inverosimiglianza. Su quelle tele si respira un'iconoclastia salvifica che rende testimonianza allo straordinario anche quando l'ultimo dei tuoi testimoni rinuncia a difendere il bambino miracolato che sei stato.

Pudore

Scritto per l'evento *A seminar la buona pianta*, promosso da Aboca nei parchi di Milano. L'autrice lo lesse, accompagnata da Vittorio Cosma al pianoforte, il 20 settembre del 2015 presso i giardini Indro Montanelli – proprio quelli, per combinazione, in cui si conclude il racconto *Anna della pioggia*. Non è stato mai pubblicato a stampa.

Il monologo citato a p. 50 è tratto dal film *Le relazioni pericolose*, regia di Stephen Frears, 1988, dall'omonima pièce teatrale inglese di Christopher Hampton (*Les Liaisons dangereuses. Dal romanzo di Choderlos de Laclos*, trad. it. di Masolino D'Amico, Einaudi, Torino 1989), a sua volta tratta dal romanzo francese settecentesco.

Morire a cinquant'anni

Scritto per la Notte degli scrittori che si tenne, a cura di Giorgio Gallione, al Teatro dell'Archivolto di Genova il 29 novembre del 2013. Il tema era quello del «non-compleanno» e l'autrice, assieme ad altre diciotto firme celebri della letteratura italiana, propose questo elogio funebre dell'intellettuale e tragediografo Filippo Martinez, il quale si era dichiarato pubblicamente morto dodici anni prima – pur essendo in effetti sopravvissuto a una tale performance artistica. L'autrice pubblicò poi il testo nel 2015, in forma di lettera, nell'e-book *parolexdirlo*, edito dal settimanale «Donna Moderna» in collaborazione con il portale scrivo.me di Mondadori. L'e-book raccoglieva i racconti-lettera vincitori del concorso omonimo per lettrici e lettori assieme a tredici testi di scrittrici e scrittori affermati. Sebbene, nell'e-mail al curatore succitata, fosse indicato tra i racconti usciti per Smemoranda, non risultano altre edizioni a stampa prima della presente, il cui titolo è del curatore. Il testo originale includeva alcune righe aggiuntive omesse nella presente edizione.

A cielo aperto

Letto dall'autrice il 2 maggio del 2009, con l'accompagnamento musicale della band Sikitikis, al Teatro Civico di Cagliari, in occasione dell'edizione inaugurale della rassegna *I racconti di Monumenti Aperti*, nell'ambito della tredicesima edizione di Monumenti Aperti. Il racconto è stato pubblicato con lo stesso titolo, assieme a quelli di Marcello Fois e Gianluca Floris, nel *Primo quaderno* della serie di fascicoli *I racconti di Monumenti Aperti*, a cura di Giuseppe Murru (Cagliari 2009, pp. 11-20).

Da notare il cortocircuito mnemonico tra Prima e Seconda guerra mondiale in questo racconto, evidentemente ambientato negli anni Quaranta (e con precisi riferimenti alle date dei bombardamenti di Cagliari nel 1943), ma aperto da ripetute allusioni a soldati sardi in trincea a difendere i confini italiani sull'Altopiano dell'Asiago. È chiaramente attiva nella mente dell'autrice la memoria di *Un anno sull'altipiano* di Emilio Lussu, ambientato tra 1916 e 1917 e pubblicato a Parigi, da Le lettere italiane, nel 1938, per poi entrare nel catalogo Einaudi a partire dal 1945. Un analogo anacronismo è in fondo lo scenario del romanzo *Accabadora*, in cui gli anni Cinquanta sono attraversati, sullo sfondo, da conseguenze sociali in realtà piú legate alla Prima guerra mondiale, e comunque si sovrappongono spesso ai decenni piú tardi in cui l'autrice è effettivamente cresciuta nella periferia della Sardegna.

Del rosso e del nero

Scritto per il reading *Storie di vite*, tenutosi al MAN - Museo d'arte provincia di Nuoro il 27 aprile del 2011, questo racconto è stato poi pubblicato, due giorni dopo, sul quotidiano «La Nuova Sardegna» con il titolo *Pigiare con i piedi quegli acini: che senso di libertà*. È stato poi pubblicato di nuovo, col titolo *Del rosso e del nero*, dal «Corriere della sera» il 30 ottobre del 2013, nell'ambito del progetto *Racconti in bottiglia* promosso da Rcs con Marsala città europea del vino, e infine raccolto nell'omonimo e-book nell'agosto dello stesso anno.

L'aragosta

Scritto per il quotidiano «L'Unione Sarda», in cui uscí nell'agosto del 2010. Apparve poi, in una versione con minimi ritocchi, nell'antologia *Piciocas. Storie di ex bambine dell'Isola che c'è*, a cura di Francesco Abate, Caracò, Cagliari 2012, pp. 11-16. È stato infine ristampato in *Ricordatemi come vi pare* (Mondadori, Milano 2024).

I vestiti del notaio

Scritto nel 2010 in occasione del Festival di Fotografia Europea di Reggio Emilia, per una lettura pubblica, questo racconto è stato pubblicato per la prima volta nell'antologia *I racconti della moda*, a cura di Maria Luisa Frisa, Einaudi, Torino 2024, pp. 61-76.

Re di Venere

Letto, con l'accompagnamento musicale di Sarah Rulli e Giancarlo Palena, alla diciassettesima edizione di Letterature - Festival Internazionale di Roma alla basilica di Massenzio il 14 giugno del 2018, questo racconto è il nucleo di un soggetto cinematografico sviluppato dall'autrice con Tommaso Landucci e mai compiuto. Non è stato mai pubblicato a stampa. Intervistata da Barbara Quattrocchi prima della lettura, l'autrice commentò il racconto dicendo:

> Spero che il pubblico del Massenzio possa sopportare la crudezza realistica del mio testo, in cui ho spinto la quotidianità all'estremo [...]. Si sente spesso dire che se le donne fossero al potere il mondo sarebbe differente. Non lo credo affatto. In realtà, penso che senza rivedere il modello stesso di potere non potrà esserci alcun cambiamento. Se le donne occuperanno dei posti di potere interpretando lo stesso modello, non si attuerà alcun cambiamento. Margaret Thatcher ci ha dimostrato una volta per tutte che non è la donna che fa la differenza ma come immagini il potere. Attraverso i miei racconti cerco di mettere in luce le strade sbagliate, perché non conosco quelle giuste. D'altro canto chi ha risposte scrive saggi, mentre la letteratura tiene vive le domande.

Cosa mi racconti?

Scritto come introduzione a *PostPink. Antologia di fumetto femminista*, a cura di Elisabetta Sedda, Feltrinelli, Milano 2019, pp. 7-9. Nel dattiloscritto e nell'edizione, il testo si concludeva con il seguente paragrafo, qui omesso:

> Questo libro è un fulminante frutto di questo percorso immaginifico. Quando mi sono arrivate le prime tavole il dato evidente era proprio quello di avere per le mani qualcosa di estremamente consapevole. Tra le sue pagine ogni autrice, chiamata a raccontare con parola e tratto uno dei possibili volti della prismaticità femminile, ha agito con un istintivo misticismo, come se ognuna sapesse perfettamente che il Verbo – l'idea divina di sé – si fa carne solo se si fa anche carta e passa di mano in mano come un viatico rinnovante. Le voci delle loro personagge dicono tutto quello che una donna sa dire di sé, compreso quello che per troppo tempo dire non si è potuto. Sono domande, per lo piú, e non semplici. Quanto Dio si può incontrare in un corpo felice del suo orgasmo? Sono davvero i centimetri la misura adatta a dire l'enormità che siamo? E poi cos'è il consenso sessuale, se c'è un mondo intorno che non immagina che tu possa dire il tuo no? Domande come queste, ma le risposte, come in tutti i libri intelligenti, restano sospese in mano a chi legge. L'unica domanda che ne pretendeva una subito è quella che in ognuna di queste storie ha attivato la magia politica del riconoscimento: *cosa mi racconti?*

Beatrice Cenci

Letto a Roma, il 31 agosto 2017, in occasione della serie *Prigionieri illustri a Castello* curata da Antonio Audino a Castel Sant'Angelo. Il monologo è stato poi sviluppato in un recital, diretto da Veronica Cruciani e letto dall'autrice a Palazzo Altemps per l'apertura della stagione culturale del Museo Nazionale Romano il 27 novembre del 2019. Non è stato mai pubblicato a stampa. In tutti i documenti digitali in cui è trasmesso, il testo include in coda i versi di un canto tra i piú noti del repertorio religioso in lingua sarda, scritto dal poeta Bonaventura Licheri tra il XVII e il XVIII secolo. Evidentemente l'autrice li cantava dopo aver letto il racconto, innescando un cortocircuito tra la propria voce, la propria esperienza, e quelle di Beatrice Cenci. Li si è dunque mantenuti nella presente edizione, per non nascondere la lancinante dimensione autobiografica del testo.

Polpi

Con il titolo *Papà, dove vanno i polpi quando non li vediamo?*, questo racconto è uscito nel fascicolo del giugno 2011 (anno 2, numero 2) di «Sincronizzando. Il periodico di Telecom Italia» (p. 66). Essendo adoperata come titolo, in quell'edizione la prima frase non compare a testo. È stata qui restaurata, scegliendo un diverso titolo.

L'eredità

Ispirato da un'opera visuale di Antonio Marras, questo racconto uscí nel quotidiano «La Nuova Sardegna» il 28 agosto del 2011, con il titolo *Signore? Meglio pastore*. Con lo stesso titolo è stato letto in pubblico in diverse rassegne e festival tra cui, nel 2014, il Marina Café Noir di Cagliari. Fu poi ristampato, col titolo *I figli delle capre*, nell'agenda Smemoranda 12 mesi del 2014 e infine, col titolo qui adottato, in *Sei per la Sardegna*, Einaudi, Torino 2014, pp. 55-58. Nell'ottobre del 2023 è stato letto di nuovo al Marina Café Noir, per l'omaggio *Ciao Michela*, da Giacomo Casti e Francesco Medda Arrogalla.

Il calo di pressione

Scritto per il primo numero, dedicato al tema del lavoro, dell'edizione italiana della rivista «Granta», edita da Rizzoli (2011, pp. 235-245). Con il titolo *Festa nazionale* è stato adattato con significative elaborazioni per il teatro, ed è andato in scena all'Argentina di Roma l'11 settembre del 2017, in occasione di *Ritratto di una nazione. L'Italia al lavoro*, a cura di Fabrizio Arcuri e Antonio Calbi, con Arianna Scommegna nel ruolo della protagonista Gianna.

[L'autrice, per questo racconto, si è ispirata a una vicenda di cronaca rielaborandola letterariamente, per cui luoghi e personaggi sono di fantasia. Al momento della pubblicazione la vicenda giudiziaria ha portato all'assoluzione degli imputati con formula ampia, a quanto viene riferito dalle cronache. *N.d.E.*].

Angela

Questo racconto è trasmesso da una serie di messaggi istantanei che l'autrice inviò al curatore, per telefono, nel luglio del 2019. Discutendo del proprio archivio di testi dispersi, Murgia descriveva, in quei messaggi, «una serie di racconti brevissimi, di venti righe» ritrovati tra le cartelle del computer. Aggiungeva: «Adesso li vedo, hanno ingenuità ma sono buoni», e concludeva: «Non so perché li ho fatti». Procedeva poi a copiarne e incollarne due, tra cui questo. L'altro, intitolato *Andrea*, riprende idee narrative già esplorate in *Anna della pioggia* – in particolare il rapporto, già commentato piú sopra, tra fede e lavastoviglie. Non c'è altra traccia di questi testi negli archivi digitali dell'autrice.

Il posto è la notte

Scritto per la rivista «Il maleppeggio. Storie di lavori» e uscito nel numero di dicembre 2006 (pp. 18-19) con fotografie di Max Salinas e Riccardo Tenti. Una versione molto rielaborata, sostanzialmente in forma di monologo, è stata pubblicata nell'antologia *Sono come tu mi vuoi. Storie di lavori*, Laterza, Roma-Bari 2009, pp. 84-89. Si è scelto di restaurare qui quella anteriore perché piú difficilmente reperibile.

Hanif

Pubblicato nell'antologia *NYX. Racconti della notte*, a cura di Daniele Pinna, Arkadia, Cagliari 2010, pp. 111-20.

Spadoneri

Pubblicato per la prima volta, nella versione narrativa e mistilingue qui ripresa, nell'antologia *Contos*, a cura di Francesco Abate, Fandango Libri, Roma 2009, pp. 78-81, in allegato al dvd *Passaggi di tempo: Il viaggio di Sonos 'e memoria*, film di Gianfranco Cabiddu. Dalla sua corrispondenza risulta che l'autrice lo consegnò per una nuova pubblicazione nell'edizione italiana della rivista «National Geographic», inviandolo alla redazione il 15 luglio del 2011. Lo elaborò poi in un atto unico in sardo, per il Teatro Stabile della Sardegna, andato in scena col titolo *Spadoneri a mari* per la regia e l'interpretazione di Elio Turno Arthemalle tra il 16 e il 20 dicembre del 2015, e poi in diverse repliche. Il racconto, ambientato nello stagno sulle cui rive l'autrice è cresciuta, interseca i temi piú cruciali del suo indipendentismo e del suo progressismo. Lo presentò alla direzione del Teatro Stabile, nel 2013, con le seguenti parole:

> [...] È il monologo semplice e colorito di un pescatore dello stagno di Cabras nel 1973, esattamente quarant'anni fa, pronun-

ciato nella notte in cui insieme ad altri pescatori andò a uccidere il barone don Efisio Carta, padrone dello specchio d'acqua e ultimo dei feudatari sardi.

In quell'anno realmente il barone sparí e lo si disse rapito, ma senza che venisse chiesto riscatto. La vulgata vuole che i pescatori abbiano risolto a loro modo quello che lo Stato non riusciva a fare: rendere collettivo un bene da cui dipendeva la vita di tre paesi [...][9].

Per l'edizione su «National Geographic» del 2011 l'autrice aveva preparato le seguente introduzione:

Cosa pensereste di me se vi dicessi che dove sono nata io il feudalesimo è finito nel 1973? Probabilmente non mi credereste, eppure è vero. In quell'anno io non avevo ancora dieci mesi quando a Cabras venne rapito e ucciso da ignoti un uomo chiamato don Efisio Carta. Non lasciatevi ingannare dal don. Non era un prete don Efisio, ma l'ultimo dei baroni feudali della laguna di Cabras, un'industria naturale che gestiva quello che ancora oggi è lo stagno piú grande d'Europa, 2288 ettari d'acqua salmastra con un ecosistema miracoloso quanto fragile. Sulla pesca in quelle acque interne si basava l'economia dell'intero territorio, dando da mangiare a decine di famiglie ma lasciandone alla fame centinaia, escluse dall'utilizzo di un bene demaniale che a metà del XX secolo era ancora incredibilmente in mani private: quelle di don Efisio. Perché certo, la legge sulla proprietà pubblica delle acque interne esisteva ed era in vigore dal 1936, ma i privilegi feudali precedenti andavano risolti con accordi che prevedessero compensazioni economiche adeguate per chi perdeva il bene a vantaggio dello Stato. Chissà perché a Cabras don Efisio quell'accordo con lo Stato ancora nel 1973 non era riuscito a raggiungerlo. Quando morí per mano di persone che alla giustizia rimasero sempre ignote, gli eredi chiusero la transazione e lo stagno divenne finalmente di tutti. Oggi sulle sue rive si vedono barche tutte identiche, bianche e numerate, in fila sulla sabbia come monache alla comunione. I turisti, gente che vede solo quello che si vede, si stupiscono di questa monocromia, la trovano noiosa. Con le loro macchine fotografiche voraci cercano ancora le giunche di falasco con cui si pescava una volta – i fassoni – fatte di erbe palustri come quelli che si usano ancora sul lago Titicaca in Perú. Sui loro volti delusi leggi il desiderio di un po' di colore locale e quasi ti viene la voglia, per puro

[9] E-mail di Michela Murgia alla segreteria del Teatro Stabile della Sardegna del 13 febbraio 2013.

senso di sardissima ospitalità, di offrire loro qualcosa di simile a quei chiattini iridescenti che si ammirano con gusto in altri borghi marinari, con i nomi delle donne dei pescatori dipinti maldestramente sulle fiancate policrome. Ma non è possibile. I turisti ignorano che i pescatori dello stagno di Cabras sono passati attraverso lunghe lotte per ottenere il pieno controllo di quella ricchezza. Sulle loro Lonely Planet non c'è scritto che quelle lotte hanno loro permesso di maturare una coscienza comune, una consapevolezza di sé stessi come soggetti di diritto collettivo che lí non era mai esistita prima. Mentre nel resto d'Europa si andava in auto a targhe alterne per combattere la crisi petrolifera, in questo mondo isolato si lottava per ottenere il diritto di togliere l'intero creato dalle mani di un solo uomo. Per quanto sembri noiosa quella fila di barchette identiche, in quella monocromia c'è dunque un valore prezioso. Quelle barchette bianche sono la prova visiva che dal 1973, anno della morte di don Efisio Carta, a Cabras sul pelo di quell'acqua si è tutti uguali. Prima di quell'anno la fame era il miglior companatico e nelle notti c'era chi rischiava la pelle per violare la proprietà privata dello stagno e dei suoi pesci e portare a casa una cena. Tantínu io l'ho conosciuto che ero bambina...

Spadoneri (titolo che, in sardo, significa pescatore di frodo) è stato infine ristampato in *Ricordatemi come vi pare* (Mondadori, Milano 2024). Le notizie indicate in nota a quell'edizione, in parte imprecise, sono obliterate dalle presenti.

Odabella

Scritto su commissione del maestro Riccardo Muti per il programma di sala della sua messinscena dell'*Attila* di Verdi per la stagione 2011-12 del Teatro dell'Opera di Roma (maggio-giugno), in cui è stato stampato assieme ad interviste e saggi (vedi Giuseppe Verdi, *Attila*, programma di sala del Teatro dell'Opera di Roma, Edizioni del Teatro dell'Opera, Roma 2012, pp. 69-71). Prima di una breve biografia dell'autrice, nel programma il racconto è illustrato dal figurino di Pier Luigi Pizzi per «Odabella e le donne italiche prigioniere di Attila» e introdotto dalle seguenti parole:

Abbiamo chiesto alla scrittrice Michela Murgia di presentare con la sua arte il personaggio di Odabella nell'*Attila* di Giuseppe Verdi. Ne è nato questo intenso racconto che entra nell'anima del personaggio [...].

Vertigini al contrario

Con il titolo *Io adoro le fobie*, questo brano comparve il 17 aprile del 2008 sul sito personale, oggi chiuso, michelamurgia.com. Non è mai stato pubblicato a stampa.

La direttrice d'orchestra

Con il titolo *La sinfonia della farfalla*, questo racconto è uscito nel numero 88 dell'edizione italiana della rivista «Wired» (marzo 2019), in occasione di uno speciale su Beatrice Venezi.

La vedova nera

Pubblicato nell'agenda Smemoranda 12 mesi del 2015. L'aracnofobia è stato un tema del racconto di sé dell'autrice: proprio in quegli anni, sui social media, la usò come metafora per parlare del suo primo incontro con il cancro.

Mosca cieca

Questo racconto comparve nel 2006, assieme ad altri tre non inclusi nel presente libro, sul sito personale, oggi chiuso, michelamurgia.com. Non è mai stato pubblicato a stampa.

Alla pari

Pubblicato nell'antologia *Lavoro da morire. Racconti di un'Italia sfruttata*, Einaudi, Torino 2009, pp. 79-87. Il libro era il risultato della campagna *Diritti senza rovesci* promossa da Inail per la sensibilizzazione sui diritti del lavoro.

Casa

Con il titolo *Storie sotto la cenere. I ricordi d'infanzia della scrittrice sarda nella casa rurale della nonna*, questo racconto uscí nella rubrica *La casa, la vita* dell'edizione italiana della rivista «Architectural Digest» («AD. Le piú belle case del mondo», n. 374, luglio 2012). Interessante notare che l'ultima frase del dattiloscritto originale, «da adulta ho scelto di vivere open space», sia stata alterata, per l'edizione in rivista, nella *lectio facilior* «da adulta ho scelto di vivere in un open space». L'autrice, che non ha mai vissuto *in un* open space, intendeva estendere il concetto architettonico alla sua vita intera e alla sua condotta nei confronti di spazi e strutture, anche metaforiche.

La testimone di nozze

Scritto per la quarta edizione del festival Gita al faro di Ventotene nel 2015 e pubblicato nel settimanale «l'Espresso» nell'agosto dello stesso anno, questo racconto è stato poi incluso nell'agenda Smemoranda 12 mesi del 2017 e infine ristampato in un'edizione speciale della stessa agenda nel 2025.

Elena di Troia

Con il titolo *Elena* questo racconto è stato scritto per l'antologia *Le nuove Eroidi*, HarperCollins, Milano 2019, pp. 153-67.

Tecniche della narrazione

Con il titolo *Storytelling*, questo racconto è uscito nel fascicolo del dicembre 2011 (anno 2, numero 4) di «Sincronizzando. Il periodico di Telecom Italia» (p. 66). Nello stesso periodo l'autrice conduceva un «corso di storytelling politico» ispirato alla campagna elettorale di Barack Obama e dedicato alla comunità del Progetu Repùblica de Sardignia in cui militava, e con cui si sarebbe candidata alle elezioni regionali del 2014. Nell'introduzione a quel corso, trasmessa da un documento digitale risalente all'8 settembre 2011, l'autrice dichiarava:

> Siamo abituati a pensare alla Storia come a un elenco degli eventi che si sono succeduti nell'arco cronologico dell'esistenza di una o piú comunità. È una visione che ha debiti evidenti con i banchi di scuola e qui ci riguarda poco. Lo storytelling in questo corso ha come prospettiva la costruzione di un immaginario di autodeterminazione dei sardi e per questo non si porrà mai davanti alla storia come elenco di fatti, per quanto questi fatti ci possano riguardare; avrà invece come orizzonte *la memoria che ogni comunità ha dei fatti che riconosce come propri e la coscienza del modo in cui quei fatti stanno condizionando il suo presente e influiranno sul suo futuro*. Questa memoria e questa coscienza si costruiscono solo attraverso un processo di narrazione collettiva. Gli storyteller, cioè chi lavora per edificare memoria collettiva e

per costruire consapevolezza storica attraverso le narrazioni, sanno che senza quel loro lavoro nessuna azione politica complessa sarebbe possibile: in mancanza di questo tipo di storia infatti non esiste neppure una comunità.

L'immagine del cane

Pubblicato nell'agenda Smemoranda 12 mesi del 2011.

La legge di Jante

Pubblicato nell'agenda Smemoranda 12 mesi del 2016. Il tema della *Janteloven*, o «legge di Jante», ha ispirato l'autrice sin da un viaggio in Danimarca nel 2015 e nello stesso anno, oltre a comparire in suoi articoli per diverse testate, è diventato anche un tema importante del romanzo *Chirú* (Einaudi, Torino 2015).

Tutto è virtuale

Con il titolo *Ninque, Sandra e il mondo virtuale*, questo racconto uscí sul quotidiano «il manifesto» il 1° settembre del 2007 e fu poi incluso nella raccolta *I rifugi della sinistra. Raccolta da "il manifesto" anno 2007* (pp. 139-44) nello stesso anno. Ninque è il nome dell'elfa che fu il terzo personaggio interpretato dall'autrice nel gioco di ruolo online *ExtremeLot* (poi diventato *Dreamalot*) nei primi anni Zero, dopo Tanit e Grienne. Anche gli altri nomi (reali e di avatar) corrispondono a specifici giocatori e giocatrici della stessa comunità; Silvia, ad esempio, è la dedicataria de *Il mondo deve sapere* (Isbn, Milano 2006, poi ripubblicato da Einaudi, Torino 2017).

Morgana

Originariamente scritto per l'evento *Michela Murgia Carta Bianca* che si tenne, a cura di Giorgio Gallione, al Teatro dell'Archivolto di Genova il 20 aprile del 2016, con letture dell'autrice e di Lella Costa, Maria Paiato e Carla Signoris. È poi diventato un cavallo di battaglia dell'autrice, che l'ha letto in pubblico in numerose occasioni, ed ha ispirato gli omonimi podcast e libri di culto scritti con Chiara Tagliaferri. È infine stato incluso in *L'inferno è una buona memoria* (Marsilio, Venezia 2018. © Marsilio Editori s.p.a.).

Caldo

Dalla corrispondenza dell'autrice, questo racconto risulta pubblicato nella rivista «Terre di mezzo» nel 2009. Uno spoglio dei numeri in quel periodo non ha dato però riscontro del testo, che forse è solo stato letto per un evento organizzato dalla rivista o uscito altrove. Di certo è stato incluso in *Ricordatemi come vi pare* (Mondadori, Milano 2024).

A pezzi

Scritto originariamente per l'antologia *Cartas de logu. Scrittori sardi allo specchio*, a cura di Giulio Angioni, CUEC, Cagliari 2007, pp. 169-72. È diventato, specie nei primi anni della sua carriera, un cavallo di battaglia dell'autrice, rielaborato e letto pubblicamente in varie occasioni e versioni: dall'edizione 2007 del festival Pordenonelegge fino all'inclusione in *Ricordatemi come vi pare* (Mondadori, Milano 2024). La presente edizione riprende quella stampata in *Cartas de logu* con una minima restaurazione basata sul dattiloscritto originale (la traduzione di *s'istrangiu*).

Altre madri

Scritto fra 2007 e 2008, è forse il testo che l'autrice ha piú spesso scelto per letture pubbliche. Da menzionare almeno quella alla decima edizione di Letterature - Festival Internazionale di Roma alla basilica di Massenzio, il 14 giugno del 2011; quella per la mostra *MATER* presso l'Auditorium di Palazzo del Governatore di Parma, il 10 maggio del 2015; e quella per gli studenti del liceo Poerio occupato a Foggia il 3 marzo del 2016. L'edizione di riferimento è quella inclusa nell'antologia *Questo terribile intricato mondo. Racconti politici*, Einaudi, Torino 2008, pp. 205-9. In una versione leggermente diversa è incluso in *Dare la vita* (Rizzoli, Milano 2024).

Indice

Certificato PEFC
Questo prodotto è realizzato con materia prima da foreste gestite in maniera sostenibile e da fonti controllate
PEFC
PEFC/18-31-226
www.pefc.it

Einaudi garantisce la gestione sostenibile delle risorse forestali e usa carta HOLMEN certificata PEFC con fibra vergine proveniente da foreste sostenibili
www.holmen.com/paper

GRAFICA VENETA
GV CARBON NEUTRAL

Questo libro è fabbricato da Grafica Veneta S.p.A.
con un processo di stampa e rilegatura certificato 100% carbon neutral
in accordo con PAS 2060 BSI

Stampato per conto della Casa editrice Einaudi
presso Grafica Veneta S.p.A. - Stabilimento di Trebaseleghe (Pd)
nel mese di giugno 2025

C.L. 26975

Ristampa						Anno			
0	1	2	3	4	5	2025	2026	2027	2028